天上の花・蕁麻《いらくさ》の家

YokO HagiwaRa

萩原葉子

P+D BOOKS
小学館

目次

天上の花

――三好達治抄――

幼い日々のこと

大森の馬込《まごめ》村に住むようになったのは、大正十五年の暮であった。父朔太郎、母、それに学齢前の私と妹の四人暮しだった。

三好達治さんが、家に来られるようになったのは、その翌年ごろからである。

私は人見知りの強い子だったので、家に客が来ると素早く母の後ろに隠れてしまったり、戸棚にかくれたりした。

客の来るのが、何よりおもしろくなく、厭《いや》だったのである。だが、幸い父の書斎は二階で、玄関から入るとすぐ階段になっていたので、茶の間で遊んでいる私の姿を見かけられることもなく済んだ。

室生犀星さん、宇野千代さん等は足繁く家に来て、時には茶の間で家族的にくつろいでゆくこともあった。が、そんな時も、私は馴れずにこりともしないで、母の後ろに隠れていた。

だが、三好さんだけにはいつの間にか、馴れてしまった。

紺ガスリの和服に袴《はかま》をつけ、襞《ひだ》はきちんと折目正しく畳まれ、和服の衿元《えりもと》はきっちりと打ち合わせてあった。

「先生おられますか?」と、とっ拍子もなく高い声で言い、父が二階から降りて来る姿を見ると、はっとしたように姿勢を正して、衿元を掻《か》き合わせるのである。

姿勢良く、がっちりと骨太の体格で、言葉は大阪訛《なま》りがあって、何かにつけて〝ハイ〟〝ハイ〟と、兵隊のように受け答える人だった。

外見の粗野で固く、オクターブ高い声の調子に似ず、目には何故か泣き顔のような優しさがあって、私はその目を信頼したのかも知れなかった。心もち下った目尻の上瞼《うわまぶた》にホクロがあって、そのホクロは子供心に安心感を抱けると思った。

一年ほど経って三好さんは、家の近くに越して来るようになり、毎日のように、

「先生おられますか?」と、言って来た。

父が三好さんのために、近くに下宿を捜したのであった。その頃三好さんは陸軍士官学校中退の後、帝大の仏文科に通っている学生だった。

梶井基次郎氏と連れ立って来ることもある。梶井氏は色の浅黒い体格の良い青年だった。

或る日、梶井氏は洗面器の中へ赤い血を吐いた。玄関の左側の台所の脇に血は吐いてあった。

母は大声で二階の父を呼び、三好さんも降りて来て、ごたごたした。

私は、赤い血の入った金盥《かなだらい》が怖かった。それからは梶井氏は、家に来るとたいてい喀血《かっけつ》した。

ガラスの瓶《びん》の中に血が入っていることもあったり、真っ赤なものが金盥に入ったままになっていることもあった。

私が小学校へ入学するようになった頃だった。

三好さんにフランス語を習うように、父からすすめられた。私は、厭だと思った。

三好さんは、にこにこしながら、

「葉子ちゃん、ぼくが教えてあげるから下宿にいらっしゃい」と、言う。厭がると一層すすめるので、遊び友達だった三好さんが、急にフランス語の先生という、別の顔に見え、私は三好さんの姿が見えると、戸棚に隠れてしまうようになった。

父はそんなに厭がるのをむりに習わせなくても良いと言うが、母はむりにも私の手を引っぱって新井宿《あらいじゆく》の下宿に連れて行った。畑の中に建っている「寿館」の角の所で、母が「三好さあん！」と、呼ぶと二階の角の部屋の窓から、大きな顔を出した三好さんがテスリに手を突いて、こちらを振り向き、

「あ、葉子ちゃん来たの？」と、言った。

私はその瞬間、母の袂《たもと》を固く握りしめ、わっと泣き出してしまったのである。二人が交る交る私を取りなしてくれるが、道端で私はありたけの声をしぼって、厭だと言い張った。

三好さんと母は、泣きじゃくる私の手を引いて連れ帰った。家に帰ってフランス語を習うの

は取り止めることになった時、私はにっこり笑った。父は「葉子はげんきんだなあ」と、笑い、三好さんも真っ赤な顔で、大きく笑ったのだった。何故かフランス語というものがとても恐しい勉強に思えたのである。

それからは三好さんにまた元のように遊んでもらうようになって〝おんぶ〟や〝ぶらんこ〟をねだった。広い背中にかじりついて家の中や、しまいには玄関から外へ出て表の砂利道を行ったり来たりしてもらう。それも飽きると三好さんの両腕にぶら下って、何遍もぐるぐる目の廻るほど廻してもらうのだ。三好さんは袴の裾をふくらませ、赤い顔をいよいよ赤くして、妹と二人を廻してくれるのだった。

みくに幼稚園の坂下まで三人でかけ足の競走をしてくれることもあった。その時は近所の子供達も大勢集って走るのである。三好さんは両手を一緒に前後に動かして走るので子供達はその恰好がおかしいと真似をした。

夕方は、私と妹の手をつないで散歩に連れて行ってくれるが、大きなオクターブの高い声で童謡を唄う。

〝お手々つないで〟〝夕焼小焼け〟〝ギンギン、ギラギラ夕陽が沈む〟などの童謡を、「葉子ちゃん、さあ唄おう」と、私を促す。

私は、三好さんの後になったり、走って先になったりして、嬉々として、蹤《つ》いてゆくのであった。

家の裏は畑や田んぼが一面に続いていた。肥溜《こえだめ》が沢山あって犬や子供が落ちたという話をよく聞く。三好さんは、狐に化かされて、風呂と間違えて肥溜に入った人の話や、木の葉っぱをお金に化かして持って来た人の話をしてくれるのであった。私は三好さんからお伽噺《とぎばなし》を聞くのが、面白かった。

ある日、いつものように三好さんに遊んでもらっていると、父が大きな包みを抱えて、にこにこしながら帰って来たのであった。

痩《や》せた父の身体一杯に抱えられているものが、室内ブランコだということが私はすぐに分った。母に幾度もねだっていたものが、買ってもらえたのである。私は嬉しくてならなかった。三好さんもにこにこして早速鴨居《かもい》に金具を掛けて、ブランコに乗れるようにしてくれた。

真新しい籐椅子《とういす》で出来た四角いブランコは、腰掛けると大きく揺れ父の顔も母や三好さんの顔も、家の中のものまでが皆生き生きと動き始める。

三好さんが後ろから、私の背中を押すと、揺れはいっそう大きく鴨居がミシン、ミシンと鳴って天井が落ちて来そうな不安があったが、それが一層面白かったのである。

次第に大胆になって、背中を押してもらい、勢よく飛び降りるのであった。座ブトンを二つ置いて、とべる距離を三好さんと当てる。「葉子ちゃんはおてんばだなあ」と、言われるほど夢中で遊んだのだった。

雨が降ると私の学校まで母に頼まれて、三好さんは雨合羽を持って来てくれた。内弁慶で学校にいる時は一言も口を利けない私は、三好さんから水色の雨合羽を受け取ると〝ありがとう〟とも言えなかった。

雨の日にも、きちんと袴をつけた三好さんである。赤い顔で一寸《ちよつと》きまり悪そうに廊下で合羽を私に渡すと、無愛想な私に間が悪そうに、いよいよ顔を赤くし、廻れ右をするような足取りですぐ引き返してゆく。クラスの生徒は三好さんの顔を覚えて、わいわいはやし立てるので、いまにも泣きそうな目で笑いながら、子供達を見ているのだった。

私が二年になった頃である。一家四人だった家族に叔母が加わり、五人になった。

父の末妹で二度めの結婚に破れて、郷里前橋から上京して来た慶子である。

丸顔のきれいな人で、この叔母に連れられて歩いていると皆振り返った。二十四、五歳だった。

母は、人工的に美しく装う工夫を凝らして、鏡の前に長く坐っている人だったが、叔母は鏡に向うこともなく、それでいて母よりもずっと美しかった。

母のガラガラした物言いや動作に比べて、叔母は声も優しく細く、女らしいのである。

私は叔母の膝に乗ってあまえたり、千代紙やお手玉の遊び相手にもなってもらい、風呂にもついてゆくほど馴染《なじ》んでいった。

小ぢんまりとした日本髪を結い、赤い手絡《てがら》をかけている髪の毛は、母のような癖毛でなくて美しい。細く長い衿足の奥には、赤い肌襦袢《はだじゅばん》の衿が、ほんの少し覗《のぞ》いている。

二階の書斎の隣に三畳ほどの小さい部屋があり、そこを叔母は自分の部屋にした。

夜になると、叔母はひとりで静かに寝《やす》むのである。

不思議なことに、叔母が寝ている時、天井が怖しく、私は不吉な気持になるのだった。天井から長い髪の毛が下って来る夢や、お化けが出てくる夢を見る。しまいには熱を出して汗をびっしょりかき、怖い怖い！　と、魘《うな》された。

叔母が、帰郷している時であった。誰もいない筈の叔母の寝室から、病人が呻《うめ》くような不気味な声がしたので、目が覚めた。母も、やっぱり不吉な予感がしたという。

朝になって、雨戸の締め切った暗い部屋の襖《ふすま》を明けて、父はそんなばかなことがあるかと笑った。母と私は、父の後ろから恐る恐る部屋の中を覗くと、黴《かび》臭いだけで勿論誰もいない。叔母に異変があったのかと、父と母は話しあった。

次の日、三好さんが来た。

母は昨夜の不気味な声のことで、三好さんに話すと、

「病気じゃないのでしょうか！」と、言い終らないうちにみるみる真っ赤になった。母は赤く

なった三好さんを、からかうように、

「あら！　慶子さんを好きなの？」と、言う。

三好さんは一層赤くなって、耳や首まで赤くなってしまったのである。そして思い切ったように、

「ぼくの気持を慶子さんに分ってもらえるには、どうすれば良いでしょう？」と、言った。ますます真っ赤になってゆく三好さんに、

「活動写真に入って、手を握るのよ」

母は、こともなく言う。

「ぼくには、そんな失敬なことはできません」と、困ったようにしょんぼりとなるのであった。

叔母は、再び二階の三畳で暮すようになった。三好さんの案じたようにやはり病気だった。炭酸ガスの中毒で死にかかったのである。

三好さんが、叔母にバナナの土産を持って来た時のことであった。当時のバナナは高価で、書生の身分では不相応なものである。出迎えた叔母は、包みを受け取ると笑いをこらえて、部屋にかけ込み母に耳打ちした。

「夏のカスリに裏地をつけて袷《あわせ》にして着ているのよ」

母と叔母は、お腹《なか》を抱えて笑っている。

「貧乏書生じゃ、好きだと言われたってうれしくないわ」

叔母は、いつまでも笑いが止まらなかった。

三好さんは、父を通して慶子に結婚を申込んだものの、初めから相手にもしてもらえなかったのである。

父は「三好君は、将来性のある青年だ」と、勧めた。が前橋の両親（祖父母）は、立腹して、

「一定の職業に就いていない書生の身分で、大事な娘をほしいとは、何と己知らずの人間か」

と、三好さんに当て、絶縁状のような手紙を送ったのである。

私の家庭は、こんなことと前後して急速に破壊されていった。母が家を顧みないで、毎夜ダンスに熱中するようになったからだった。

家の中は、汚れた洗濯物の山と熱病に冒された妹の泣き声だけだった。父も毎夜泥酔して帰り、空家のような家に子供だけが放り出されていた。

私は妹の肺炎を感染《うつ》されて、二人並んで〝お母さま‼〟と、泣き叫んで朝方まで帰って来ない母を待つ。天井から髪の下がって来る夢や、深い底無しの谷へ落ちてゆく夢を見続けていた。

ふと、額に冷たいものの触れる快さに、意識を取り戻すと枕元に三好さんが坐っているのであった。

「葉子ちゃん！　すぐらくになるよ」

三好さんが、徹夜で氷枕を当てて冷やしたり、胸を押さえて咳を止めてくれるのを、私は夢うつつの中で知っていた。

両親が、離婚したのは昭和四年の夏であった。私と妹は父に連れられて、前橋の祖父母の家に行ったのである。

三好さんが、暫《しばら》く大阪の実母のところへ行ってる間のことであった。

慶子と惣之助《そうのすけ》

昭和八年のことであった。前年新築した世田谷の家に、父、祖母、私と妹それに叔母も一緒に住んでいた。或る日私が女学校から帰宅すると、太った男の人が庭にいて叔母と暢気《のんき》に喋っている。背は低い方だが、エネルギッシュな感じの人であった。

家の中もその人の立っている庭も、春が来たような華やかさが、充ち満ちていた。

叔母は美しく着飾っていて、祖母も上機嫌に女中達を指図して働いている。

「誰だろう」と、私は思った。父の友人達で庭を歩いたり家族ぐるみの歓待をすることは、今までに一度も無いことだったので、今日は余程の日だと思った。

女としては背の高い叔母と並ぶと、その人の方が低い。太ってずんぐりとしているが、声だけはソプラノに近い声量で、始終辺りを賑やかに包み込みながら、愉快そうに歩き、歩いたところに花びらを撒《ま》き散らしていた。

茶の間には父が独りで、銚子《ちょうし》を一本だけ祖母に当てがわれて坐っている。暫くすると庭の方から、

「葉子ちゃん！　こっちへいらっしゃい」と、その人は、私に声をかけるのであった。

私は女学生になっても、相変らず人見知りをしていたが、不思議に近づきやすく庭に降りてゆくと、

「ぼく佐藤惣之助だよ。よろしく」と、握手を求めた。厚みのある暖かい掌である。

詩人の佐藤惣之助という名前は、このごろ時々祖母や父の話の中に出てくるので、私は知っていた。が、顔を見たのは初めてであった。

初め惣之助が家に来た時は、父に見合をさせようという魂胆であった。惣之助の妻は琴の師匠をしていたので、亡妻の弟子の写真を持って来るようになった或る日、叔母の慶子と顔を合わせた惣之助は、父の縁談の方は後廻しにして、叔母にプロポーズしたのである。（惣之助は私の一家が大森にいた時にも来たことがあるそうで、叔母ともダンスをしたりしたが、当時惣之助には妻があった。）

しかし、叔母の心を獲得するには、祖母を納得させることがまず必要であり、それには並々

ならない苦労がいった。祖母は詩人嫌いである。詩人は貧乏だからだ。が、惣之助は釣の話を書いたり、器用なことから他にも何かと収入を得ているので、三好さんほど軽く見られていなかった。夫婦二人が安心して暮して行けることが、条件にかなったのだろう。二人が、結婚式を挙げたのは、その後間もなくであった。惣之助は二度めで、叔母は三度めの結婚だった。二人共子供は無かった。惣之助の方に母親がいるので、三人で暮すことになったのである。叔母にとって姑《しゆうとめ》の存在は悪条件であるが、それだけ妻を大切にしてくれるという約束をしてくれたのであった。

皆から祝福され、若い新婚同士のような華やかさの、門出であった。

披露宴は、川崎砂子の惣之助の自宅で行われた。当日の仲人に、佐々紅華夫妻を頼み、室生犀星、福田正夫、陶山《すやま》篤次郎等の顔ぶれの他に、父と祖母も出席した。

祖母は、四人の娘の中で慶子を溺愛《できあい》していた。そして器量自慢でもあった。あまり器量自慢のために、家柄や身分を第一条件にして、娘の結婚相手を選んだのが、これまでの失敗の元であった。

二度の結婚に破れた後、父の友人の谷崎潤一郎氏と交際したこともあった。芝居見物や上野の博覧会に行き、観覧車に乗ったりして一日をたのしんだ後で食事をした。谷崎氏には妻がいたが、慶子の美しさに惹《ひ》かれて結婚話がでるところまでいった。世間には妻がいても愛人を作って器用に遊んでいる人もいるが自分はできない、と、慶子の気持を確めたのだが、谷崎氏が気難かしい人に思えて慶子は断った。

叔母のタンスの中には沢山の衣裳が入っていたが、惣之助と結婚する時も、新しく衣裳を求め、古いものは持っていかなかった。衣裳道楽だったのである。祖母と二人一緒に百貨店へ出掛けて行くのが、趣味であった。

特別染めの友禅の縮緬《ちりめん》、黄八丈や、大島の別誂《べつあつら》えなどを、誂えて来る。派手好みで目立つため駅員に「往復ハガキ」と、渾名《あだな》をつけられた。行きは祖母と一緒に出掛け、帰りは叔母がいないためである。惣之助に嫁してからは、途中で別れて婚家へ帰るようになったのだ。

祖母は私と叔母とを、女中とお姫さまほどに譬《たと》えていた。衣服はもとより食物に至るまで、はっきりと差別をつけられるのであった。私は叔母の残りものを食べさせられ、着古した襦袢を外出着に譲り受けてもらい、それでもまだ物が良くて奴さんには勿体ないと、言われた。

「慶子の爪の垢《あか》でも煎《せん》じて飲むと、少しは器量も何とかなるだろうに、奴さんと来たら……」

と、退屈紛れの話題にされていた。

叔母は、一週に一度は家に泊りに来た。親子が離れて暮すことはできないから、娘を泊りに帰してほしいと、祖母が申出たのである。気さくな惣之助は、どんな申し入れも承知して、慶子の好きなようにさせていた。

惣之助は叔母と一緒になって間もなく、流行歌詞を作るようになった。翌年の昭和九年、「赤城の子守唄」でヒットを出してから、「湖畔の宿」「青い背広」等と次々に当って、一躍流行歌詞の寵児になっていったのである。叔母は幸福だった。夫妻で熱海や式根島などの旅行はもとより、食べ歩きや衣裳道楽の粋をつくした。

祖母は、今日まで幾つかあった娘の再婚の話に耳を藉《か》さなかったことや、まして貧乏詩人の三好達治と結婚させなかったのは、先見の明があったと、自慢した。「朔太郎も少しは惣之助の爪の垢を煎じて飲むか、流行歌でヒットするものをお書きよ」と、言うのだった。

昭和の初め頃に、三好さんから求婚された時、叔母は当時無名で貧乏だった詩人の心など、少しも考えようとはしなかった。冬になると夏の紺ガスリに裏をつけて着て来るような滑稽な人が、むりをして持って来るバナナの土産に、厚意は判ってもそれ以上の気持は持たなかったのだ。祖母はあの時絶交しろと言い渡したことは、大手柄だったと繰り返した。

祖母は、惣之助を親戚中で一番信用するようになっていった。客嫌いな祖母が、何かにつけて夫妻を家に招くことを喜んだ。

惣之助は、祖母に話を合わせることも上手であるし、誰もあきさせない。始終あり余る声量で喋り続け、一座を笑わせ、リードする。芸人のように手拭一本あれば、百面相も演ずるし、ドジョウ掬《すく》いもするという器用さで煙に巻く。

叔母のいない時は、旅先で女にもてた話などをするので父に「娘の前だよ」と、注意をされるほどだった。

暗いじめじめしたことが大嫌いで、妻の慶子にも三味線を弾かせ、家中はまるで料亭へ芸者を呼んだような華やかさとなった。

惣之助はあちこち旅行に出掛け、その先々で楽しく遊んで来るのは、本当は唯一の息抜きでもあったのだ。慶子と姑の仲が初めから冷たく、家の中がおもしろくなかったためであった。夫が旅に出るのを待ちかねているように叔母は家に来る。姑はその間親類のS家に泊りに行くという具合だった。

祖母は慶子が泊りに来る日を、唯一の楽しみにしていた。例によって祖母が私に隠し、この日のために取っておいた菓子を離れ座敷を締め切って二人で食べながら、慶子のための新しい衣裳を出して眺めた。佐藤家から持って来る土産物も、そこで二人だけで分け合う。

祖母は食物に関して病的なところがあった。めずらしいものがある時など、戸棚にかくしておきカビが生えても私には与えない。

私がほしいと言うと「母なしっ子にはぜいたくだよ」と、叱られるのである。

食事もたいていは祖母・叔母達とは別々だった。

私は叔母が久しぶりで帰って来るのがうれしくて、玄関に飛び出して行ったり〝幾日泊れるの？〟と、たのしみだった。が、それも束の間のことであった。

父は「慶子は姉妹のなかでも一番おっかさんの悪いところばかり似ている」と、私に言った。懐《なつ》いていってもこんなことになる私を見ているようであった。

昭和十五年、惣之助がハルビンに従軍した時は、叔母当てに毎日のようにひんぱんに手紙が来た。魚料理の時は、食べやすく身をむしってくれ、魚釣りの時は餌《えさ》をいちいちつけ替えてくれるほどまめな人は、手紙を書くことなど朝めし前の仕事だったのに違いない。さすがの祖母もあきれるほど、従軍の様子をはじめとして、熱烈な愛の手紙を達筆でしたためてよこした。

「かね子よ。愛するかね子よ。遠くはなれていると、いかに僕がおまえを愛しているか自分ではっきりよく分る。かね子なしには生きられない僕だ」

「二人は永久の夫婦だ。そう信じていればもう僕も安心していられる。かね子の気持を知りたい。一体に僕よりかね子の方がつめたいぞ。そうは思わないか。かね子の心を聞かせてほしい。君を精神的にも愛しているぼくだ。早く帰りたい。逢いたい。顔が見たい」

来る手紙のどれも、まるで若い恋人から来るような愛の手紙であった。

宛名は佐藤周子《かねこ》となっている。実名の慶子は姓名判断では、佐藤の姓に合わないと言われて改名したからだった。今日まで結婚運が悪かったのも、名前が悪かったと言われ、惣之助と結婚したのを機に名前を改め、再出発する気持であった。周子に改めたのは、戸籍上ではなく呼称だけで、時には両方を呼んでいた。

惣之助がハルビンから帰った時、気の故《せい》か疲れた色も見え、一段と太って来た。高血圧でいつ死ぬか分らないと、冗談を混えて言うようになった。その頃は、戦争も本格的になってきて、酒もなくなり、家で賑やかに集まることもなかった。父は、その年（昭和十七年）、前年の秋から滞在していた伊香保《いかほ》で風邪をひいて帰り、そのまま寝込み、B25が一機初めて東京の上空を飛んだ時は、床の中だった。そして五月に入って急性肺炎を併発して、十一日に急逝《きゅうせい》したのであった。


惣之助が親戚代表となって、葬儀万端をととのえ、祖母の相談役になって働いた。父が冗談に「慶子を惣之助に嫁がせておけば、ぼくの葬式の時は安心だ」と言っていたのが本当になったのだ。まめでエネルギッシュな人は、その本分を発揮して一人で走りまわった。女ばかりの家に唯一の男手で、得難い存在だったのである。


通夜から告別式まで、毎日来たのは三好達治さんだった。他に室生犀星、堀辰雄、宇野千代、中野重治、中河与一の諸氏もいた。通夜の夜惣之助と室生犀星氏の二人は最後まで残って酒を故人の写真の前で飲みながら、

「この次はぼくの番だ」と、言い合った。だが惣之助は一段と高くよく通る声で、

「この次はぼくの番だよ」と、皆を笑わせながら言った。

三好さんは、冗談も言わず真剣に、心の底から父の死を悼んでいるようだった。いつもの羽織、袴を着て、きちんと正座を崩さない。大森時代から父の最期までの十七年間、父を尊敬していた一番の人だった。

私は幼い時のように、傍《そば》に行くことが、気おくれして、できなかったので、遠くで声を聞いてなつかしく思っていた。

父は、弟子が嫌いだったが三好さんだけは、唯一の弟子か親友に思っていたのである。特別に寝室に通ってもらうこともあったが、祖母は相変らず三好さんを嫌って、父に取り次がないで帰してしまうことがあった。納戸の窓から、門を入ってくる客の品定めをいち早くするのだが、気に入らない三好さんを女中に断らせてしまうのだった。後で父に知れて、めったに怒ったことのない父が、この時は随分怒った。しかし祖母は何度も父の気持を無視したのである。会えずに門を出て行く袴をつけた三好さんの後姿を、祖母は気を咎《とが》める風もなく納戸に立って眺め、

「いつまでも、うだつの上らない詩人だね。惣之助の足元にも及ばないじゃないか。あれでよく慶子に申込んだものさ」と、言った。

しかしそのころの三好さんは、大森時代のような無名の青年ではなかった。詩人懇話会賞も授与されていて一流の詩人となっていた。

国民歌謡に「旅人」が唄われ、三好達治の名前は子供でも知っていたのである。

父の葬儀の時には、客嫌いの祖母も弔問客を座敷に通した。三好さんは初めて祖母とも会い、慶子叔母にも十数年ぶりで会えたのだった。その頃は三好さんも佐藤春夫氏の姪《めい》と結婚して、二児の父であった。叔母へ二言、三言弔いの言葉を言っただけで、あとは叔母の方へ顔を向けないで、じっと坐っていた。

庭では父が好きだった藤が、甘い香りを放って、満開の藤房を垂れていた。蜜蜂がむんむんとむらがって、亡き人に弔文を唱えているように見えた。

父の葬式が済んだ翌日のことである。藤にむらがっている蜂を放心して見ていた私の耳に、けたたましく電話のベルが鳴り渡った。十五日のことだった。惣之助が出先の女の友人の家で倒れたという叔母からの電話なのだ。

「ほんとうかい⁈　慶子‼」

あわてている祖母の声が、家中にひびいている。

「それでまだ助かりそうなのかい？　え？　死んだ⁈　慶子！　ほんとうかい‼」

気が狂ったようにあわてている。気丈な祖母が別人のような態度で私に取り縋《すが》って泣き出した。父と四日違いである。これが現実のこととは信じられない驚きで、私も茫然となった。

その日出先から叔母に電話があって家のバラがよく咲いているという話をした後、風呂を沸かしておくようにと、いわれたという。風呂が沸いて叔母が入っていると、使いの者が急を知らせに来たのであった。片びっこの下駄をはいたまま、駈けつけた時には、すでに息切れていたのだ。病名は脳溢血である。女の友人の家で「疲れたから休ませてくれ」と、コロンビア会社の帰りに立ち寄り、苺を食べているうち胸が苦しくなった。そしてそのまま昏睡状態になったのである。

生前賑やかだった人にふさわしくない、あっけない最期であった。

惣之助の葬式は洗足池《せんぞくいけ》の自宅で行われた。柩《ひつぎ》の中にバラの花に飾られて眠っている詩人は、いまにも起き出して、

「ちょっと待ってくれ。ぼくはまだ死んでいないよ」と、起き上ってくるように思えてならなかった。

納棺の時のことだった。誰かが〝奥さん！〟と、呼んでいた。何度呼んでも叔母の姿は無かった。身内の者の手をかりなくては、白装束を着せたりの世話はできない。それに重い遺体を動かすこともできないし、しきたりとしても一番近い奥さんについていてもらうため奥さん、奥さんと何度も呼ばれていた。返事がないので、皆で捜しにゆくと、叔母は台所の隅の所で、

「こわい！　こわいからゆくのは厭なのよ」と、

身をちぢめているのだった。

「奥さんはこわいそうだ」

おどろいたような声がした。そして遺体は叔母の手助けもなく、納棺されたのであった。葬式はバラの咲き乱れた、故人にふさわしい明るい庭で行われたが、生前の華やかさに比して、参列者の顔ぶれは寂しいものであった。生前からつき合いのなかった三好達治さんは、参列者の中に入っていなかった。

告別式が終って、一段落すると今度は〝遺言〟のことで問題が起きた。惣之助が三年位前に書いておいた遺言を親類のS家で保管してあったということだった。その遺言によると、慶子への遺産分配は住んでいる家だけで、著作権や印税、慶子のへそくり貯金帳まで、すべての所有権が失われると言うことだった。

叔母は悲嘆に暮れて泣き出し、祖母は身体をふるわせて怒った。「あんなに調子が良かった人が陰ではこっそり遺言なんか作っておいたとは！　人間なんか信じられなくなった。あんなに慶子を愛しているなどと言っておきながら、ずうずうしい人じゃないか！」

急いで弁護士を頼んでみたが、効果は無かった。

「あの人がそんなことをする人とは信じられないから、これは他に陰謀を働く者がいるのよ」

叔母は、夫のしたことを信じられなかった。遺産をS家にゆくようにしたのは、母親想いの惣之助が老母の生活を心配したためであろう。自分の早死を予感していたのかも知れなかった。

故人の納骨もまだ済まない折に、紛糾を展《ひろ》げたが、しかし死人に口なしである。何の理由があって最愛の妻である筈の慶子に、最も不利な遺言を残しておいたのか、謎であった。

初七日が過ぎると、姑は遺骨を持ってS家に引き取られて行った。後には慶子が、女中と二人だけ残って急にひっそりとなった家に、せめて夫の百カ日が済むまではと、がんばった。

百カ日までには、家の買手がつくようにと売りに出したが、土地は借地で、足元を見られているため、わずか一万円の売り値をつけられたのである。

叔母は夫の急死に遭って、哀《かな》しみのさなかに、まったく思いもよらない遺言事件がもち上り、気持は顚倒《てんとう》していた。

毎夜空家同様のがらんどうとなった家に寝起きしている時、一通の封書が舞い込んで来たのだった。見覚えのある筆書きの草書に三好達治とある。

開封してみると、礼儀深く節度をわきまえた慶子へのいたわりと、弔いの言葉がしたためてあった。父の告別式の時には惣之助の元気な姿を見ていたのに、それが四日めには他ならない慶子の夫が、死ぬ運命だったことに、驚いたのであった。

慶子は、かんたんな返事を書いて出しておいた。すると折り返しまた手紙が来たのである。

それからは十日に一度くらいは必ず手紙が来るようになり、百カ日までにはかなりの量の手紙が来たのだった。

百カ日が過ぎて、無事に家の買手もついたので、叔母はまた私の家に来て暮すようになった。祖母と二人の話は、相変らず遺言のことに尽きていた。

翌年五月十一日、父の一周忌に三好さんは、一番先に小田原から線香をあげに来てくれた。一年間に、三好さんと叔母は、手紙のやり取りや、かるい外出もするようになっていた。家にも、筆書きのそれと分る便りが頻繁に来ていたのである。あまり来る時、祖母に見つからないように、叔母はこっそり始末することがあった。

その年の夏、三好さんが家に来て、

「葉子ちゃんも一緒に箱根へ行こう」と、私を誘ってくれた。留守番ばかりの私は珍しく叔母と三人で日帰りの小旅行に行くこととなった。良く晴れた箱根の強羅《ごうら》を蘆《あし》の湖《こ》まで歩いたのであった。二人の後から私は蹤いて歩いた。三好さんに寄り添うようにしている叔母の長身の後姿と、それをいたわるような藍色《あいいろ》の紬《つむぎ》の和服姿が、湖畔を彩っていた。

祖母は、私が一緒だから安心して叔母を三好さんの誘いに応じさせたものの、

「未亡人になったからといって、妻子持ちの男がやたらに女を連れ出さないでもらいたい」と、不機嫌だった。そして手紙が来ることを次第に黙殺しないようになった。

「貧乏詩人とつまらない噂を立てられた日にゃ損だから、良いかげんに放っておきよ」と、言った。

三好さんから小田原カマボコを送って来たり、速達の手紙が来ると「また来たね」と、眼鏡の奥で睨《にら》む。だがカマボコだけは仏前に上げ、線香くさいにおいを沁《し》み込ませ、それからいつものように二人で食べる。

叔母は或る日、

「三好さんのことで困ったわ」と、祖母に言った。祖母はそれ見たことか、と言いながら話を聞いていたが、

「家庭がおもしろくない。妻と別れたいというのが段々本格的になってきたので、止めてもだめなのよ」という叔母に、

「別れようと別れまいと、慶子の知ったことじゃないだろう。あんまりかかずり合っていると、手切金だの慰藉《いしゃ》料だのと余計なお金がかかり、借金でも申込まれたら大変だよ」と、言った。

何のために三好さんをこんなに言うのか、と、私はくやしい思いだった。当時の私は文学や詩のことは、少しも判らなかったが、三好さんという人間の純粋さだけは、はっきり感じていた。

三好さんは、祖母がそれほどひどく言っているとも知らず、家にも時々来るようになっていた。叔母の慶子は、曖昧に二人の話を受け流していた。祖母と一緒に三好さんの悪口を言って、次の日は、何喰わぬように三好さんと打ち合わせて外出するのであった。近所の人達から「夫

が死んでまだ二年にもならないのに」と、悪口を言われた。

叔母はしかし帰って来ると三好さんとの外出もあまり面白くない様子で、迷惑そうだった。

「家庭がおもしろくないとか、奥さんが変人で気が合わないとか、子供は可哀そうだが愛情のない奥さんと別れたいと、そんなしちめんどうなことばかり相談するので、うるさくていやになるわ」と、祖母に、言った。三好さんは、妻との間もうまくゆかず旅行勝ちで家にはいなかったのである。そして惣之助が死んだその日から、今度こそ慶子を自分のものにしようと心に決めていたのである。折から戦争で物資や食糧の欠乏している昭和十九年だった。三好さんは、既に妻との別居を決心し、秦秀雄氏に頼み福井県三国町、米《こめ》ヶ脇《わき》の森田別荘を借りる手筈を進めていたのである。海に臨む家を一軒借りることに成功したのだった。

三国に家が借りられる手筈がつくと、先に行って慶子を受け入れる準備に忙しかった。

荷物は妻の方へ置いて、家出のような形で三国に行っても、机一つ揃っていない。広いがらんどうの家に人間が住めるようになるまでに、時間がかかった。五月十一日、父の三回忌の命日までには支度をととのえて、慶子を迎えに来る心づもりをしていたのであった。去年のように十一日の命日には、一番早く来て線香を上げてくれた。朔太郎が自分と慶子を結び合わせてくれるにちがいないと、念じていたのである。

その夜のことだった。応接間で三好さんと叔母は二人で話していたが、

「遅くなったので、泊めてくれというのよ」と、不機嫌な祖母に言った。

「こんな時間まで帰らないなんてずうずうしいよ。帰すわけにもいかないから、二階の朔太郎の寝室にでも泊めるんだね。あそこならどうせきたないから」と、言った。

私が、夜中に目が覚めると、二階の父の寝室から三好さんの大阪なまりのある甲高い声がして、時々叔母の声もしていた。祖母はいつも叔母と二人で寝ている離れ座敷に一人で寝ていたが眠られないらしく手洗いに立ったり咳をしていた。慶子のもどって来るのを待っているのだろう。慶子のすることは、どんなことでも文句や叱言《こごと》は言わない祖母である。

私は、この時やっと三好さんと叔母との間を察するのだった。

せっぱつまったような三好さんの気持が、二階からでも手に取るように感じられるのであった。

叔母は階下に降りて来て、祖母の寝ている座敷に入ってゆくと、気の進まないように、

「あなたを十六年何カ月とか、思い続けて来た。最初から自分は道を誤ったのだ。妻との間が冷えているのは貴女《あなた》という人が忘れられないからだった。今日まで自分はずっと、あなたを想い続けて愛のない生活をして来た、と、私に縋って泣くんです。あんまり激しくてびっくりしたわ。あなたを仕合せにするから三国へ疎開してくださいとうるさく勧めるの」と訴えた。

祖母は「いやだねえ。だからあたしの言った通りじゃないか。深入りするから悪いんだよ。

うっかり男の甘言に乗っては大変だよ。佐藤の遺産があると思って、あてにしているのかも知れないからね」

「……なにしろひどく興奮していて手がつけられないのよ」

「顔でも切られないように気をつけた方が良いよ」

叔母はまた二階へ上って行った。前よりも一層声高の三好さんの声がした。階下に寝ている私の部屋にまで聞える声だった。

「惣之助が死んだその日からぼくはあなたを掠奪《りやくだつ》しようと考えていた……」。激しい調子の声は、息切れしながら続き、心のありたけを吐露しているのが分った。

迷っている叔母を、強引に福井へ連れてゆこうとしているのだ。

祖母は、しかし慶子に最後の助言をした。

「妻と別居したといっても、籍にはちゃんと入っているくせに、それじゃまるで体の良い妾《めかけ》じゃないか。もし本気でお前を好きならば、ちゃんと籍を抜いてから愛しているのどうのって言うもんさ。籍も抜かずにそんな裏日本の片田舎なんぞに大事な娘はやれないよ」

祖母の言葉を叔母は三好さんに伝えると、籍はすぐ抜くと、きっぱり誓ったのだった。

「話し合いは、籍を抜いて謄本を見てからでなくては、できないと言って、もう相手にするのはお止め」

翌日の朝、食事もしないで三好さんは帰って行った。妻の籍を抜くためである。

「まったくしつこい人だね」祖母は言った。

「疎開しなさい。東京は危ないから、ともかく三国へいらっしゃい。きっとあなたを仕合せにする、と、頼みもしないのに、私を説き伏せ疎開させようとするのよ。でも本当に籍を抜いてくるかしら？　それであの人の言うことが嘘か真実かが分るわ」

それから十日経った五月二十二日、三好さんから電話がかかり、これから家に来ると言う。

三好さんは、籍を抜いて、本当に叔母を迎えに来たのだった。

三好さんの奥さんは、佐藤春夫氏の姪なのでこのために春夫は大変な腹立ちで、以後絶交とまで怒った。そして谷崎潤一郎が春夫に頼まれ、吉村正一郎、桑原武夫氏の立ち会いで、正式の証書を作ったのである。

「養育費、教育費、生活費を仕送りする」という契約公正証書謄本である。日付は昭和十九年五月十八日。神奈川県小田原市。となっている。

謄本を見て、祖母はやっと承知する気になった。不承知ながらも、三好の言うことは嘘でなかった、慶子を妾にするつもりでなかったと、言ったのである。

三好さんは明日ひとまず先に三国へ行く手筈だと言い、後から行くと約束した叔母と打ち合わせて帰った。祖母は「いやだったらすぐ帰っておいで。籍を抜いたからといって、おまえに何の責任もないのだからね」と、重ねて言うのだった。

逃避行 ——慶子の手記——

1 三国行 昭和十九年五月

三好があまり熱心に愛を告白するので、私は遂に三国行を決心した。
——たとえ天地が滅びようとも、この愛は変らない——
と誓ってみせるのを聞いているうちに、私は佐藤に遺言を書かれた傷心と、戦争が激しく食糧が乏しくなってゆく世の中に、頼りになるのはこの人だけと思う気持になってきたからだった。

東京は三好の言葉通り、いつ空襲に遭って焼け出されるかも分らない。福井に荷物と一緒に疎開していれば、何より安全だ。それに食糧にも不自由なく暮せるであろう。

妻とも正式に籍を抜いたので、まさか母の案ずるようなメカケ同様な暮しをさせるつもりは、ないであろう。私があまり乗り気でないので正式の結婚を要求するのは遠慮しているが、私さえ承知すれば、喜んで妻として入籍したいつもりでいるのが、分っている。でもあの人と正式に入籍して結婚するなどは、考えてはいない私だ。

あの人が、めちゃくちゃなほど私をかきくどき、熱心に疎開を勧めてくれるので、三国に疎開してみるのも、悪くはないと思ったまでなのである。身一つで来てさえくれれば良い、食糧や小遣には不自由させないからという約束だった。海岸だから魚だけは満足に食べさせてあげられるという。食糧事情の良いことが当面の魅力であった。

東京に葉子と二人で残っている老母が気の毒だが、私の気持が動いて来たので、それほどの反対はしなかった。

私が三国行を承知した時の、三好の晴れ晴れとした歓喜に満ちた顔は、おかしいほどだった。私の膝元に頭を垂れて、

――慶子さん。ありがとう！と、衿を正して坐り直し礼を言う。頭が大きいので、その様子はまるでいたずらっ子が、母親に甘えているような恰好だ。

三好は段取りもあるとかで、一人でひとまず先に行くことになった。私の気が変ったり、口約束で終るようなことがあればと危懼《きく》して、一緒に行くことを勧めるが、三日や四日では荷造りの用意ができないので、先に行ってもらった。なにしろ三好が私を勧誘に来たのが十一日で、十八日にはもう妻の籍を抜いてしまったという早さだ。空襲警報が鳴っている世の中に、よくもそんなに早々と手続きを済ませたと思ったが、ともかくその熱心さには、参った。

三好は、今夜にも東京に空襲があって焼け出されるかも分らないからと、私の大切な衣類だけを持って行ってくれた。旅行カバンに本と一緒につめ、残りを大風呂敷に包んで、唐桟《とうざん》の和服にモンペで背負うのである。

出発の三十日の朝、母があまり気を揉むので私は気おくれがしたが、思いきって発った。途中で空襲に遭ったらと、それればかり案じたが運を天に任せた。

上野で、汽車を待つ時ホームの混雑は予想以上だった。大きなリュックを背負った買出し客や、女、子供の、親類を頼っての疎開の人達で、ごった返している。窓から飛び込む客に席を横取りされて、私は身動きのできない通路に立ち通しだった。デッキや洗面所にまでぎっしりで、こんな思いをするのならば、来るのではなかったと、後悔と腹立ちでじりじりとしてくるのだった。

私は、三好が気に入っている縞模様のセルの着物を着ていた。母が縫ってくれたばかりだったが、押されて皺になり惨めな気持になってゆく。お金はモンペの下の胴巻きに入れてあるが、掏摸《すり》が心配だった。母がお弁当を二つ用意してくれたが、それも食べてしまい、疲れと空腹で倒れそうだった。

通路の荷物の上に腰を下ろしたが、手洗いにも行かれない始末だ。子供は窓から用を足す有様である。

たとえ佐藤のような収入はなくても、私をこんなひどいめに遭わせて誘い出したのだから、それ相応の報いをもって迎えてくれるのでなくては、骨折り損である。

汽車は予定より遅れて、ようやく金沢の駅に着くと夕方の気配になっていた。大方の人は下車してしまったので、私は席を二人分取ると、窓から顔を出して三好の姿を捜した。モンペを履いた三好がホームの真ん中で、背中をぴんと張って立っているのを見た時、とてもうれしかった。随分長く待っていたらしく、疲れた時の皺っぽい、年寄りくさい顔で、窓から手を振っている私を見つけると、俄《にわか》に顔一面の笑顔を浮ばせて、こっちへ駈けて来た。両手を一緒に前後に動かすおかしな恰好である。急いで汽車の中へ入って来ると、真っ赤な顔をして、

——よく来てくれました!

と、左の眼の上のホクロの辺を、手の甲で拭う。涙が出たのを拭っているようだった。

私はそれを見ると、思わず長い一人旅の気苦労と疲れが出て、この人に恨みがましい気持が起ったが、ウニの入ったおにぎりを沢山作って持って来てくれて、とても美味《おい》しかったので、苦情は言わなかった。

金津《かなづ》へ着くと、三国港までの単線の電車に乗る。三好はこの小さな電車が好きだと言うが、荒っぽい言葉の漁師やおっさんがいて、急に田舎の漁師町へ来たという感じがした。こんな辺《へん》鄙《ぴ》なところに住めるだろうか。

あの人の横顔には大森時代の青年の時のような若さが、彷彿《ほうふつ》として浮んでいる。彼は四十四歳で私は四十歳だった。年にしては老人くさい好みなのが、私はどうも好きになれない。佐藤のように女の心を喜ばしてくれる言葉を、知らないものだろうか。こんな時佐藤だったならば、キザと思うほどに〝愛している〟〝美しい〟等と言ってくれるのに、この人は言葉を失った人のように、さっきから窓の外ばかり眺めているのだ。

三国港で降りて、海岸沿いを歩いていると波は静かだった。カラスが海岸の藻屑《もくず》を真っ黒になるほど集って突《つつ》いている。こんなに近くでカラスを見たのは、生れて初めてである。縁起の悪い、厭な予感がしてならなかった。三好はカラスを見ると元気が出たかのように、俄に能弁になった。三国随一の富豪森田家の西別荘を借りていること、秦秀雄氏が保証するならば貸してくれると言われて、秦氏の保証付で借りたこと等を説明してくれたのである。

顔いろの良くない漁師が、だるそうに浜づたいに歩いてくる。三好の顔を知っていて皆挨拶してゆく。

裏日本の海は、初めてだった。漁船が岸に何十艘《そう》となく浮んでいるのは、壮観であるが、いまどき漁に出られないのだろうか。半分毀《こわ》れて傾いているのが多い。配給の油が無いのだろう。十分も歩いたのだろうか。海と岩の突端で道は塞《ふさ》がり、右手の石畳の坂道を上り、細い小径《こみち》の脇を入ってゆくとぽつんと一軒建っている暗い家が左手にあった。離れ小島のような丘の上である。見渡す限り海に囲まれた寂しい所にその家はある。

——ここです。

あの人は、言った。まさかと私は思った。白い土蔵の壁が崩れ落ち、垣根もなく外からまる見えで、カステラの空箱を利用したらしい板片に「三好寓《ぐう》」と、行書で書いてあった。土蔵の崩れ落ちた壁に相合傘の落書が書いてあり、草は延び放題に延びている。草むらの向うに井戸がぽかんと口を明けていた。

あの人が小田原から、わざわざ妻や二人の子供達と別れてまで、こんな所へ来たのは皆私と一緒に暮したい一念であった。それほど熱心な三好の思い通りになったので、余程有難がってもらわなければ、私は引き合わないのである。こんな家に住めるのだろうか。

玄関を明けると、土間はだだっぴろく暗い。三国特有の蔵座敷とかで、奥まった部屋に枯松葉が天井までぎっしりと積まれている。

三好の機嫌良さはまるで子供のようであった。草坪の絵、会津八一の書、木彫仏像等を、暗いランプ一つをあっち、こっち持ってゆきながら、自慢して見せる。埃《ほこり》だらけの家には古い掛物が良く似合った。が、私はそんなものを見せられるのは、有難迷惑なのだ。せっかく二人きりになったのに、愛情を示す言葉をかけてくれないのが、もの足りなかった。こっそり台所の米櫃《こめびつ》をしらべると三日分位の米が入っているだけではないか。掛軸では米にならないことが、腹立たしかった。

翌日、私が目を覚ますと三好は階下の机の前に正座して、習字の手習いをしていた。室町の和讃《わさん》をお手本にしている。夜っぴて仕事をして朝方寝る習慣だが、私のためにその習慣を正常に戻すのだと、三好は昨夜言って、一緒の時間に早く寝たのである。

朝見ると、土間の続きの左は茶の間で、炉が切ってあり、その奥に三好の勉強机が置いてあった。三尺ほどの一閑張《いっかんばり》の上に、湯呑茶碗や硯《すずり》、筆が置かれ、習字に使った真っ黒の新聞紙の反古《ほご》が、机の周囲にたくさん捨ててあった。

私に気がつくと三好はぽっと顔を赤らめて「よく寝られましたか?」と言った。食事の用意もできていて生きの良いババカレイを沢山食べさせてくれる。食事が済むと籐椅子に休むように言う。それにしても何と夥《おびただ》しい本類が積まれていることだろうか。床の間や土間の脇まで本の山である。机の上には田能村竹田《たのむらちくでん》、浦上玉堂《うらがみぎょくどう》の画が掛けてある。

台所に行ってよく見ると、ガスも水道もなかった。五右衛門風呂も破損していて、使ったこともないという。

——だまされた! と心の中で舌打ちした。

私はこんな不便なところで三好の身のまわりの世話をして暮すのかと思うと、母にも言えなかった。私に苦労はかけないという約束だったので、私は台所の仕事に手を出さないでいたいと思った。

ガスも水道も無い生活など、いままで一度も経験しなかったのである。戦争中とはいえ何とか便利な方法を考えてくれても良いのに、三好という人間の心の中が分らなくなって来る思いであった。二階へ上って雨戸を明けた時、雀の巣が落ちて来たのに驚かされた。見ると巣の中にまだ羽の生えそろっていない雛《ひな》が、ぴいぴい鳴いている。一体幾日締め切ってあったのか。

三好は、いつの間にか私の後に立っていた。

——ここは穢《きたな》いから、あなたの来る所ではありません。それに家でモンペなんか履くのは、あなたにふさわしくない。

と、言う。私は心の中で三好の矛盾を嗤《わら》った。

三好は、雀の雛に餌を作ってぴいぴい鳴く嘴《くちばし》の中に摺り餌《すえ》を運んでやるのが、上手だった。鳥が好きで海に飛んでいる鳥の名前をいちいち私に教えるが覚えられないほど沢山いる。それにしてもカラスの多いのには、驚く。三好はカラスはなかなか可愛い鳥だと言うが、カラスだけは厭だ。三好は籐椅子を南に面した藤棚の下に運んで、海風を受けながら暫く雀の世話をした後、本を読むのである。藤棚の白い藤の花が、あの人の頭上まで垂れ下がっている。私は手持無沙汰で、モンペのほつれを縫っていると、私を呼び、傍にいてほしいという。海に面した庭に、樹齢三百年位の立派な黒松があって、三好は機嫌の良いにこにこ顔で、樹皮を敲《たた》いてみせる。壮大な枝ぶりの太い松だが、まるで愛馬の背を敲くような素ぶりがおかしい。

昼と夜を兼ねた食事を三好がこしらえてくれたのは、六時を少し過ぎていた。三好の料理の腕の達者なことには、驚いた。庖丁《ほうちょう》の使い方から魚の切り方まで、職人肌だった。気むずかしく神経質にススキを切りさばき、私は唯ぼんやり見ていた。

料理ばかりでなく、炭のおこし方まで上手である。兄から聞いていた三好は、電気のコードも修繕できない不器用な男ということだったが、やればできるのだろう。

私のためにススキ一匹と雲丹《うに》を小鉢一杯仕入れたと、あの人は言ったが、ススキはここら辺で取れる魚と聞いていたので、これから毎日食べられるだろうと、思った。取りたての刺身の美味なことは頬の落ちそうなほどで、三好はたくさん食べなさいと勧める。やっとここまで来た甲斐《かい》があると思うのだった。

食後、三好は恥ずかしそうに詩集「花筐《はながたみ》」の原稿を取り出して、私に見て欲しいと言った。私の為に作ったというのである。

風にさゆらぐ
風にさゆらぐ山藤の
白きむらさきいづれあはれ

いづれもあはれ日の十日
山路をゆけど晴れやらぬ
こころもあはれ

2 晩酌

晩酌の時間は、三好は人がくるりと変ったように気むずかしいのに驚いた。昼間の機嫌良さは消えて、ぴりぴりと苛立《いらだ》っているのだ。ことに一日中机に向っていた日が、一番ひどい。私はうるさい相手はごめんである。佐藤なんかは逆で「悪かった。一人にしておいて寂しかった?」と、機嫌を取ってくれたのに、三好といったら、当然のように私に当り散らすのだ。ことにお燗《かん》がやかましく丁度頃合にしたつもりでも、決まってつけ直せというのだ。ガスがある訳でもなし私はめんどうで、これで良いじゃありませんか? と言うと、その後が大変なことになる。

——これで良いとはなんだ‼ と、いきなり大声を挙げる。私はむっとして、相手にならないでいると、

——つけ直してください。

と、言う。

私は仕方なく台所に立って、コンロにまだ残っている炭火をかき集めて、徳利を温めて持ってゆくと、今度は、

——こんな熱燗が飲めますか！　とまた怒る。

酒乱なのだろうと思った。そうでなければこんなにうるさい男は、見たこともないのだ。この間、わざと、

——うるさい人ですねえ、佐藤なんかは自分でちゃんとお燗位しますよ。と言ったところそれが悪かったらしく、瞬間、蒼白《そうはく》な顔になると、いきなりトックリを私目がけて投げつけてよこした。

——すぐに佐藤、佐藤と言う。わたしの前で佐藤の名前を言わないでください。

嫉妬なのだろうか。佐藤の名を口に出した時から、三好の性格は一変した。初めの優しさは消えて気むずかしくなったのである。

不思議にここへ来てから私は何故か佐藤がなつかしく思われてならないのだった。遺言の件で恨めしく思っていたが、三好に比べてみると数十倍も良かった。それにしても三好と佐藤の性格の差は月とスッポンほどである。陰に陽とは二人のことのようだ。私は夜寝ていてもこれが佐藤だったらと思うことがあるのだった。

三好は、夜っぴて一人で飲んでいたらしく、朝見ると、一升ビンがほとんど空になっていた。こんなに酒飲みということも知らないで来てしまったが、酒ぐせの悪い男というものは、女ぐせが悪い以上に厭なものだ。佐藤なんかは女遊びの方は若い時から相当なものだったそうであるが、女房にこっそり分らないようにしてくれるならば、私は気にならない性分である。酒ぐせ悪く乱暴されるより、いくらましか分らない。三好も少しくらい女遊びでもした人だったら融通も利くのだろうが、恋愛といえば私が最初で最後だというのだから、始末が悪い。女の気持を少しも分ってくれないので、いつも思うことが一致しないで、とんちんかんだ。

それにあの人の考えていることや、掛軸一つの趣味にしても、むずかしくて理窟《りくつ》っぽく、おもしろくない。佐藤のようになぜおもしろおかしく、女房を喜ばせてくれないのだろう。しちめんどうくさいことは、私は大嫌いなのに、三好にはそれがどうして分らないのだろうか。年寄りくさく少しも佐藤のような派手なところのない人である。

気の合うところといえば、お風呂好きのことくらいだろうか。夕刻になると手拭と石鹼《せっけん》を持って石だたみの小径を、手をつないで歩いて旅館「わかえびす」の風呂をもらいに行くのが、たのしみといえばたのしみだった。すぐ目と鼻の距離にその宿はあって、いつでも風呂をもらえるのである。そこへ通ってゆく小径は、人っこ一人通らないひっそりとした石だたみの道で、二人が若い恋人同士のように手を取り合って歩くのに、ふさわしい。

女と手を取って歩くなど、あの人は生れて初めてだと少年のように恥じて顔を赤らめてしまうが、佐藤のように素早い抱擁などで、私を酔わせてくれないのが、私には物足りない。あんまりぎこちないので、尊敬の念が沸かないのだ。

ともかく「わかえびす」では二人を親類の者のように親切にしてくれるので、何の気兼もなく毎日海水から引いた「塩湯」の風呂にゆっくりと入れるのは、今時分では有難いことだと思っている。東京では十日に一度くらいしか入れない時代だから。

もらい風呂の帰りは、九頭竜《くずりゅう》河口や東尋坊《とうじんぼう》の方まで、散歩にゆくことが多かった。行けども行けども松林が続き、松籟《しょうらい》がして海鳴りと重なるのは、地の果か別天地にいるような錯覚に私を誘う。一人でこんなところを歩いていたら怖しさで足がすくんでしまうだろう。晴れた空が俄に雨雲となって、海がしけて来る。パラパラと雨が降ると、相合傘で松林を歩くのもたのしいと、三好は言う。

秋になると枯れ落ちた松葉が小径にぎっしりと敷きつめられて、じゅうたんを敷いたようになるそうだ。夕陽が射すと茜色《あかねいろ》に輝いて、その素晴しいことは天下一だ。落松葉をシャデといって、この辺では冬の燃料となり、漁師や農家の副収入になる。

三好は、人が振り返って見ているのも気がつかないで、説明を一心にしているのである。

紅葉が美しく光ったところで、いま時分何の腹の足しになるだろうか。それよりもその松葉で焼き芋を焼いたら、さぞ美味しいだろう。食べることよりも夢みたいな現実離れのしたことばかり考えているところは、私の兄と共通している。兄も霞《かすみ》を食べて生きているような人だったし、三好にもそんなところが多分にある。

そのくせ食べものに関してやかましいことは、言語道断だった。

そのものの味を生かせと言うのである。米は米の味、魚は魚の味というように、最も美味しい方法で食べなければ、意義がない、と、私がもったいないから取っておいたり、けちけちしていると、俄に気色ばんで怒り出す。その三好の気持が私にはどうしても、理解できないのだ。

この間も、牛肉の味噌漬をもらったが、今時貴重なので大事に蔵《しま》い込んでおいた。三好に見せればまたすぐ食べてしまうのが惜しかったからだ。それが運悪く見つかってしまい、ひどく叱られた。

——牛肉というものは、漬けて一週間めくらいに食べなくては、存在性が失われるのだ。蔵い込んで置くくらいなら、乞食にやった方がまだ良いです。

と、一喝された。

私の言訳などてんで聞こうとしないのだから、一方的だ。平和な時代だってそんなやかましいことは、言わないものである。なんでも食べて栄養になれば良いではないか。一徹というのだろう。融通性がまったくない。

箸の上げ下ろしまで、文句を言われるには音を上げてしまい、台所など手出しをするのがますます厭だったが、放っておくと余計うるさいので、仕方なく私がするようになって来た。お米を計っていると、

——そんな計り方はない。そんな計り方で、何が計れるか！　もの事は正確でなくてはいけません。

と、台所に棒立ちになって怒る。むっとして私が桝《ます》を放り出してしまうと、三好は一合桝の余分の米を掌でさっと切り落し、表面が水平になるまで、丁寧に均《なら》してからお釜にあける。私は見ていて滑稽になった。佐藤なんか大ざっぱで、こんな時は山盛り計った方がたっぷりあって良いというだろうに、一合桝を切って計るなんて、ばかばかしいことではないか。

私は心の中で冷笑しながら、三好の計ってくれた米を研いでいると、今度は研ぎ方が悪いと怒る。男のくせにいちいち細かく口出しするのは、どんなつもりだろう。散歩の時の恥ずかしがる様子の人とは、まったく別人だ。

夕方、近くの畠中さんが海女に分けてもらったといって、蛤《はまぐり》と酒一本を持って来てくれる。毎晩酒をのめるのは、畠中さんのおかげなのである。

三好を尋ねて来る人は、画家の小野忠弘さん、医者の辻森さん、詩人の畠中哲夫さん、松皮さん等が主な人だった。その他にも森田家の庶出の子（母親が土地の芸者）の森田愛子さんも

時々来て、三好に俳句を見てもらっていたりする。皆良い人で珍しいものを分けてくれるのであった。三好よりも、こんな人達の方が余程話相手になってもらえるのである。

三好は畠中さんが来たので、米の文句など忘れたように詩論に熱中する。ずるい人だ。他人のいる前では、台所の醜態など見せず、さも高踏な人間であるように、文学がどうのこうのと議論をする。明けても暮れても、議論ばかりでうんざりだ。一日中やられてはあきあきするのに、その上私にはやかましいことを言い、気の休まる時がない。文学のことが分らない私ならば、その他のたのしい話をしてくれるのが夫の役目であろう。佐藤はそういう人だった。片時だって私を退屈させたことなどなく、私の機嫌を取ってくれる。それが三好にはないのである。機嫌どころか気にさわることばかり遠慮なく言うのだ。

三好は、蛤鍋を私にも一緒に来て食べるようにと、部屋に呼びに来たが私はおもしろくなかったので、断った。三好は心配そうに私の顔を見てお腹が減ったのではないかと言うので、とんちんかんなのが腹立たしかった。先に食べてしまったことを隠して〝ぺこぺこです〟と答えると、急に真剣に心配した顔で、

——悪かった、悪かった。

と、真正直に謝るのである。あまりそれが正直で疑わない態度なので、私はばかばかしくなったが、三好に蹤いて客の前に坐った。

畠中さんは、私がこの頃三好とあまりうまくいっていないことを知っているので、気を遣っている。それに三好は酒の恩人の畠中さんに、すぐに怒るのだ。君の詩は未熟だと、手加減もなく厳しく批評するので、しょんぼりと帰ってゆくことが多い。拓本私家版詩集を出す話を今日はしているらしいが、三好も相当に生活に行きづまっているので、畠中さん小野さん等が心配しているらしい。お金など余分は一銭もない現状なのに、相当の費用のかかる相談では、これで金儲けをしようとするつもりでいるらしかった。一体三好の詩というものは、世間でどれぐらいの価値があるのだろうか。佐藤の流行歌の足元にも及ばないことは、分っているが、兄の弟子だから兄の半分くらいには、売れるのだろうか。

三好宛の郵便物は、米ヶ脇全体の郵便物よりも多いそうで、小学生でも三好の名前とこの家を知っている。それなのに何故いつも貧乏なのだろう。兄は父の財産があったので、どうやら生きて来たが、財産のない三文文士なんか、箸にも棒にもかからない代物だ。

晩酌で上機嫌の時など、客に色紙や短冊を頼まれて書き、私にもついでに書いてくれたりするけど、私はもらったふりをして、後で竈《かまど》にくべてしまうのである。何が書いてあるのか見もしなかった。

人をおもへば
花もとぼしく散りにけり
土にしきたるくれなゐの
淡きも明日は消えなむを

山茶花《さざんか》の

3　仕送り

月々、生活費を渡してくれれば、予算が立つので、少しでもまとめてもらいたいのに、お金はまったく自由にならない。生活費のことで突っこんでゆくと、平手打を喰わされるのである。別れた妻子の方へは約束通りにきちん、きちんと仕送りしているのに、そのお金はどこから出るのだろう。私が三日もススキばかり食べさせられていても、妻子へは必ず送金するのが腹立たしいのだ。さほど魚好きでない私は魚にうんざりしてススキは見るのも厭になった。そんなに向うが大切ならば、わざわざ離婚してまで、私に来てくれなどと、言わなければ良いのに、頼みもしないのに私を無理に呼び寄せておき、肉類も満足に食べさせてくれないなどとは、大嘘つきではないだろうか。

魚ばかりで力が出ないため、米の配給を取りに行かなかったので、いよいよ食べるものが無くなり、今朝三好はヤミ米を二里ほどの田舎へ買いに出た。悪い着物を着て行けば良いのに、つむぎの外出着の上からモンペを穿いて、おかぐらの笛吹きのような恰好がおかしかった。少しは苦しい思いをさせた方が、身のためなのだ。留守に海水を煮ておくようにと、言われたが、五斗釜に海水を入れて煮るのでは、いつ塩ができることか！　手間と燃料が無駄である。私はばからしいのでいつも嘘をついて、煮たということにしておくより仕方なかった。海水ばかりか三好は茶殻まで毎日干す。私が干し忘れると怒るのである。何のために干すのか分らないが毎日板の間に並べなくては気が済まないのだった。

夕方暗くなってから、警戒警報が出た。

どこまで行ったのか、三好はまだ帰って来なかった。真っ暗な闇の中でランプ一つの明りを頼りに、私は、さつま芋と三好にはかくして取っておいた越前ガニをふかして食べていると、戸を敲かれ、警官が立っていた。三好の仕事などいろいろ尋問されたが、私では分らないのでぶつぶつ言って帰って行った。左翼とでも間違えられたのだろうか。不気味なので鍵をかけて、遮蔽幕《しゃへいまく》を下ろして三好の帰りを待つ。こんな時に空襲があったらどうしたら良いだろうか。

夜遅くなってやっと三好は帰って来た。途中で警察につかまってひどいめに会わされたそうであった。警戒警報の出ている街を大きなリュックと風呂敷を下げて歩いていたので、彼らの良い餌食となって、危うくお米を取り上げられるところだったという。警察と大げんかして帰ったそうだが、いつもの大声で一喝すれば、さすがのおまわりさんも驚くのだろうか。大声もこんな時には役立つものだ。

おかげでお米も当分間に合うし、さつま芋も人蔘《にんじん》も不自由なく食べられる。私はうれしくなって、三好が急に神様のように思えるのである。早速精進揚げをしようと思って、油を見ると少ししきり残っていない。まだ半分以上残っている筈なのにと、三好に聞いてみると、

——あなたがなめたのでしょう!

と、急に怒る。いくらお腹が空いたからといっても、鍋島の猫ではあるまいし、私が油なんぞなめる筈がないではないか。ネズミが沢山いて梅の実まで食べるので、台所に食物が無くて油をなめたのに違いない。ネズミですよと言うと、

——ネズミは油なんかなめるものか。あなたはいつも、ものごとをごま化すのだ!

と、私の頬にビンタが飛んで来た。顔じゅうの神経がじいんと鳴って暫くは目も明けられなかった。身に覚えのないことで、こんなにひどいめに遭わされる不合理に、一ぺんに三好という男が憎くなった。

——私をどろぼうか、化け猫ぐらいに思っているのですか?!

——あなたのごま化しの根性が許せないのだ。

——私は油なんかなめませんと幾度も言っているじゃありませんか？

——いや、油だけのことではないのだ。

——では、なんのことですか？

——ものごとすべてのことです。慶子さんの心がわたしにはどうしても解らないのです。あなたは自分しか愛せないのですか？

三好は荒っぽい呼吸《いき》づかいで、真剣になって和服の胸をはだけて仁王立ちになっている。肋《ろっ》骨《こっ》の見える痩せた胸で、強がりを言ってみたところで、痩せ馬があがいているようではないか。こんな痩せ馬に頼って来たのが、私の失敗だったのだ。私はたしかに自分しか愛せない女なのであろう。佐藤ですら心から愛したことはなかった。「ぼくがこんなに愛しているのに、君は冷たいぞ。心の中を知らせてほしい」とよく言われたものだが、死体が怖かったのもその故だろうか。ともかく私は冷たい女だと自分でも思っている。相手から愛されていたいだけなのだ。

——別れた妻子と私とどっちが大事ですか。

私は責めた。

——子供には罪がないのだ。しかしあなたはこの世に掛けがえの無い人です。

——うそです。うまいこと言って私をはぐらかそうとしたって分っています。

——うそだって？　うそとは何ということですか。

——うその証拠に私には魚ばかり食べさせても仕送りは続けているではありませんか？

——仕方ない。子供のことを思うと胸が痛むんだ。

——子供が可哀そうなら子供の分だけ送ればいいじゃありませんか？　奥さんは働ける身体です。

——あの女はそういうことの出来ないたちなのです。

——じゃ、奥さんを遊ばせておいても私には見るのも飽きた魚ばかり食べさせているんですか？

——わたしが今日米と野菜を買出しに行って来たじゃありませんか。

——あれだけじゃ、焼け石に水ですよ。一体あなたという人は、なぜ私に財布を渡してくれないのです？

——……。

——着物の一枚くらい買ってくれても良いじゃありませんか？　ここへ来てからまだ下着一枚買ってくれないで、皆持って来たものを使っているんじゃないの。女中だって四季施をもらえます。私は四季施どころか給金ももらったことがない。食うや食わずでいつも腹ペコです。ネズミじゃなくったって油もなめたいくらいです。そんな粗食で我慢しているのに、油なめたなんて疑《うたぐ》られるんじゃ、私はもう出てゆくよりありません。母も早く帰ってくるようにとうるさく手紙をよこすし、私は明日にも帰ります。ここを逃げ出します。

私が日頃の不満のありたけをぶつけている間、あの人は妙におとなしくウイスキーを飲んでいたが、ふと気がつくと胸の肋骨を押さえたまま、横向きに伏せて眼を閉じている。最後までいきり立ってくる人が、こんなになることは珍しく、気分でも悪くなったかと思って聞くと、

——あっちへ行って、一人にしておいてください。

と、言うのである。持病の心臓神経症《ヘルツ・ノイローゼ》が起ったらしいのだ。どうもあまりおとなしいと思っていたのだが、朝から、空腹のままで買出しにゆき、食べないで飲んだからであろう。医者を呼ぶにしても、こんな夜は来てくれないし、女一人で夜道を歩けやしない。放っておくことも薄情に思われるので、もう一度ゆすってみると、

——あっちへ行ってくれ

と、苦しそうに、蚊の鳴くような声で言う。三好が静かになると、急に私は空腹を覚えて台所へ行き、因縁のついた油で天麩羅《てんぷら》を揚げて、食べる。

月夜の晩で、台所の窓ガラスの隙間から月光が射し込んでいる。こんな明るい夜はここへ来てから初めてのことだった。警戒警報はまだ解除にならない。もし敵機が飛んで来たら、明るいので爆弾を落されてしまうだろう。月が憎かった。

虫がやかましく鳴いている。家の中まで虫が這《は》い込んでいるのだろうか。天麩羅がすっかり

あがっても、三好はまだ横になったまま、動かない。月光がめっきり瘦せた三好の身体の輪郭を見せていた。

4　季節風

毎日ひどいしけが続く。風速五十米《メートル》もあろうか。家が海の真ん中に漂流しているようで恐しくてならない。まるでナイヤガラの瀑布《ばくふ》の中にいるようだ。日本海特有の季節風だという。

——そんなに金がほしかったら、この家のもの皆あなたにあげるから、持ってゆきなさい。一つ残らず持ってゆきなさい！

北西の風が雨戸と窓ガラスを敲きつけているさなかに、二人は激しいけんかを始めた。

持ってゆけと言われたって、何一つ金目になるものなどあるでなし、三好の持物などもらってうれしいものは、一つもない。掛軸や、香盒《こうごう》は凝っているそうだが、こんな時世に古道具屋に売っても、二足三文の代物だ。三好は私のために名琴を手に入れたという。それを持ってゆけと言うが、戦争中に琴など弾いていたら近所の笑い者になるだろう。

——こんな貧乏な所にいったい何があるのですか？

私は海鳴りに負けない大声で叫び返した。

——貧乏でもどんづまりでも、ここは私とあなたの二人きりの棲家《すみか》です。どんなものでも皆大切なのです。

――売れないものが、どうして大切なのですか？

現実離れの三好の悪いくせを指摘した。

――売れるものばかりが、この世で大切だとは限らないのだ。

と、三好は急に低く言うかと見ると、涙が落ちた。

三好の癖は、訳の分らない涙を見せて、黙ってしまうのだった。

岩を打って飛び散る潮が、窓ガラスをさっと洗い海は一面の白い泡の波であった。さっきまでの空と海とのくっきりした水平線は消えて、一面のアワの海に変っていた。一体どうなるのだろうか。生活費の百円も、もらえないで泣き寝入りなのだ。男はお酒を飲むから栄養がとれるけれど、女の私はここへ来て一貫匁も痩せてしまった。胸などあばら骨が出る始末だ。これから冬に向って決まった生活費も無いのに、二人きりの愛の生活などと言われたところで、絵空事としか思えないではないか。

――私はあなたの甘言にだまされました。

――だまされた?! その言葉は許されないぞ。

――そうです。今日という今日こそはっきり分りました。こんな所から一日も早く逃げ出した方が身のためです。帰らせてもらいます！

私の言葉が終らないうちに、ひどいビンタが飛んで来て畳に倒された。目を打たれて俄《にわか》に目前が真っ暗な闇になった。痛烈な苦痛が一瞬走り、あとは何が何だか夢中だった。唯この人から一刻も早く逃げ出そうと祈っているだけだった。

私は半ば無意識で二階へ駈け込み、荷造りを始めていた。打たれた耳や目が熟れ柿のように痛み、三好への復讐に煮えたぎる思いであった。私は畳を這いずり廻って、身のまわりの品や衣類を整理にかかった。

三好は階段の上りはなの手摺《てす》りにつかまって、よろけるように上って来ると、

——なにをしているのですか？

と、叫ぶ。相手にしないで荷造りを続けていると、

——千円もあれば、あなたは出て行きませんか？

と、いつもの怒る時の妙に改まった口調で言う。

——作れるならいますぐに作ってごらんなさいよ。

冷笑しながら、私は言った。何しろ文庫本の収入が月百円ぐらいしか無かったので、他に何の収入があるか知らないが、とうてい千円なんか作れる筈はない。

暫くあの人は、居ずまいを正して坐っていたが、何かを決心したようにまた坐り直すと言った。

――きっと千円作って、あなたにあげます。だからそれまでここにいてください。

その様子がいつもと違って、大真面目だったので、もし本当に一千円くれるのなら、もらってから別れた方が得だと思い、三好に念を入れてみて、荷造りを中止したのである。

それから暫くは、三好は優しくなった。約束の千円も、詩集「花筐」の印税とかで、私にそっくりくれた。そして「悪かった」と、謝り、これから金は何とかして作るよう努力するから、ここにいてくださいと、頼む。その様子がいかにも哀れな駄々っ子みたいだったので、見捨ててゆくのも気の毒に思い暫く留まって様子を見ることにしたのである。

三好は何を思ったのか竹取物語、平家物語それに泉鏡花のものを読みなさいと、私に持ってくるのである。三好が白楽天をよんでいる間、私は仕方なしに少し読んでみるがもとよりそんなものは少しも面白くない。それより婦人雑誌の一冊でも買って来てくれた方が気が利いているが、この辺では本屋もないのである。

三好は机に向っている時間が多くなり、収入のことを今度はやっと一所懸命に考えてくれるらしかった。近日中に拓本詩集がいよいよ出版されるとかで、畠中さんや小野忠弘さん達と、三日にあげずに会って、打ち合わせや相談をしている。一銭でも収入のあることだったらと、私はお茶やお酒の支度に走った。もっとも彼等は義理がたい人間で、来る時には必ず珍しい魚や手に入らないサッカリン、飴《あめ》等の貴重品を持参してくるので、こちらが気の毒になってしまう。ことに畠中さんは月々十数本の酒を持って来てくれるのである。三好が飲めるのも畠中さんのおかげなのだ。拓本詩集の話も畠中さんが大方の費用を出してくれたらしかった。出来上った私家版の詩集は、三好に自慢して何度も見せられた。三好の詩集は今日まで一度も見たことも読んだこともなかったが、初めて手に取って見るともなく見た。三好が毎日習字の練習をしていたのは、この本のためだったのか。和紙に何だか読みにくい手書きの草書で三つの詩が書いてあった。表紙は欅《けやき》の春慶塗《しゅんけいぬり》で定価百円とある。

春愁三章

春のあはれはわがかげの
ひそかにかよふ松林
松のちちれをひろひつつ
はるかにひとを思ふかな

春のあはれはわがかげを
めぐりて飛べるしじみ蝶
すみれの花ゆまひたちて

ゆくへはしらず波の上に
春のあはれはわがかげの
ひそかにいこふ松林
かばかり青き海の上《へ》に
松のちちれをひろふかな

もう一つの方は鳥の子紙に柿渋を刷いた表紙である。詩集「春の旅人」と題して、「春愁三章」と同じく細長く長方形に折り畳んでゆく体裁になっている。大きさは四倍位あって定価五十円だ。松径《しょうけい》、春艸、春蟬、松子、の四つの詩を小野忠弘さんの彫刻で木版刷りにしてあるものだった。

こんなものは、よほど粋狂の人がいない限りは売れないと、私が予想した通りだった。

寒さはつのり、生活はますます苦しくなってゆくばかりであった。三好はまたいらいらして不機嫌になってくる。お金をくれるどころか、私にかくれて畠中さんに郵便局へ仕送りに使いを頼んでいることも分った。

私はまた三好にだまされたのだ。

たかが、千円くらいで出鼻をくじかれてしまい、前後の処置に困った。東京はいよいよ危険だというので、母は安中《あんなか》にいる姉の家に疎開したという手紙が来て、東京の家には葉子が一人で住んでいる、この間帰ろうとした時だったら、まだ母も東京にいたのに。

かといって三好なんかにくっついていたのでは、私はやはり身の破滅である。

夕方の寒さは北極にいるようだと思っていたら、粉雪が降りはじめた。海に面した台所の窓ガラスには雪で白いワクが出来てしまった。ヒューヒューという海鳴りのする海上を、カラスが群をなして東尋坊の方へ向って飛んで行った。

凍るような水で米を磨《と》いでいると、机に向っていた三好が、台所までとどく大声を挙げて、

——やかましい！

と、どなった。

私はうるさくなるのが厭で、我慢していると、今度は茶碗の並べ方が悪いと怒るのである。仕事をしながらいちいち女のすることにまで、眼がよく行き届くものだ。

三好は自分が仕事の疲れで癇癪《かんしゃく》を起している時には、さからわないで辛抱していてほしい、どんなに癇癪を起している時でも、私を愛していることに少しも変りはないし、心の中では済まないと詫《わ》びているのだからと、言うが、そんな虫の良い話があるだろうか。そんなに愛しているのならば、風呂上りの手拭を三好の手拭の上の段に掛けた時に「女が上に掛ける！」と叱

らなくても良いではないか。私を下に見ている証拠であろう。そのくせ三好は、この恐しい海鳴りのする季節風を「愛の風」と呼んで好んでいるのである。矛盾に満ちた人だ。怖しい「季節風」は、三好の気むずかしさと乱暴に良く似ている。

こんな季節風の吹き荒れる三国港にいるよりも、空襲で焼け出されても、私は東京の空の方が良かったと、今更後悔する。

雨戸を吹きぬけてガラス戸を打つ吹雪の音を聞きながら、二人共口も利かずに食事していると、

——食事の時舌を鳴らすのは止めてくれ！

と、立ち上って叫んだ。

その顔の神経的な様子は、息のつまる思いだった。舌など鳴らす覚えはないつもりでいたが、三好から見れば私のすることなすことが気に入らないので、そう聞えるのだろうか。

——この菜っ葉の切り方は何という不ざまな恰好ですか！

私は、若い時から台所の仕事が嫌いである。佐藤などはお前のように美しい人は、台所なぞ似合わないと、女中をちゃんと傭《やと》ってくれた。そして私には漬物一つ切らせないように大切に扱ってくれたものだった。勿論実家には女中がいたのでここで初めて女中の仕事をやらされたのである。それも初めの約束とはまるで違って、こんな寒い台所で体よいおさんどん女になり

下った。それをいちいち文句だ。

――することがめちゃめちゃだ！　孔子の言葉にタクワンの切れ目は正確に切れとあるのを、あなたは知っていますか？

――そんなこと知ってどうなるもんですか？　食べられればそれで良いじゃありませんか？

――食べられれば良いとは何という投げやりなことを言う人ですか！

――くやしかったら、自分で正確に切ってごらんなさいよ！

私は負けていなかった。

北西の季節風が吹き荒れて、家はみしみし鳴っている。激しい言い争いは続けられた。今夜は大みそかだ。私は咽喉《のど》が荒れて声が出なくなるまで、言い返した。口では負けなかった。二人の争いに谺《こだま》するように海鳴りは激しくなって、時々争いの声も消されたが、遂に夜っぴての争いとなった。

――あなたは冷たいひとだ。

三好はそう言って、私の顔をじいっと見つめた。その眼は初めての絶望的な色をたたえている。あの人も、これで私という女とは性が合わないということを、悟ったらしかった。

この間畠中さんに、私が毛布を一人で使って、貸してくれないと泣き言を言ったらしいが、毛布なんか冷え症の女が使うのは当然であろう。毛布と湯タンポは私があの人に隠れて使っていても、まだ寒いのだ。

きつつき

きつつき
きつつき
…………
わが指させし梢《こずゑ》より
つと林に入りぬ
…………
恋人よ
君もまた見たまひし
…………
胸赤く
うたかなし
かのさみしき鳥かげを
…………

つめたき君がこころにも
な忘れそ
けふのひと日を
…………
人の子の
なげき
はてなきを
…………
またはかの
つと消えて
林に入りし鳥かげを
…………
ききたまへ
嵐のこゑ
かの鳥のまたかしこに啼《な》くを
…………

今はこれ
君と別るる路《みち》の上
…………
木は枯れて
四日の月
…………
まれに飛ぶ
木の葉

5　脱　出　昭和二十年一月

私は三好の留守の間に荷造りを畠中さんに頼んで整えてしまうことを計画していた。学校の正月休みに、三好は子供を連れに小田原に行く予定でいる。畠中さんには三好と話がついたと、嘘をついて、その留守に逃げるつもりである。

雪は、一米も積った。吹雪に吹き倒されて海へ落ちて死ぬ人が、昨日も新聞に出ている。警戒警報も出ている中を、無事に逃げられるだろうか。

海も波も、見渡す限り白一色に凍《い》てつき、風景は雪の世界と化した。海を吹き抜ける季節風は女の泣き声のような響だ。空と水平線の色が刻々と変化してゆく。

三好の好きな黒松も、白松と化して立っている。私は岬の先の燈台の白い燈が羨ましかった。自由でしかも明るい身の上だ。私にもあのような明るさと自由が取り戻せる筈である。

吹雪の中をリヤカーを引いて畠中さんが来てくれたので、私は早速荷造りの仕上げを手伝ってもらった。母が疎開した安中の姉から来てくれといわれているので、安中に送るのだ。

　ほとんどの荷物を持って来たので、荷造りには暇がかかった。

正月といっても軒毎に早くから電灯を消して、暗い家の中で防空着で人々は坐っている。私と気がつく人は窓を明けて見送ってくれた。警防団員に見つかって、幾度も足止めをされながら、私と畠中さんは必死の思いで、ようやく三国港駅にたどり着いた。雪で運休という駅員と押し問答の挙句、やっとのことで小荷物を受け付けてくれたので、私は駅員に三拝九拝したのだった。

　ともかく荷物さえ、駅に預けておけば身軽になれる。

列車が運休では私自身も乗車することはできなかった。仕方なく引き返して来たが、三好は三日めに一人で、どうやって帰ったのかともかく帰って来た。子供は奥さんが渡さなかったと言う。私には願ってもなく好都合だった。この上子供の口が殖えては、どうなることだろうか。

それより荷物のことを感付かれてはと、私は気を遣っていたが、案の定すぐに見つかり、三好は狂気のようになって駅へ走って行き、折角運んだ荷物を全部取り戻してしまったのである。畠中さんに「他人の家のことに手出しをするな」と殴らんばかりに怒る。そして私と畠中さんの見ている前で荷を解いて、元通りにしてしまったのだ。

私はそんな半狂乱になった三好が、ますます厭になって口も利かなかった。

この人は私の荷物に未練があるように思われる。どのタンスにはどの着物が入っているかということまで、ちゃんと知っていて、その通りに納めるのにはあきれてしまった。不断着の一枚だって残してゆくものかと、私は考えている。

私は小野忠弘さんの奥さんに打ち明けて、相談してみようと思った。女は女同士である。奥さんも三好の乱暴を知っているので、何とか力になってくれるにちがいないと思った。

——芸術家というものは皆我儘ですよ。

奥さんも、画家の夫の我儘には困っているという。しかし私はそんなことはどうでもよく、この非常時と大雪の中の脱出の方法を考えてもらいたかったのだ。

——もう一寸いておあげになってください。いまあなたに行かれては三好さんはどうなることでしょう。きっと独りぼっちで気が狂ってしまうわ。

——三好さんは、女を知らない生《うぶ》なんですよ。家に来ていつもあなたのことを愛しているけど、どうにもならないのだと泣いています。愛すればこその暴力ですもの。あの人は自分の愛の表現がもどかしいんで、つい手が出るんです。無器用なんですね。

——愛情の代りに手が出るなんて私にはどうしても理解できませんわ。もう一日も三好の傍にいるのが厭です。何とかしてください！

と、私は縋りつく思いで頼んでみた。

親切に良い方法を考えてくださったが、結局それは脱出の相談にはならなかった。荷物さえ三好が後から送ってくれるような話の解った人間ならば、私が雪解けまでどこかに隠れていて、雪が解けて列車が出たら身一つで、乗れば良いが、それができなかった。三好は、

——荷物は絶対に渡さない。

と、言い張っている。そしてこの頃は家の中に監禁同様に私の行動をいちいち見張っていて、一寸でも疑問があるとすぐ荷物を押さえてしまうのだった。

私に力さえあったら、なぐり返して半殺しにしても逃げ帰ってしまうのだが、逆になぐられる度に痩せてゆき、十歳《とお》も老けてしまったではないか。

いまさら佐藤のやさしさが甦ってくる。女を打つなど頼まれてもしない人だった。

陸軍士官学校時代の習慣が出るのだと、あの人は謝るが、本当に手の早いのは昔からの癖だ。大森時代にも、兄の悪口を言った詩人をなぐり、自分がどぶへ落ちてしまったという話がある。

私は、もらいものの鮭を、これから世話になるので安中の姉の所へ三好に内証で送った。見つからないつもりでいたところを、運悪く見つかってしまった。

——あなたはわたしに何でも秘密にする。送るなら送るとなぜ言ってくれないのですか。

——言う必要ありませんわ。

——なぜですか?

——自分だって小田原へ生活費を内証に送っているじゃありませんか?

——それとこれとは話の筋が違うではありませんか。

——おんなじですよ。

——なぜぼくの言うことを少しも解ろうとしてくれないのです!

——分ってどうなるんですか? こんな監禁された生活では、生ける屍《しかばね》ではありませんか。あなたと別れたいのです! こんな生活はもう一日も続けているのが厭です!

言い終らないうちに、私は三好に髪の毛を引っぱられて、二階から引きずり下ろされていた。そして荷物のように足蹴《あしげ》にされたり、踏まれたりした。後頭部の疵口《きずぐち》と目から血が噴き出ても、まだ打ち続けられた。気違いになったのだろうか。私は三好にこれで殺されると、半ば意識を失いかけながら思った。そして血まみれになって雪の夜道を、警察まで夢中で逃げ込んだ。雪の上に真赤な血痕《けっこん》がぽた、ぽた落ちるのが夜目にも見えたところまで、記憶していた。

それからどうなったのか、私は覚えもなかった。気がつくと、「わかえびす」の二階に寝かされていた。狂ったように海鳴りが、聞えていたが、それは打たれたための耳鳴りだったのだ。「わかえびす」の主人と奥さんは、交る交る砂糖湯やブドウ酒をふるまってくれたり、脹れ上った顔に雪片を当てて冷やしてくれる。

——あのお美しかったお顔が……

夫妻は目を蔽《おお》って泣いて気の毒がってくれる。私は鏡を見るのが怖しくて、見られなかった。もし疵が残って不具にでもなったら、とそればかりを苦にした。いざとなったら三好を訴えようと、考えた。

三日めに脹れが引いて、耳鳴りも去ったので、そっと鏡をのぞくとその瞬間、あまりのものすごさに貧血を起して倒れそうになった。

芝居で見る「お岩」そっくりなのだ。これが私の顔だとは！　三好が憎くてくやしくて、二度とあんな男の顔を見たくなかった。私は「わかえびす」の主人に頼んで、私を隠してもらうことを考えついた。今日までにも三好は度々来て、廊下からそっと私の顔を気遣っては、泣きながら帰って行ったそうだが、絶対に部屋に入って来られないように、別の部屋に隠してもらいたい。「わかえびす」の夫妻は困って、そんなことを言わずに仲直りして帰ってあげなさい。先生は悪かったと、廊下に坐って泣いていらっしゃったのですと、言う。

私はあの人のそんな手には乗りたくなかったので、どうしても隠してくれないのなら、松皮さんの家へ行って隠してもらおうと思った。

私は、家に帰ると嘘を言って、夕方そっと宿を出ると、松皮さんまでたどりついた。松皮さんでも暫く声の出ないほどに驚いて、三好がそんなことをするとは信じられないと、言う。私が余程ひどい口応えをした故か、それとも根本に何かのわだかまりがあるための暴力だろうと言う。だが暴力は今更始まったことではなく、三好の年中行事なのだ。他人には良いので、こんな時誰も三好の悪口を一緒に言ってくれる人がないのである。

松皮さんに泊めてもらって数日のち、三好は私を捜しにやって来た。あちこち捜し歩いていたので、ろくに食べていないらしく、痩せこけた髭ぼうぼうの顔をしていた。まさかここまで捜し当てるとは思わなかったので、うっかり姿を見られてしまい、狙われたネズミのようにどうすることもできないのだった。

三好は顔の疵痕《きずあと》を一瞬激しく見つめ、その視線をひきはがすように、目を外らし、

——わるかった。

と、うなだれてしまい、そのまま暫く動こうともしない。

——わるいと思ったのなら、私を連れ帰らないでください。私はあなたと暮すつもりはありません。

――もう一度帰って、考え直してみてはくれませんか。

――いやです。

――……。

三好は言葉もなくうなだれているので、松皮さん夫妻が二人を取りもち、私は荷造りをさせてくれるという約束で、仕方なく一応家に帰るよりないのだった。

6　吹　雪

あの人は私が逃げないように、朝から一日見張っている。荷物を作らせてくれるという約束で帰ったのに、帰ってみると荷物はほとんど三好の手で押さえてあった。

こうなったからには、弁護士を立てて裁判で荷を取り返すか、三好に暴力を振える人を頼み、力ずくで取り返すしか方法はなかった。

だが、いまどきそんなことを頼まれてくれる人はなかった。皆自分の生きることだけに夢中なのだ。それにこの辺の人は皆三好の味方なのだ。

雪と戦争さえ無かったら、自由に逃げ出せるものをと、私は泣くにも泣けない気持で春になるのを待つよりなかった。

三好は私の顔の疵が早く全快するようにと、あらゆる手段を尽してくれたり、人が変ったように優しくなったが、そんなことは私の愛を取り戻すのには何の関係もないことであった。当然のことである。

吹雪の夜、畠中さんが来ていつものように遅くまで話し込んでいたが、私は食事を済ませて習慣で先に寝《やす》んだ。雪は二階の屋根まで降り積っているので、底冷えのする寒さは日夜増して起きていられない。一体この雪の解けるのはいつ頃なのだろうか。このだだっ広い家にこたつ一つの暖房では、足元も暖まらないのである。近所の人に聞くと四月に入らなければ、雪は解けないという。あと二カ月余もここに我慢して春を待っていなければならないとは、何という因縁だろう。雪が解けても、空襲があれば汽車が不通になるであろう。そうなれば一体いつ帰れるのか見当はつかないのだ。

眠られず、階下の手洗いに降りてゆくと、二人はまだ話し込んでいた。三好の興奮した時の甲高い声が、階下に響いている。

——彼女が可哀そうなんだ！

——……。

——畠中君！　教えてくれ！　彼女の愛を取り戻すのは、どうしたら良いのか⁉

あの人はそこで嗚咽《おえつ》になって、声をつまらせたらしかった。若い独身の人にそんなことを聞くなんて余程どうかしているではないか。この間も荷造りを手伝ってくれた時、「若僧のくせに他人の家庭に手出しをするな」と、ひどく叱ったばかりなのに飲むと興奮して高ぶってくるのは、悪い癖だ。

若い畠中さんの困った様子が見えるようで、私は気まり悪かった。

――先生はあまり純粋すぎるので……。

――君はそんな常識的な答しか答えられないのか！

俄に三好の色めいてくる声が飛んだ。また気違いになる前兆だった。何の罪もない畠中さんまで叱り散らしている。気の毒にこんな夜中の雪の中に、しょんぼりと帰って行く、背の高い後姿が哀れだった。

暦の上では春になっても、雪が止んだり降ったりしていた。

机で「天地玄黄、宇宙鴻荒《こうこう》」と習字の練習を三好は始めている。新聞紙は真黒になっているのに、その上にまた塗り潰す。私が三好の身のまわりの世話は一切していなかったので、黒足袋の裏は真黒く汚れていた。古墨を摺りながら破れたシャツの肘をまる出しにして、哀れっぽい三好の恰好を横目に見ながら、私は家を逃げ出す機会を狙っていた。逃げるには習字の練習の時が一番なのだ。夢中になっているので、少しくらいの音にも注意を向けなかったからである。

私は足音をしのばせて、予《あらかじ》めまとめておいた手廻りの荷物を背負うと、台所の窓から庭へとび降りた。玄関から出れば、三好の目につき易く、ここならば離れているので裏の道へ抜けてゆけば、見つかることはないと思った。

松皮さんに頼んでおいたので、雪解けまでの間を隠してもらう約束になっていたのである。季節風は三日も続けて吹いていたが、今朝は一寸小止みになっていたので、決行したのだ。背負った荷物が重く肩に喰い込み、雪が足駄にまつわって数歩も行かないうちに、転んでしまう。三好に気付かれて追い駈けて来られてはと、私は気があせる。あせればあせるほどに足が自由にならなかった。夢の中で追い駈けられ、一所懸命に逃げ出そうと思っても、足が動かない。あの時の気持であった。

ようやくあと数分の所へ来た時だった。頭上をカラスが群れて飛行し、ふっと、後に人の気配がして、振り向くと三好が不断着に被布を着て立っていた。モンペも穿いていないままの、着流しで苦しい呼吸づかいである。遂にここまで来たのに、計画が破れてしまったのかと、私はぐったりと雪の上に倒れてしまった。

——どこへ行く?

——私に去かせてください! さわらないでください!

——黙ってもう一度家に帰って来てください。わたしは一所懸命にやっているのです。

——あなたの暴力と貧乏には、これ以上私は我慢できません! くやしかったら佐藤のように売れっ子になって私に高価な着物を買ってくれたり、あちこち旅行に連れていってくれたり、美味しいごちそうをたらふく食べさせてみせてごらんなさい。ここへ来て食べさせてくれるものは魚ばかりじゃありませんか。たまには肉でも食べさせたり、毎月小遣千円ずつくれたりしますか？　そうしたらあなたという人を見直してもいい‼　売れもしない詩ばかり書いて、貧乏はもうこりごりです！

私が言う間、三好は虚を突かれたのか、まるで空洞のような目を私に当てていたが、泣き声ともわめき声ともつかない異様な、絶望的な声を出した。

——あなたというひとは！　なんというひとか‼

その瞬間、私は雪の中に放り出されていた。モンペの脇や袖口から雪が飛び込んで来て、冷たい‼　と感じた時、二度めのひどいビンタが私の目に当った。思わず両手で目を蔽い、雪に顔を伏せたが、続けて狂気のような早さと力で下駄で顔を打擲されたのだ。

私は、目が覚めて気がつくと、いつもの私の部屋の蒲団の上で寝ていた。雪の中で気を失ったのである。三好にどうして連れ帰られたのか、覚えはなかった。この間と同じように私の目には雪片の氷嚢《ひょうのう》が載っている。そっと氷嚢を退けて目を開いて見ようとしても、目の前は真黒だった。目が潰れるのではないか⁉　歯が痛む。頭がくらくらする。下駄で蹴られた疵からざくろのように、肉が出ている。

医者の辻森さんが来て、リバノールや薬をつけてくれたり湿布を当てて、顔一面冷やしながら事態の重さを察してくれたらしかった。私はそっと三好に最後の話をつけてくれるように頼んだ。この人ならば三好の性格も良く知っているし、私のことも分ってくれている。それに常識もある人だ。三好のような非常識の人間と違う。

辻森さんは、小野忠弘さんや松皮さん、畠中さん達と相談のために、三好のいない所に集って、善後策を考えてくれているらしかった。表面は偶然に会ったようにして、診察の折に話を少しずつ進めていた。

十日も経つと目の脹れと痛みは去ってやっと目が明けるようになった。だが目のまわりに残った下駄で打たれた黒い隈《くま》と、額の疵とで顔半分は別人のようだ。いつも決まって右の頬を打たれるので、右半分が化物のように変形している。

家に来る人達は茫然と私の顔を見るか、見てはいけないものを見てしまったという戸惑った顔で、すぐ目を外らしてしまう。しかし私は皆によく見てもらって、三好という人間のすることを分ってもらいたいのだ。

私の顔がこんなになっては、さすがに皆もこのままの状態を勧めることは、しなかった。暫く別居してみるのも一つの手段であろうという結論で、私が松皮さんで雪解け迄の間、別居ということに、一応三好の諒解《りようかい》を得てくれたのだった。

二月二十日だった。私はこの日ようやく天下晴れて畠中さんに手伝ってもらい、荷造りすることができたのである。三好も諦めたように押さえてあった荷物を渡してくれたが、最後になってから、なんという欲張りだろうか。一番上等の着物ばかり入れてあるタンスの引出しのものだけは、預っておくというのである。他の荷物は渡してもらえなくとも、その引出しの分だけは返してもらわなくては、私は松皮さんに行く甲斐もない。

——返してください！　あのタンスの着物は大切なんです。

——これは預っておきたいのだ。

そこでまた三好は癇癪が起りそうな気配を見せたので、後から辻森さんに間に入ってもらって、返してもらうことにして、翌日黙って家を出た。

私は松皮さんに行っても、タンスのことを思うと、くやしくて夜も眠れなかった。何とかして返してもらわなくては、母にも顔向けできなかったし、これから外出着にも事欠く。

三好は男のくせに女の着物の良し悪しを、まったく良く知っているので感心する。一番上質の良いものを取ったのは、闇米とでも交換するつもりなのだろう。どこまでケチな根性なのか。

小野さんや畠中さんは、三好の気持は何とかして私と別れて暮したくないからで、決して、売るつもりは無いと言う。松皮さんも同じ意見である。もし引き止めておきたいためだとすれば、なんという幕切れの悪いめめしい男なのか。

松皮さんにいる間も、何度も手紙を寄越《よこ》して雪解けまでには考え直して、帰って来るようにと言うのである。

三月二十一日、やっと雪が解けて汽車が出るということを知って、私は飛び立つ思いであった。あとは空襲さえなければ良いのだ。私は神様に祈った。これで明日は一番で母の待っている安中へ発つことができるのだ。

三好は、私に戻る意志がなく初めから別れたい手段として松皮さんへ身を寄せたことが分り、遂に諦めたようだった。その間の皆の苦労は一通りでなかったという。畠中さんには三月十七日に、はっきりと別れると言ったそうだ。しかし私の気持が納まらないのは、上質の着物の引出しの分をどうしても、返してくれないことだ。

命がけで取り返して来ようかとも考えたが、そんなことをしてまたケガをさせられては、せっかくこれまでにこぎつけたものが、元の木阿弥《もくあみ》である。私はくやし涙をのんで、一応汽車に乗ることにしたのである。汽車はものすごい混雑だったが、無事に乗り込むことが出来た。

港駅まで畠中さんが、見送りに来てくれ、窓から荷物を投げて席を取ってくれた。畠中さんには随分世話になったので、佐藤から外国旅行の土産にもらった、ワニ皮のサイフを礼にあげた。

三国へ来てから十カ月の間、私は一日として息の休まった楽しい日は無かった。なんという地獄のような毎日だったことか！　三好という人間の卑怯さ、身勝手さばかり厭というほど知らされたのだった。

私の顔はまだ疵痕を残し、三好の暴力を呪っている。私は一生呪うだろう。

安中へ着いてから暫くすると、三好から手紙が来た。母は開封しないで破ってしまえと怒っているが、私は万一着物を返してくれるとでも書いてあるのかと、明けてみると、

――自分が悪かった。もう一度考え直してくれるよう。

と、ぬけぬけと言ってくるのにはあきれたことだった。

私は返事も出さずに放っておいた。女の着物を押さえておきながら今更よくそんなことが言えるものだ。母や姉にも言えやしない。

一カ月もして三好はまた手紙をよこした。巻紙に筆書きであったが返事は出さずにおくと、今度はハガキで「一万円あげるから帰って来てください」と書いてある。当時の一万円は相当の額で、それだけ三好が作れる筈はなく、嘘をついているのに決まっているので、私は返事を出さなかった。もし本当に一万円もらっても、今更、あの激しい季節風の吹きまくる三国へ戻ってゆく気持は、起らないのである。

だが、押さえられた着物だけは、諦めるにも諦めきれなかった。

別離ののち

慶子が三国から戻って来たことは、祖母にとって再び生きる張り合いを取り戻したようなものであった。

別れ別れになってからめっきり老け込み、病気で寝る状態だった祖母も、叔母の顔を見たことで健康も回復していったのである。終戦後、二人は群馬県の安中から、貸家にしていた前橋の家に越してゆき、親子水入らずの生活を始めていた。下宿人を置いたり衣類を売って当座の小遣を得、その他かなりの財産を持っていたので、暮しには困らなかった。

終戦の翌年になって、私に長男の朔美が生れた時、祖母から曾孫の顔が見たいから、ぜひ来てほしいという便りが来た。私は結婚して郊外に住んでいたのだった。敗戦後の窮乏時代で、食糧も汽車賃も無く赤ん坊のミルクも無いさなかだったが、春になると、満員の狂気のような列車に揉まれて前橋に行った。

暫く会わない間に、祖母は小さくなって、白髪も染めずにいる、見違えるような気の弱い老人になっていた。赤ん坊を見て「朔太郎の小さい時に似ている」と、よろこんだ。かつて私を困らせた祖母とは思えない優しさがあり、私への手紙も慶子叔母には内証に出したのだという。

叔母は、元気な顔をしていた。心持ち太ってさえいる。三国を出て二年の月日が経っているが、前よりかえって若くなったようでさえあった。

しかし二人とも話が三好さんのことにふれると、優しさは一遍に消えて人が変ったようになるのだった。

「三好という男は詐欺同然の人間だから、注意した方がよい。あんなにうるさく慶子を愛しているなどと騙《だま》して、三国くんだりまで連れて行きながら、挙句の果は打ったり蹴ったりする。その上着物まで巻き上げてしまう恐しい人だ」と、繰り返した。

二十年三月、叔母に去られてからの三好さんは、半狂乱になるほどの苦しみ様であったという。後になって畠中哲夫氏や小野忠弘氏に当時の話を聞いて、今更三好さんの気持が思われ私は胸が傷んだ。

三好さんは人相まですっかり変ってしまい、顔色は蒼白《あおじろ》くなって、一日床に入ったまま誰とも会わなかった。友人の小野さんが心配して尋ねて行くと、やたらに怒鳴り散らし八ツ当りをするのである。

小野さんはそんな三好さんに、

「君が悪いよ。あんなセンシュアルな人を打ったり蹴ったりするからだ」と言うと、怒って半殺しにされやしないかと恐れをなすほど、たけり狂うのだった。そうかと言って、「そんなに好きなら心中でもすれば良い」と言うと、

「君はデカダンスだ！」と叫び、手のつけようもない状態だった。

大森時代にも悪かった結核が、再発して喀血《かっけつ》するようになり食事も摂らずに寝ているので、髪は肩の辺まで延びて、髭だらけの三好さんになった。

畠中さんは、毎日のように食糧を運んで病人の看護に努め、慶子のことにはふれないようにしていた。うっかり慰めを言えば、

「若僧のくせに何が分るか！」と、喰ってかかられるのであった。

こんな時、近くの料亭の女将《おかみ》高田たにさんだけは、心の中を晒《さら》け出す唯一の相手であった。涙をポロポロ流し、ハンカチを手に握ったまま、たにさんの慰めの言葉を素直に受ける。

「夜中にぼくが仕事をしていると、破れ障子の穴からネズミが出たり、入ったりしているのだよ。苦しくても仕事だけは一所懸命している」と、寂しそうに笑ってみせる。

こんな惨状では、三好さんが気の毒と、周囲の人達が手伝い女を頼んで来ても、気むずかしいので一カ月も続かないで帰ってしまうのである。それに毎晩恐しい魘され方をするので、一つ屋根の下で寝るのが気味悪くなると訴える。三好さんはすさまじい声を挙げて苦しそうにうめき、その自分の声で目覚めると〝夢で良かった！〟と言い、寝汗をびっしょり掻いている。

或る日、小野忠弘さんが、昼近くなって尋ねるといつものように雨戸が締め切ってあって、まだ寝ているらしかった。外から声をかけても返事がないので、雨戸を明けて中へ入り、寝室の襖に手をかけようとした時である。

「おい。待て！」と三好さんがあわてて言った。しかし、その瞬間、妖気に満ちたその場の光景を垣間見てしまったのである。薄暗い部屋に伊万里《いまり》焼の皿や銚子、杯のありたけをいっぱいに並べてあって、伊万里の派手な色合が妖しく呼吸《いき》づいているのだった。

三好さんは、その前に寝衣のままじっと坐っていた。小野さんは思わず息を呑んでしまったが、更に驚くことは、陶器の裾の方に派手な長襦袢《ながじゆばん》や着物が、人の形に並べてあったからである。三好さんの万年床の、右側の位置に展げられていた。

焼物と長襦袢とで綴った慶子の寝姿に他ならなかったのだ。

叔母は、肌の美しいことでも三国の男性の注意を惹き、噂にのぼっていた。慶子が去った後、三好さんは古物商に頼んで伊万里の銚子や杯を、苦心して手に入れたのであろう。青白く冷たい肌理《きめ》に、赤や青、黄の色合は、派手好みの叔母を聯想《れんそう》させるものがあったのだろうか。

或る月の美しい晩のことだった。三好さんの家の二階から京極流の美しい琴の音色が流れていた。薄田泣菫《すすきだきゆうきん》の詩に鈴木鼓村《こそん》の曲だった。

雪消の丘のせせらぎや

流れ流れて行末は
蓴菜《ぬなは》角組む大沢へ
思い乱るる人の子は
紫野ゆき萌野《もえの》ゆき
紅梅咲ける君が戸へ

曲が終ると、それまで瞑想して聞き入っていた三好さんは箏《そう》奏者の雨田光平さんに、「箏がよろこんでいるようです」と、目を輝かした。二階の窓から月光が射し込んで、窶《やつ》れた頬に一筋涙が落ちているのだった。

高田たにさん姉妹の二人がこの席にいて、三好さんの手作りのイワシ味噌の燻製《くんせい》が、もてなされてあった。慶子が去って荒れた家の中にも、友禅模様の被いに包まれた箏の一面だけが、人目を惹いていたのであった。

琴の音色のためか、荒だっていた三好さんの心は、次第に平静さを取り戻して来た。

唯称寺の山田兄弟の肝煎《きもい》りで文化祭を催した時も、進んで出掛けてゆくのであった。この頃は戦争も終っていた。叔母が帰った年の七月に三好さんは所用あって小田原へゆき、そこで天皇の声の放送を聞いたのだった。

三好さんは二階の桟敷の真ん中で、森田愛子、伊藤柏翠、都留春雄、多田裕計、則武三雄氏達と並んで熱心に観ていた。雨田光平氏の「からたち」の独奏が終って、三好さんは頬を紅潮させていた。三国青年の演ずる「父帰る」が次に始った。老いた父がすっかり落ちぶれ果てて昔の家に帰り、いまは成人した息子とのやり取りの場面になると、三好さんは人目も憚《はばか》らずに泣いたのであった。おいおいと声を挙げるほどに泣き、隣に坐っていた都留春雄も泣いた。まわりに坐っていた人達も、思わずもらい泣きをしたのであった。

しかし、この頃の三好さんは、結核も癒えて和歌山県にいる二人の子供達も呼べるようになっていた。

慶子に隠れては子供達に砂糖やバター等を送っていた三好さんだった。子供は不憫《ふびん》だと、何かにつけて忘れたことはなかったのである。

気持が、少しずつ落ち着いて来ると畠中さんの勧めで、フランス語の講座を開講するまでに、立ち直れた。

生徒は顔見知りの詩人五、六人ほどであったが、三好さんは機嫌良く教えたのである。

三国には、文学好きな人が多く、皆三好さんを尊敬していた。川本純子さんもその一人であった。素晴しい詩だと三好さんに激賞され、やがて家事を手伝いながら詩を見てもらうようになったのである。

三好さんは古物商からこの頃、七条の金襴《きんらん》を買入れて大切にしていた。寺院などで使う高価で豪華な織物の美しさに惹かれたのである。ところがある日純子さんが、座蒲団カバーにしてしまったのだった。

「君はものを知らなすぎる！」と、怒った余り彼女を二階から蹴落したのであった。純子さんは物の無い時代に気を利かせたつもりだったのを、叱られて元気を無くし、二、三日は食事ものどを通らなかった。三好さんは誰にも思いやり深いが、こんなことがあって、純子さんも一年足らずで出てしまったのだった。かっとなるのは三好さんの性癖だった。叔母とのこともそれが破滅の原因であったのであろう。

荘周の夢山を越ゆ秋の蝶　　達治

畠中さんにこんな句を残して、三好さんは三国を立ち去る決心をした。三国に住み、六年めである。

三国の地や人達とも馴染み、漁師や小学生にまで親しまれていた三好さんだったが、いつまでも留《とどま》ることは、できなかったのである。

「ここで埋れたら自分はおしまいだ。東京へ出たい」と、東京にいる友人にも家を捜してもらいたい旨の便りを送った。

「食糧難の東京へ出てくるよりも、魚の豊富な三国に留っている方が良いではないか」と、言われるが、

「ここにいてはお山の大将になるからだめだ」と、決意を変えなかった。

大森時代からの友人、宇野千代氏の世話で、世田谷の代田の下宿に移ることに決めたのは、昭和二十四年二月だった。

「先生（父）の旧家（焼けた家）に近いから」と、不便な道程の下宿住まいだが喜んだ。そして上京してから二、三年は、前から依頼されていた三国高校や大野高校の校歌、福井県民歌を作る約束を果しに、三度ほど三国へ赴いた。そんな時仕事の後に決まって料亭の高田屋に寄って、たにさんと会うのを、たのしみにしていたのである。三度めの三国来訪の折、「きっと、きっともう一度三国に帰ってくる」と、たにさんと固い約束をして別れたが、その後亡くなるまでの十数年間、遂に再び足を向けることは、なかったのであった。

昭和二十五年、私は久しぶりで三好さんと会った。岩波文庫に入る、父の詩集の編集をしてくれることになったからである。岩波のS氏は、私が三好さんを尋ねるように、ことづかっていると言った。

それ迄、三好さんがどこに住んでいるのかさえ知らなかった。父の死後すぐに出た小学館の

全集の編纂《へんさん》委員になってもらった後、三国へ行ったままその後はまったく音信不通の状態であった。まだ三国にいるのかと思ったが、聞いてみる人もいない。戦争と空襲で、肉親さえ散り散りで行先の知れない時代であった。

私は貧乏のどん底に親子三人で暮していたが、引き取り手のない私の妹を世話していたので、生活は一層苦しかった。そこへ岩波文庫が出る話があったので、夢のような気がした。もし印税が私に来ることになれば、初めての大きな収入が得られる。

だが、現実はそうはいかないのだった。父の版権はすべて祖母が握っていたからだ。父の歿《ぼっ》後《ご》に出版された小学館の全集を初めとして、幾つか出版された著作物の折も、祖母の好きなように親類に分配したのである。

岩波書店のS氏は、どっちかにはっきり決めてもらえないと、契約書が作製できないので困るという。

三好さんの住まいは、父の建てた家の近くだったが込み入って分りにくく、尋ね歩いた末に、やっと捜し当てた。判って見ると私の住んでいる長屋の木馬館と同じ私鉄沿線で、時間にすれば一時間ほどの近さなのだった。こんな近くに住んでいるのならば、もっと早く尋ねて来れば良かったと、思った。

西窓は深くカーテンを下ろし、外から声をかけてみても、反応はなかった。尾長鳥が庭の枝で鳴いている。畑の中の一軒家の感じであった。

何度めかの私の声で、玄関の右手の扉が明いて、寝起き姿の病人のような、三好さんが顔を出してくれた。疲れた神経をむき出した不機嫌さで、私は戸惑った。思わず足を引っ込めた時、三好さんは私と分ったらしく、急に笑顔になって、「葉子ちゃん⁈」とおどろいた。そして早く部屋の中に入るように勧める。玄関の脇の六畳ほどの板の間の部屋は乱れて、座蒲団を敷く隙間もやっとであった。

それにしても、いっぺんに年を取った三好さんであった。慶子叔母と私の三人で箱根の湖畔を散歩した時の、若々しい姿はどこにもない。私は何から話して良いか、困った。

勿論叔母のことには、一言もふれたくなかったし、三好さんもそのことには、一線を引いている。薄い座蒲団を勧めて、

「いまどこにいるの？　どうしているの？」と、私の安否を知ることを急ぐように、聞く。声は若い時と変らないしゃがれた大阪訛りがある。私は名前も古賀の姓で、三歳の子供がいることを話すと、安心した顔を作り、

「それは良かった」と、言う。そして祖母のことも聞いてくれるので、元気でいると言うとやはり安心したように、顔を和らげるのであった。

しかし版権のことに話が及ぶと、俄に顔を曇らせ、

「お母さんという人は……」と、じりじりするほどの苛立った顔になる。

「わたしもあの人にはひどいめに合わされているのだ。困った人だ」と、不快そうに言う。他人を悪く言うことは、自身の気持としてもつらそうなのが感じられた。

祖母に疎外されていることでは、私は、三好さんと同じ立場だと思った。親類一族は全部祖母の側に立っていて、私一人が外側に立たされているのである。三好さんは初めての私の側の人だった。三好さんの苦しい気持は、良く分りますと、私は言葉には出さなかったが、頷いた。

父にさえ、財産の管理を許さなかった祖母が、私などに版権を与えてくれる筈はない。それを知っている三好さんは、一層苦々しく「だって嫁に行ったばかりの葉子ちゃんが、頭の悪い妹さんを世話しているのに、養育費もよこさないなんて！」と、怒った。

「わたしは、今後もお母さんのために編集するのではない。萩原先生のためにするのだ。その先生の二人の娘さん達に来る筈のものが渡らないのでは、もうこれから編集を止める！」

次第に厳しくなって、私が叱られているようであった。

こんなに近々と顔を合わせて、話したのはこの時が初めてである。しかも祖母に困らされているということで、共通の気持をいだいていた。

「お祖母さんに早速手紙を出して〝三好がこう言っている〟と言いなさい」と、何度も繰り返して念を押す。

私は祖母にそんなことを言うわけには、いかないと思った。一層話をこじらせることは、火を見るより明かだからだ。家族間で著作権問題の醜い争いを起すよりも、印税など来ない方がまだましだと考えた。私は相談する人もなく困っていると、三好さんからは〝手紙を出したか〟と、岩波のS氏を通して催促して来る。

私は仕方なく、恐る恐る祖母に手紙を書いて出すよりなく、三好さんの言葉の半分も書かなかったが、案の定、

「三好なんかに世間の常識の何が分る。女を騙した人間のくせに、他人の家のことに余計な口出しする資格がどこにある」と、剣もほろろの返事が来た。

挙句に、岩波の編集など頼みもしないことをして、自分が儲けようという腹なのだろう。それとも三好と葉子はぐるになっているのか等、考えも及ばないようなことを言ってくるのであった。

こんなことを、三好さんに話すことは、何としても私はできなかった。唯、私には渡してくれないということだけを話したが、

「萩原家は泥棒一家じゃないか！」と、三好さんは大声を挙げ、身体をふるわせて怒った。

私も、その時本当にその通りだと思った。むしろ痛快であった。

「泥棒一家の中で、朔太郎先生のような良い人が突然変異で生れて来たのだ」と、今度はしん

みりと、涙を浮ばせて言う。

「先生に済まないではないですか？　一族の者達に勝手に取られてしまっては！」

「この際、徹底的にはっきりさせておかなくては、今度は編集を止めます。それでは葉子ちゃんだって、父親に済まないことになるではないか。わたしの目の黒いうちは、こんな不正は許せない」

三好さんと祖母は一歩もゆずらないで、激しい言い争いが続いた後、

「いくら分らずや一家でも一人位話の分った人がいないものだろうか」と、三好さんは言い、ようやく一人の人物が浮かび上ったのだった。

親類ではあるが、遠縁で祖母の実家に当るため、その人の言うことは、祖母も比較的だまって聞き入れるのであった。

「わたしが言ったのに、もっと早く思いつかなかったのかね」と、私は叱られたがそれからは交渉も円滑にゆき、契約書を交わして半分ずつに譲歩して、一段落ついたのである。

「せめて妹さんを養っていることから三分の二の権利がくるようにしたかった」と、三好さんは残念そうに繰り返して言うが、それどころか祖母が三分の二を主張したのを、やっと半分までに折れたのである。

「まあ、朔太郎のお母さんだから、生きているうちはあげなさい」と、自身に言い聞かせるよ

うに言う三好さんであった。

その後は、契約書を取り交わした通りに、無事に半分の権利が私に与えられるようになった。この時、三好さんがきつく主張してくれなかったら、今日まで私は版権を得られなかったであろう。

父の著作物の編集の時には、三好さんはいつも自分を投げ出すのであった。

父の歿後すぐ小学館から全集が出る時にも、室生犀星氏と大げんかになったのである。小学館から全集が出ることを三好さんは、初めから不賛成だった。紙の配給の無い時代のことではあるし、紙が早く入手できることで室生さんは話を進めていた。が、編集会議の席上で、紙のことで話の喰い違いが生じ、かっとなった三好さんはいきなり羽織を脱いで、室生さんに開き直った。

眼鏡を外して身がまえた室生さんは、突然のけんかを買い、二人がつかみ合いになる寸前だった。真っ蒼《まさお》になった堀辰雄氏が仲裁に入って、「先輩だから……」と、三好さんを制してどうにかその場は納ったのだった。

が、この時もし堀辰雄氏が止めなかったならば、若く力のあった三好さんは興奮の余り、どんなことになったか分らないと思う。

三好さんは亡くなる最後まで「あの時、室生さんがあんな発言をしなければ、萩原先生の全集はもっと良い条件で出版できたのに」と、心から口惜《くや》しがっていた。

次の年（二十六年）の五月十一日に「読売ホール」で、父の十周年記念の講演会が行われた。講師は、中村真一郎、中野重治、河上徹太郎氏に、三好達治さんでその他、草野心平氏、山本安英氏等の詩の朗読があった。

祖母は、身体が弱って出席できないのを残念がった。その代り四人の父の妹達を全部出席させて、後で話を聞く予定だと言って来た。会場には「遺族席」も設けるという。

前日、会の打ち合わせで三好さんの下宿を訪ねているうちに、私は不安になって来た。「遺族席」に坐っている慶子叔母とぶつかって、観客の前でいきなりけんかでも始めることになったら、と案じたからだった。

叔母は着物を取り返すとまだ腹を立てているし、「泥棒一家」と、三好さんも言っている。その言葉の裏には、祖母への反感ばかりでないものが、私には感じられていたからだ。

数えてみると、叔母が雪解けを待って三好さんの許《もと》から逃げ帰ってから、六年の歳月が流れていた。

六年の間に三好さんは、叔母とのことをどのように心の中で処理したか。たとえ親友にも一言も吐露しない人なので、私は察しようもなかったのだ。

「十周年記念」は、折から創元社で父の全集が刊行されていたので、その記念に行われたが、思いがけず盛会だった。三好さんは一番後で講演を終ると、至極上機嫌であった。朔太郎は生前には、不世出の詩人で恵まれないまま歿した。しかし朔太郎の残した業績は大きい、と言う意味の話をした。三好さんが父を語る時は、熱を帯び切々たる愛情が籠められている。

閉会になって、関係者は一番後から会場を出た。広い会場にエレベーターは二台しか無かった。受付で、話していた私と三好さんが、来合わせた扉の空いたエレベーターに突進してゆくような形で入り込んだ時、箱の中に慶子叔母が先客で立っていたのである。エレベーターの箱は小さいので、すぐ目と鼻の距離だった。二人は一瞬間向い合わせに立った。私はどうなることかと気を揉み、その瞬間三好さんは姿勢を正し、くるりと向きを変えてしまったのである。扉に向かって、ぴんとして立っている。と同時に、叔母も後ろを向いてしまい、背中合わせになったのだった。

エレベーターは、そのまま下降してゆき、次の瞬間には扉が開いた。扉の外へ足早にむしろ快活な足取で出て行った三好さんは、背中の辺りにユーモアさえ漂わせている。叔母も平然としているのだった。

その後、前橋の父の行事で、三好さんと叔母は二度会った。

昭和三十年五月十一日、朔太郎の詩碑の除幕式の折に遺族席に坐っている叔母慶子の前の席に背広姿の三好さんは坐っていた。

三十四年十一月七日第一回の「朔太郎祭」が行われ、「講演と音楽の夕」の催しがあった。一汽車遅れた三好さんは羽織袴《はかま》で会場に着くと叔母と意識して顔を合わさないようにしているようでもなく、自然であった。

二、三年経った時のことである。何の脈絡もない話の合間に、独言のように、「随分おばあさんになった」と、つぶやいた。行きつけの寿司屋で、酒の相手をしていた俳人の石原八束《やつか》さんが、その言葉を聞いたのだった。が、十数年も三好さんと親しく顔を合わせていた石原さんも、慶子とのいきさつをまったく知らず、その言葉が誰のことを指しているのか、謎であったそうだ。

三好さんが亡くなって、下宿を引き払うため書斎を整理した時のことだった。

タンスの引出しの奥の方から、思いがけない赤く派手な模様の長襦袢の片袖が出て来たのである。どうして女の着物などが入っていたか、誰もが不思議に思った。十六年間の下宿生活に女の影は、まったくないからだった。

私はそれを聞いて、三好さんは、死ぬまで若い慶子の幻が断ち切れなかったのだと、思った。

三好さんと母のこと

或る日、私は三好さんの部屋を尋ねて、いきなり母を捜してください、と言った。

それまで一度も母のことを口にしたことがなかった私だったので、三好さんは驚いたように、

「葉子ちゃんがお母さんに会いたいって？」と、背筋をぴんと張らせて私を見た。私は言いにくいことを言ったことと、改まって聞き返される気恥ずかしさで、すっかりてれてしまった。

「だって、葉子ちゃんはいつかわたしがお母さんに会いたいかって聞いた時、会いたくないと言ったじゃないか！」と、急に涙声になってくるのだった。そして私を叱るように、

「本当は会いたかったのに、嘘を言っていたんだね」と、声をつまらせる。

昭和四年の夏のこと、父が母と離婚したことを知らずに三好さんが尋ねて来ると、空家は荒れるにまかせ、畳の真ん中には毀《こわ》れた人形の手足が、ばらばらになって放り出されているのを見て驚いたこと、そして私が可哀そうでならなかったと、当時のもようを話すのであった。

今まで、三好さんは私の子供時代のことや母の話をしたことは、一度もなかった。気を遣って避けていたようである。

突然に母の話を私が持ち出すと、堰《せき》を切ったように「いね子さんは単純で気の良い人だっ

た」と、言う。

私は、別れた後一日も忘れなかった母を、早く捜し出してほしいと、たのむと、

「葉子ちゃんの言うことなら仕方ない。何とか捜してあげよう」と、繰り返した。そして母の実家の下田家のことや、母が或る画家と暮していた噂を聞いたことも、教えてくれたのである。

私は、三好さんに聞けば母の消息は、きっと分ると思っていた。女学生の頃から何度も三好さんに聞いてみようと思ったが、父が生きていたことや、母のことを口に出すのは恥ずかしい思いで切り出せなかったのだ。父の死後三好さんが「お母さんに会いたいか？」と、聞いてくれた時も咄嗟に本当のことが言えなかったほど、私はまだ大人になり切れなかったのだった。

しかし、私はもう三十歳を過ぎて、悲惨な思い出も淡々と話せるようになっていた。友人にも進んで母の話をすると、尾崎一雄氏の「もぐら横丁」に〝あなたのお母さんのことが書いてあった〟と、教えてくれたのである。

縋る気持で読んでみると、母が家を出ていった当時の様子が書かれてあり、檀一雄氏の命名でワゴンというバーを開いていたことが分ったのだ。

私は早速三好さんを尋ねて、そのことを話した。そして西武線の中井駅の付近をうろついて、母が経営していたというワゴンのあったらしい跡を犬のように嗅《か》ぎ当てようとしたことも、打ち明けた。

三好さんは、見る見る胸をつまらせたように、あれからいろいろ思い出して母の手がかりを捜していたということや、実家の下田家に行って聞いてみようと思っていたことを言い、雲をつかむような母の行先を、熱心に考えてくれようとする。

そして近日中に尾崎君に会うから、聞いてみようと約束してくれたので、藁《わら》をつかむ気持も少しずつ光が射してきたのだった。

一方、私は前橋の市役所に問い合わせのハガキを出して、父の戸籍から母の手がかりを求めたのだが、意外の早さで戸籍から出た後の母が札幌にいて、米山という人の妻に入籍していたことが分ったのである。

それからは無我夢中で三好さんに報告するのも忘れて、母に会いに札幌へ飛んで行ったのであった。その興奮と期待は、私の生涯のなかでも最も大きなもので、母に会えさえすれば命は惜しくないとまで、真剣に考えていたのだ。

しかし、あまりにも期待が大きかったため、惨めな気持で別れて帰って来たのであった。それから二十五年という歳月は、若く美しかった母を見る影もなく老いた母に、変えてしまっていたのである。十六歳も年下の夫と、一緒にいることも、納得できない気持であった。

私は三好さんに母に会ったことを報告する気になれなかった。なるべく会う機会を避けているようにしているうちに、月日が経ってしまった。

その間に私は「父・朔太郎」を書き、出版記念会の前日になって、三好さんを訪ねたのだ。三好さんは、私の本が出たことを喜んでくれて「葉子ちゃんの前夜祭だ」と、渋谷のうなぎ屋に連れて行ってくれた。

お酒がまわってくると、あれから尾崎一雄氏に会って母のことを聞いてくれたことを話し始め、尾崎氏が「母の相手だった画家の名を忘れ、いろは順に思い出したが、どうしても思い出せない。三好君、一晩待ってくれ。そうすれば必ず思い出すから」と、引き止められて、とうとう尾崎家に一泊したということや、翌朝になると氏がにこにこしながら、「やっと思い出せたよ!」と、言われたことを、尾崎氏の仕種《しぐさ》を真似ての話に、私は申訳ない気持で一杯だったのである。

「もう母に会って来たのです」と、私は小さな声で言ったのだった。三好さんは驚いて「ひどいよ。葉子ちゃんは!」と言い、突然大声で笑い出した。そして私の頭をこづくようにすると、「それじゃ、いつかいね子さんと三人でゆっくり会おうよ」と、しんみり言う。

その時、実際のことを打ち明ける気持に、私はなれなかった。三好さんは〝良かった、良かった〟と、いまにも泣きそうにまで喜んでいるからだった。私が、夢に描いた母と現実の母との喰い違いを打ち明けたところで、逆に叱られるに違いない、と思ったのである。一度思い込めば、考えを変えて見直してくれる人でないからと、諦《あきら》めた。私は困ったことになったと思った。

その後「女客」という題で、母と二十五年ぶりで再会したことを書くと、母の腹立ちは相当なものだった。そんな娘とは二度と会いたくないとまで腹を立て、母と私は一層気まずくなって来たのである。

そんな時「母を語る」の放送番組に、私は出演を頼まれた。断ることもできずに困っている上に、ゲストに三好さんを私から何とか頼んでくれと言う。私は叱られるのを覚悟で三好さんに聞いてみた。案の定、

「葉子ちゃんが、小説として文学の世界でお母さんを書くことは、どんなことを書いても良いよ。しかしテレビなどでお母さんを大衆の前に持ち出すのは、絶対に不賛成だ」と、繰り返して厳しい態度を見せるのだった。自分はもとより、できれば私にも断りなさいと言う。

私は困った。それならば母のために〝良妻賢母〟の母だったと言うようにすればと、言うと、

「それじゃ事実に反することになるし、だいいち朔太郎先生に申訳が立たないじゃないか。そんな良い女房と何故別れたということになって、先生が気の毒だ」と言う。

私は、進退に窮した。気が弱いとはいえ、はっきり断れなかった軽率さを、恥じたのであった。「まるで赤子の腕をひねるようなことはしたくない。いね子さんが社会的に発言権のある人ならばまた別だが、無知の女というものは、痛々しいからね」と、一時間以上もお説教され

た私は、すっかりしょげてしまっていた。

結局、伊藤信吉氏に代って出てもらい、母を傷つけない演出という約束で、無事に済んだのだった。

母はその後数年して夫とも別れ、一人で暮していたが、私が引き取って一緒に暮すようになった。再会して八年めである。三好さんにそれを報告すると、母のためにほっとした顔をして「近い内にお母さんを御馳走するよ」と、今度こそは母に会うのを楽しみにしている。だが身体の不調を訴えては、会う日を延ばし延ばししている母との間に入って、私は弁解ばかりしていなくては、ならないのだった。その上母の方では、まだ昔の無名の青年だった三好さんしか考えられないらしく、萩原朔太郎の妻という態度で三好さんに会う心づもりでいるのが、私としては納得できないことであった。

私の立場がそれでは無くなってしまう。母のいない間にどれほど三好さんに世話になったかを、分ってはくれなかった。説明しても〝アンタはアンタ。私は私よ〟と言うばかりである。

或る夕、渋谷のゆきつけの寿司屋へ三好さんは、私を誘ってくれた。

三好さんは、それまでしきりにお母さんと近い内に会おうと言っていたが、私は本当のことを話してみようと思ったのである。再会した当時よりは私に近づいてくれているが、母はまだ気が若く、母娘ということよりも、女同士という感情で時々ぶつかる。そのことを言おうとす

ると、

「そりゃ、そういう人だよ。いね子さんという人は。自分の娘にだって妬《や》く人だよ」と、ちゃんと、知っている。私は、ほっとして今度母に会ったら、よく言ってください、といろいろと注文を並べてみた。

三好さんは、はい、はいと静かに聞いていたが、最後に、

「わたしから葉子ちゃんをもっと理解するように、話してあげるよ」と、約束してくれた。私はうれしかった。

それから「女客」を、母にひどく叱られたことも話すと、あれを読んで怒ったり、親の悪口だと言うのでは困った人だね。いね子さんも困った人だよと、言ったあと急に涙声になって、

「あれは決してそんなものじゃない。あの小説の中には葉子ちゃんの……」と、言いながら泣き声になって、左の手の甲で素早く涙を払いのけ、

「あれはよく書けている……」と、跡切《とぎ》れながらようやく言うのだった。私は胸がつまり三好さんの肩を落しての言葉に一緒に泣いてしまいそうになるのを、こらえていた。

詩人だから人間のきれいな面だけしか見ないのではないか等と、浅はかな考えを持った私である。私は心の中でこんなに公平に見てくれる人とも知らずにいたことを詫びていた。残念にも母に会うことは実現しないまま、三好さんは亡くなってしまったのである。

「父・萩原朔太郎」出版の頃

私が父の記憶をたどりながら、山岸外史氏主催の同人雑誌「青い花」に思い出を綴り始めた時、最初にハガキをもらったのは室生犀星氏からだった。

私は「青い花」第一号が印刷されてくると、父の親友の犀星氏や三好さんに真っ先に送ったのである。

当時の私は平凡な家庭の雑事と子供の世話に明け暮れていたので、知り合いも無く、三好さんだけは、父の本の編集を世話してもらっている関係で、たまに挨拶がてら尋ねて行くていどだった。

父の死後十五年も尋ねることもなく過ぎていた犀星氏からの突然のハガキには、小さな字で葉ちゃんがこんなことを書き始めて、朔太郎がびっくりしているだろう。もっとたくさん千枚も続けて書きなさい。と短く愛情の籠った文面であった。

雑誌は三カ月めに二号が出て、また私は二人に送ると犀星氏から折返しハガキが来たのである。前より一層の激励の言葉が小さな字で書かれ、私は懐しさとお礼も兼ねて室生家を尋ねて行くことにした。

父の葬儀の日にちょっと会っただけで、そのほかは私が六つ七つの頃に大森の家が近かったので、たびたび会った記憶が懐しく、私は胸がときめいた。

夏が終り、氏が軽井沢から帰って間もなくの頃で、茶の間には子供の時の記憶のままの犀星氏と、奥さんが並んで坐っていた。

「葉ちゃん」と、私を呼ぶ声や四角い渋い顔も昔のままだった。

「青い花」のことを聞いたり、家族は何人かとか生活はどうしているか等質問される間にも、私は几帳面な生活者としての犀星氏に驚かずにいられなかった。

父は実生活がまるでだめで、室生家の様子とは全くかけ離れていたが、三好さんの下宿住まいの生活は、もっと孤独だと思い、三人三様の生活を不思議に思うのであった。

その頃の私は父の思い出が本になるなどとは、想像もしていなかったし、文学を勉強するようになることも、考えもしなかったので、当分は訪問することもないだろうと思いながら、夕方いとまを告げて帰った。

「青い花」三号が出た時、今度は婦人雑誌や新聞にまで讃辞してくれるようになり、知人達の間にも噂が広がり、やがて筑摩書房より出版になることも決まったのだ。

私はまた室生家にゆくこととなり、二度と尋ねることもないと思ったばかりの私は、それから本になるまでの二年間には、度重ねて茶の間の客となっていたのである。

一方、三好さんはまだ何も言ってくれないどころか、全然無関心なのかとひがみたくなるほど、一言もふれてくれない。書き始めてから一年以上になっているし、度々私は三好さんに会っていたのである。いつものように、「坊やは元気?」と、言ってくれるだけに、私はがっかりする思いだった。そして、十年前の或る時のことを私は思い出していた。

三好さんと私は下北沢から小田急に乗って、吊り革につかまっていた。どこへ行く途中だったか忘れたが、昭和二十五年のことで、私は幼稚園に入ったばかりの子供を連れていた。そして今日こそは相談相手になってもらいたいと、考えていた。

私はその当時夫と暮していたが、心は満たされず空《うつ》ろでやりきれない思いがつのり、何とか打開できないものかと悩んだ挙句、文学を勉強したいと考えていたのである。文学といっても勿論《もちろん》漠然としたもので、創作するなどということまでは考えつかない幼稚なものだったが、気持は真剣だった。

私は吊り革につかまったまま、文学を勉強したいと三好さんに訴えると、

「え? 葉子ちゃんが文学をやりたいんだって?」と、驚いた高い声で言い、

「やめなさい!」と、断定した。

私は急に自分の言ったことが恥ずかしくなっていると、

「文学なんてそんなにやたらにやれるものではありません。それよりも葉子ちゃんは子供の良

い母親で坊やを大事に育てなさい」と、諭《さと》すように静かに言ったが、次第に眉にしわを作って気むずかしい顔になると、

「文学は泥沼だから、一度足を突っ込んだら深みへはまって抜けなくなる。文学なんか決してやるものではない」と、叱るような言い方をする。

「それに才能のある人ならとっくにやっているよ。林芙美子にしても若い時からやっていた。いま頃になって文学をやりたいなんて言うようでは、才能のない証拠のようなものじゃありませんか」

私はますます恥ずかしくなり、才能もない愚かしい自分の姿を三好さんの前から消してしまいたかった。

私が大学へ行って勉強しようと思ったのはその時である。今度は三好さんは偉いね、と賞めてくれ〝敢闘賞を贈らなくてはね〟と、会う度に感心して言う。

学校のことは賞めてくれるが、書くことに関しては賞めてくれないのは、室生さんよりも厳しいからだろうかと私は思ったり、同人雑誌に書いたものなどは三好さんは問題にしてくれないのだろうなどと、私は十年前に言われたことと重ねて、ひがみっぽく思いながら〝ちょっとは読んでくださいましたか？〟という言葉が出せなかった。

T新聞の「大波小波」欄に、私が「青い花」三号に書いた「幼い日々」の文章が、昭和の初

年の雰囲気を想わせるおもしろい文だと書かれ、登場人物のなかで三好達治の若い日の姿が躍如としているとあった時、私はどうしても三好さんに言わなくては、ならないと思ったのである。会って今度こそはっきり聞いてみたいと思ったのだが、それよりも三好さんの思い出を無断で書いたことを、謝らなくてはならないという気がしていた。

　私は三好さんの前にいつものように坐って、切り出そうとすると、

「葉子ちゃんの文章を読みました」と、少し改まったような口調で言ったので、私ははっとして次の言葉を待った。

「当時の馬込《まごめ》の雰囲気はなかなか良く書けているが、わたしのところは一寸違うね、わたしはあんなふうではなかったが……。でも葉子ちゃんの目から見てああなるのは、どうも致し方のないことだからねえ……」と、笑いながら上機嫌の時のオクターブ高い声になる。私は三好さんに悪いことをしたと済まない気持で一杯だったが、正直に一所懸命に綴ったので、そのことでは後悔がなかった。

「本になる時には、わたしが〝大分事実と違っている〟と言ったということを、書き添えておきなさい」

「はい」

「あれがあのまま後に残って、事実として世に伝わるんだから、葉子ちゃんにはかなわない。

でもほんの小さな、こんな子供の時の記憶だからねえ……あれだけによくまとめて書けてもいるし雰囲気も出ている」

こんなというところで、掌で小さい子供の形をなぞり、やさしい笑顔をそれに合わせて作り、私の子供時代が可愛くて仕方ないというふうを見せるのだった。

私は思わず胸がつまって、涙がこぼれそうになった。そしてぶらんこをこいでもらったり、お手玉や綾取《あやと》りをして遊んでくれた日のことを、思い出した。

三好さんは、朔太郎のことは葉子ちゃんしか書く人はいないのだから、もっと沢山書きなさいと勧めてくれたが、室生さんのように初めからずっと見てくれたのかどうかということが、私は気になっていた。

私は気おくれしながら、

「前の号のも見てくださいましたか？」と、思い切って言った。

すると三好さんは背中をぴんと反らせ、着物の衿《えり》を掻《か》き合わせると、

「雑誌はほとんど見ないものでねえ」と、改まった口調になる。

やっぱり、と私は書斎のまわりから玄関まで山積している書類や、封を切ってない郵便物の山の中に紛れ込んでいるのだと思った。

几帳面でハガキ一枚にも残らず目を通す室生さんの生活との違いを思い、三好さんからはま

だ一度も手紙の返事さえ、もらったことがなかったのだと、私は思う。

ようやく脱稿に近づくと、本の口絵写真に室生さんと私が一緒の写真を入れたいというKさんの考えで、室生家へ尋ねて行くことになった。

カメラマンと三人の来訪に写真嫌いの室生さんは果して何と言うだろうかと、びくびくしていた。上機嫌の時でもカメラを向けると、すっかり機嫌を害《そこ》ねてしまうのである。Kさんは恐る恐るお願いすると、

「葉ちゃんのためなら仕方ない。左からうつしてくれよ」と、言ったのである。そして早速うつされるためのかまえたかたい顔になり、カメラマンはあわててシャッターを切るのだった。気の変らないうちに撮ってしまわないと、いつ〝もう止めてくれ〟と、叱られるか分らないからだ。

私は持参した「杏っ子」に署名を頼んだのだが、室生さんと並んで写されることに、緊張して汗びっしょりになっていて、署名の手元を上の空で見ていたが、その間にもシャッターの切れる音が続けてしている。

写真嫌いの室生さんが怒り出さないうちにと、私は寿命の縮む思いであったが、今度は庭で写すのだという。

「またかね」

一寸あきれたように言ったが、厭な顔もせず庭に降りると濡れ縁に眠っている猫の隣に気さくに腰掛け、

「早くたのむよ」と、猫の顔をのぞき込み私に猫が好きかと聞く。

写真は結局、室生さんと長女の朝子さんと私の三人が、並んでいるのを口絵に使ったのだが、その夜は夕食まで馳走になってしまったのである。

いつも決まって〝夕食を食べてゆきなさい〟と言われるのに、私は家が心配になる事を理由に無理に断って帰ってしまう。そんな私をあきれるように〝朔太郎もよその家で馳走になるのは嫌いだったよ〟と、言うのであった。

筑摩書房では、後書きに室生さんに何か書いてもらうことを頼むと言う。私はこの上なくうれしかった。生れて初めて書いたものに、父と親友だった室生さんに、たとえ一行の言葉でももらえれば満足だった。

外出の帰り、電車の中で隣席の人の拡げたT新聞に「詩人とその娘」という見出しで、筆者が室生犀星とあるのに驚いた。「上」となっているところを見ると、次回に続くのであろう。何が書いてあるのかと私は駅に着くと一目散に売店に走って新聞を求めた。

雨が降っていたので傘の中で、そっと新聞を拡げ、ゆっくり読みながら歩いた。

私のことをこんなに愛情深く思ってくれているのかと私は胸をつまらせてしまったが、次の

ところにくるとぽろぽろ涙があふれてくるのだった。

「……自分の文章の行列を指して、ここ読んでよ、それからここから彼処《あそこ》まで飛ばさずに落ち着いて読むのよ、どう巧《うま》く出来たかどうか、それを言って頂だいという声まで紙背から起って来た。……一体文学というものは書かない前はうじむしで、書けば蝶々になるということですかネ」

私は早速自分の感激を手紙に書いて出したいと思っているうちに、室生さんから新聞の切抜きが送られて来て、あの文章は〃あとがき〃のために書いたのだが、感想はどうかという添文がしてあった。私は折返し精一杯の気持で手紙を書いたのだった。

「父・萩原朔太郎」の校正刷が出る頃になって、筑摩書房のKさんが「帯」の言葉を三好さんに頼み、承諾はもらったが私からも頼んでおいてほしいと言う。

私は早速三好さんに頼みに行くと、〃あとがき〃を室生さんに書いてもらったそうで良かったねと言い、

「とうとう葉子ちゃんが本を出すようになったのは、見あげた努力だよ」と、よろこんでくれた。

そして葉子ちゃんはまだお父さんのことをよく解っていないところがあるから、あと十年位経ってからもう一度別の面から見た萩原先生のことを書くとよいと言った。

私は三好さんの言う意味が分っても、父を別の面から見るというようなことは、とうていできそうもないことだと思っていると、

「十年位経ってみれば自然に書けてくる」と、何度も繰り返して言う。

私は父のことを分っていないところがあるということも気になっていたが、それは父の著書を全部読めば分ることだと、聞けばはねつけられてしまいそうであった。

「お父さんのものを読みましたか？」

「お父さんの詩ぐらいは皆読んでおく必要がある」

「お父さんのことを書くならば全部の作品に目を通しておかなくては、いけない」

この頃は、三好さんに会う度に注意されていたこんな言葉が思い出されたが、私は遂に父の作品をろくに読まないでしまったのである。

「帯」の言葉は必ず書いてくれるという約束で、玉露を馳走になって帰り、本が出来上ったのは、それから一月ほど経った十一月下旬だった。

Kさんが、玄関から入ってくるといきなり、私の眼前に赤い本を突き出して「出来ましたよ」と、言った。私は気恥ずかしく、身を隠してしまいたい気持で頁を繰ってみると、室生さんと一緒の写真がぱっと目に入り、次に〝あとがき〟のあの文章が生き生きとしている。

三好さんの「帯」の言葉は、グレイに白の字で「人物の気息気韻といふものは語り伝へがた

いものである。萩原先生のやうな人物に就ては、なるべくささやかな瑣細《ささい》な日常平凡事に就て語るのが有効であらう。それもふんだんに。といふことになつて、かけ替へのない葉子さんのやうな語り手をえたことを私は最も喜ぶ」とあった。

私はこの文字を何回も繰り返して読んで見たが、ぴんと頭に入って来ないのである。いかにも三好さんらしいむずかしいことを言っている。室生さんの〃あとがき〃の言葉とは、大分ちがうと思った。

だが、生れてから一度も考えたことのなかった、自分の本が出来上ったことも、室生さんと三好さんのおかげだと思う感謝の気持が次第に湧いてくる。

私は早速Kさんと一緒にまた室生家へ出掛けて行った。今度は出来上った本を見てもらうためだ。

室生さんは、大切な焼物の壺でも眺めるようにして、装幀《そうてい》（舟越保武氏の描く父の顔）を見たり、ページを繰ってみては〃ほう〃と言っている。そして出版記念会を早くしなさいと言うのであった。

出版記念会のことは、Kさんが本の出来上る前から考えていたことだったが、十月に室生さんの奥さんが亡くなったので、中止するか延ばすかになるだろうと思っていた。

室生さんの言葉にKさんは、びっくりして問い返すと、

「かまわない。四十九日過ぎたら早い方が良い。来月早々にでもしなさい」ということであった。そして「親代りになって出る」というので更に喜んでしまった。

室生さんのような偉い人が私のために、親代りに出席してくれるのも父への友情の厚さだと思い、私は胸が熱くなるのだった。

「葉ちゃんは、黙ってぼくの隣に坐っていればいいよ。あとはぼくが親代りになって引き受ける」と、何度も言うのである。

そして今日は出版記念会ばやりだから、やはりやった方が良いだろうと勧め、昔は出版記念会などというものは、めったにやらなかったものだ、と言う。

十二月八日に決めたのは室生さんの都合に合わせたのだが、場所が室生さんの嫌いな新宿になったのは会費の安い所を捜したからで、それでも前の晩に早く寝んで行くから安心していなさいということであった。

新宿のKビヤホールの会場で六時からの会が始まるまで、私はエレベーターの、出口の所で挨拶に立っていた。

父が生きていた頃の親しかった人達の顔が次々に見え、会場はいつか一杯の人でうずまってゆく。一人一人に対する礼の言葉も接待も私の責任であると、八方に気を遣いながら、早く室生さんが来てくれないかと気を揉んでいた。

足の不自由な尾山篤二郎氏が見え、続いて宇野千代氏がミンクのコートを着てエレベーターから、降りて来た。三好さんがまだ若い学生で私の家へ来ていた頃、宇野さんもよく家に来たが美しい人だと私は思ったものだった。三十年ぶりだったが、昔の面影はまだそのままに懐しい。

宇野千代氏を席に案内して戻ると、エレベーターが開いて、三好さんが降りて来た。私を見ると四角い紙包みを私の手に渡し、

「これお祝いに葉子ちゃんにあげるから、大切にしなさい」と、私がかねてから欲しいと思っていた父の色紙を、手渡した。

三好さんは〝家宝〟といって、唯一枚しかないこの色紙を大切にしていたのである。書斎の真ん中に父の写真と一緒にいつもこの額が飾られていたものだ。どんなにか心残りのまま持って来てくれたものだろう。私の家が空襲で焼けて父の遺品が何も無いのを知っているからだった。

三好さんを宇野さんの隣の席に案内して暫くすると、全部の人員は揃って時間も三十分以上遅れている。思わない盛会で、会場には百二三十人も集った。

室生さんが揃えばすぐに開会できるのだが、途中で事故でもあったのではないかと、気を揉んでいると、二重廻しにステッキを持った室生さんがエレベーターから降りて来た。「車が混

んでどうにもならなかったのだよ」と、急ぎ足であった。

室生さんがメイン・テーブルに坐ると、会場のどよめきは消えて一瞬しんとなった。開会の挨拶に次いで、草野心平氏、佐多稲子氏や西脇順三郎氏のスピーチが始められ、半ば頃に三好さんが立った。

羽織の紐を両の指先で弄《もてあそ》びながら〝今日は葉子ちゃんのおめでたい日です〟と、一寸おどける口調で始め〝実は十年ほど前に……〟と例のことを言う。私はこんなところで公開されたのでは恥ずかしく、止めてくれればと思うのだが最後に、

「わたしは葉子ちゃんを見損っていました」と、結んだのである。

入口のところでがやがやと数人の男が入って来たと思うと、アコーディオンやギターで昭和初年頃の流行歌が鳴りはじめた。〝流し〟を伊藤信吉さんが呼んでくれたのである。

「ほう。こりゃ大変なことになった」と、室生さんは驚いて、どうした訳かと私に問う。会場は急に緊張が解けて、和やかな空気になり父の好きだった曲が流れてくる。

最後に、室生さんから何か一言聞きたいという声が会場から沸いて来た。

室生さんは親代りに出席しても、スピーチはかんべんしてほしいと言っていたのである。人前でスピーチをすることが一番苦手で、まだラジオやテレビにも一度も出たことがないのだ。「止めてくれよ。かんべんしてくれ」と、先生に指された生徒のように怖がるが、どうし

ても言われて勢よく立ち、立つと同時に、

「葉ちゃんがこれから作家として立ってゆくようになろうと、なるまいと私の知ったことではありません」と、早口に一気に言って着席した。息が荒く聞える。

私は一瞬ひどいことを言うと、室生さんを恨めしく思った。皆もこの一声でしんとなってしまい、意外だという空気が漂った。

今まで新聞や雑誌に何度も私を紹介してくれた上に、今日も親代りで出席してくれた人が、どうしてこんなことを言ったのだろうかと腑《ふ》におちない気持だった。せめて〝あとがき〟にあるような愛情に溢れた言葉の一言でも、言ってくれればどんなに嬉しいか。

しかし、私はこの一言の響きで、文学というものはそんなに生やさしいものではないということを、読みとったのである。室生さんが親代りになって出席してくれるという真意も、ようやく分る思いであった。

会が終った後、三好さんを中心にして数人での二次会が中原綾子さんの家であった。

緊張が解けてほっとして、私は三好さんの隣に坐っていた。三好さんは父の思い出話に夢中だったが、ふとKさんがびっくりしたように私に言った。

「葉子さんは三好先生の隣にいるとまるで顔つきが小さい子供のようになる」

私は自分でも気のつかないことだったが、言われてみるとそうかと思うのであった。ことに今日の三好さんはやさしく上機嫌なので、私はうれしかった。

家に帰ってから、色紙を開いてみると渋い銀の紙に父の若い時の字で、

ところも知らぬ山里に
さも白く咲きてゐたる
おだまきの花　朔

と、書いてあった。

叱《しっ》責《せき》

「朝日新聞社」から、原稿依頼の電話があった。連絡は家の方にかかり、少し離れた場所の勉強部屋にいる私が記者のD氏に会えるまでに、三日もかかった。「朝日」と聞いただけで私は緊張したのである。締切りまでに、あと三日しかなかったが、必ず間に合わせるからと約束したのだった。

原稿の内容は、「父の手紙にみる離婚と、犀星との友情」ということであった。私はD氏に別れるとすぐ、父の古い手紙やハガキを一枚ずつ読み返した。

最近室生家から返ったばかりの、八十通もある手紙だった。一通の手紙には便箋十枚、二十

枚にぎっしりのものもあり、内容もまちまちで区分だけでも大変だった。

年代は消印が消えかかっていて、明治、大正、昭和の判断さえも定かでない。年代を経た古い手紙なのだ。私が生れる前から、父が亡くなるまでの二十年もの間に起った事柄を、四枚半にまとめるのは困難であった。私は手紙を広げて読んでいるうちに、次第にあせっていた。その上「朝日」という大新聞に初めて書くという緊張感が、一層落ち着きを無くしていたのだった。

食事や睡眠も惜しんで、私は時間の許す限りを書くことに集注した。そしてどうにか期日に間に合わせることができたものの、落ち着いて読み返せるゆとりはないまま出してしまったのである。

三好さんと会ったのは、新聞に発表されて三日めであった。T書房の二人と、伊藤信吉氏、石原八束氏、私の五人が三好さんに活魚《いけうお》料理を馳走になる約束だった。

私は、伊藤氏と待ち合わせて一緒に行く約束をしたが、三十分待っても来ないので困って、会場へ電話した。電話では初めての三好さんの声は、遅刻を咎めることもなく、〝もう少し伊藤君を待ってあげなさい〟と、言う。四十分遅れて伊藤さんが姿を見せると、急いで直行した。会場では皆揃って二人を待っていたらしかったのは、タバコの吸殻の量でもそれと分った。鉄色の道行を脱いで、きちんと坐っていた三好さんは、いつもより厳しい顔で、いきなり私の方に向き直り改まった。私はまだ座に着いたばかりの落ち着かない膝を合わせて坐り直すと、三好さんの顔をみつめた。近々、S社から出る予定の父の書簡集のこまかい内容を手短に私に話した後、

「いいですか？　伊藤君がめんどうなことをやってくれるのです。ほんとに伊藤君は、大変なんだよ。葉子ちゃんは伊藤君に感謝を忘れてはいけない」と、何度も繰り返した。それはいつも聞き馴れた言葉だったが、今日は特に私を叱る口調になってゆき、いきなりのことに私は戸惑った。しかも一時間近くも同じことの繰り返しに、私はすっかりしょげてしまっていた。

　皆は、初めから私がさらし者みたいな恰好になったので形がつかず、箸も取らない。待たせた挙句にこんなことでは、皆に済まなかった。

「はい。よく分っています」私は妙にかしこまり堅くなって同じことを繰り返す。

　誰かが気を利かせて食膳にさっきから配られたままになっている活魚を三好さんに勧めると、やっと気がついたようにちょっと箸をつける。そして、私や皆にたくさん食べるようにと言った。

　ほっとして、私は少しくつろいだ気持になった時だった。三好さんは一層不快そうな顔になった。

「葉子ちゃんの『朝日』の文章を読んだが、あれにひどい間違いが一つあったね」

押し殺した腹立ちをこめた言葉に、一瞬皆もしんとなった。私は、進退に窮し切迫した気持になってゆく。

犀星と朔太郎の出会いの表現が、むずかしく、私の随分戸惑った個所だった。あれこれと迷っているうちに、三好さんが折にふれては言う日頃の言葉が、浮んだのである。

〝朔太郎のような詩人は一世紀に一人もいるかいないかの人だ〟

〝犀星と朔太郎の出会いこそは、まさに出会うべくして出会った二人だ〟

また或る時は中野重治氏に、

〝ぼくと君が出会ったとて、少しもおもしろくなんかないだろう。あの二人だからこそおもしろいんだ〟

三好さんが何かと言うとすぐに熱を持って言うそんな言葉が、頭の中でごっちゃになって、思い出されたのである。

「朔太郎と犀星の出会いを、三好達治氏は世紀の出会いと言った」と、書いたのだった。三好さんの名前を持ち出しては、叱られそうだと思ったり、こんな表現ではおかしいと考えた個所である。

一瞬、電撃に打たれたようだった。はっと固唾《かたず》を呑む間もなく、

「世紀の出会いなんて書いてあるんで、わたしはもう読む気がしなかった。しかもわたしが言

ったと書いてある」

真実、心の底から気を落した言い方であった。

私は、我ながら自分に厭気がさして来た。皆の前に坐っていられない恥ずかしさで、一言も言葉が出ない。

座がいよいよ白けてしまったので、酒を勧めながらT書房のKさんが、

「あれは良く書けていましたね」と、言ったのを機にAさんも、

「文章もしっかりしているので、感心しました」等々言ってくれる。

「いや。他のところは良くても世紀の出会いなんて書いたんでは……わたしは次を読む気がしなくて枕元へ新聞を投げ出してしまった!」

重い空気になった。こんなに立腹した三好さんを見るのは、初めてであった。血の気もなく、額に寄せた皺を一層深くしている。

私は努めて何気なく装っていた。皆の前で、涙を見せるのは恥ずかしい。どんなに悲しい時でも人前で涙をこらえている習慣を、押し通そうとした。

「しかもそれをわたしが言ったと書いてあるんじゃないか!」と、繰り返す。

私は、金槌で頭を打たれたような羞恥感に襲われた。皆の前から、身を消してしまいたい。しかも五人の神経の末端まで、私に集っている。

「わたしは、そんなことを言った覚えはありません！」

こらえていた涙が堰《せき》を切って出てしまうと、もう抑制は利かなかった。目の前は真っ暗になり、後から後から悲しみが押しよせて来る。

「まあ、朝日ということもあって緊張したのは良く分るが、世紀なんていうことを平気で書き、それをおかしいと気づかなかったところに、語感の鈍さがある」

不味《まず》そうに盃《さかずき》を持ったまま、それを口へ持ってゆくと投げ込むように飲み下ろしてまた続けた。

「プロボクシングの世紀の決闘じゃあるまいし、少くとも文学を勉強している者の使うべき文字じゃない！　ね、そうは思いませんか。伊藤君」

うっかり私のために弁解や慰めをはさむ余地はなかった。誰も言葉なく押し黙っている。

「マスコミの看板にいつか知らずに毒されている現れだと思うが、それをわたしが言ったと書いてある」

……すみません……ハンカチを目に当てたまま、ようやくそれだけ言った。三好さんが岩のように冷たく見えて、涙がひとしきりあふれてくる。今日まで私の文章を賞めてくれたことも、すじが良いと言われたこともすべてご破算になったのだ。

伊藤さんが、萩原さん（父）も誤字を書いた人だったと言ったが、かえってその言葉で、三好さんの怒りを助長させることになった。

「いや！　萩原さんは決してこんなひどい間違いはなかった。あの人のは同じ間違いでも筋が違う」

ぴりぴりと、神経を苛立てた顔は、誰の手加減も受けようとしない。

頃合を見てT書房のAさんが「葉子さんが世紀の出会いと書いたからといって、読む者はその通りに受け取りませんよ」と、言ってくれた。伊藤さんも石原さんも、同じことを言って、三好さんの気持を和げてくれようとしたが、

「いや！」

どんな言葉も一蹴《いっしゅう》するように、一段と声は大きくなった。

「わたしは葉子ちゃんがせっかくここまで勉強して来たのに、ここで世紀なんて書いたことがくやしいんだ」

新しく悲しみが押しよせて来て、階下のトイレへ駈け込んで泣いた。

女中が不審そうに私を見ながら通っている。いっそ文学なんか止めてしまえば良いのか？

語感が鈍いとまで言われたのでは、文学を止めろと言われたのと同じではないのだろうか？

三好さんの私への激しい愛と憎の感情を、どう受け止めたら良いのか。

だが、いつまでも席を外したままでいられず、涙を拭き深呼吸して、気持を静めながら階段

を一足、一足上ってゆくと、話はまだ世紀の出会いである。女中さんがしきりに活魚のヒラメや車エビを皆に勧めているのが唯一の救いであったが、泣きはらした顔を見られてはと、静かに目立たないように座に着くと、

「葉子ちゃんなんか文学をやりたいなんて遅くなってから言って来たんだから、よっぽど人一倍も勉強しなければだめだよ。萩原さんは、葉子ちゃんになんにも教えはしなかったんだからねえ」

「……」恐る恐る見ると眉にふかく皺を寄せ、日頃の優しさはどこにもなかった。

「あの人はまったく子供の教育をしなかった人だ。幸田文さんや森茉莉《まり》さんのように父親から教育されて育った者とでは、格段のひらきがあるのだ。萩原さんは葉子ちゃんに何一つ仕込まず、バカ娘と言っていたんだから……」

石原さんがたまりかねて、

「先生！」と、別の話題で三好さんの気持を惹こうとするが、反応はなかった。

「中野重治は〝いみじき出会い〟と言った。さすがだと思うよ」

いみじきと言う時、声を落して、貴重品を扱うような響きがこめられている。一字一語を命としている三好さんの心が伝わってくる思いであった。

私は、自分の言葉遣いに対する良い加減さを心から恥ずかしいと思った。

皆は私を取りなして料理をすすめてくれるが、何を食べているのかもとより味など分らなかった。

T書房のKさんが、折を狙って〝先生！　場所を変えましょう〟と、三度めに言った時、三好さんはやっと気がついたように立ち上った。皆も一斉に立って、三好さんの気分をここで切り替えようと、苦心している。

三好さんは、かなり飲んでいるのか、立ち上った瞬間に二三歩白足袋の足元が、よろけた。が、すぐ立ち直ると先に立って、階段を降りて行くのだった。脱いであった道行を石原さんが後から着せかけた。

肉が落ち疲労の跡が、羽織の上からも見えるのであった。

ある夜のこと

亡くなった年の正月七日のことである。新年の挨拶に私は三好さんの下宿を訪ねた。

通されたのは、座敷の方であった。石油コンロの弱い火に暖まりながら、暫くいつものように正月早々の私の失敗談などを、笑って聞いているうち、寒いので私の持参した日本酒を馳走になろうと言って、一升瓶ごと部屋に持って来た。

「丁度切らしていたんだ。葉子ちゃん良い時持って来てくれたよ」と、上機嫌で玉露茶碗に私の分も注ぎ、

「飲みなさい」と勧める。私はいつものように〝飲めません〟と、いいたかったが、「練習しなさい。練習が足りない」と、いわれるに決まっているので、黙って飲むふりをした。飲むことを練習しなさいと言うのだった。

酒なんか美味いと、一度も思ったことがない。だが、生きていても何も面白いことがないから飲むのだと言うのが、三好さんの晩年のくせであった。

三好達治全詩集が昨年T書房から出版されて、読売文学賞受賞となってからは、三好さんの周囲は急に多忙となったようだ。疲労のたまった冴えない顔色となり浅い息づかいが気になった。

玄関のベルが鳴って人が来た気配に、三好さんは立って出て行き、しきりに何か詫びている。きっと原稿の催促をされているのだろうと思っていると、

「ちょっと上って冷やを一ぱい飲んでゆきなさい」

「いまちょうど、葉子ちゃんが来ているから」等と言う声がして、A新聞社のS氏を案内して来た。

私と何の関係があるのだろうと思ったが、A社のPR版編集長が三好さんに「師・萩原朔太

郎」という長詩の揮毫《きごう》を前から頼んであり、その催促だったことが分った。

三好さんは、「お礼を先にもらってしまって、困ったなあ」と、笑いながらも渋滞している様子でS氏に冷やを注ぐと、急に決心したように、

「よし、じゃ、丁度葉子ちゃんが来ているから書いてしまおうか」「葉子ちゃんがいるんで心強いから」と、私の居合わせたことを強調する。「すみません」と、S氏は二人に頭を下げて喜ぶのだが、私まで巻き添えで礼を言われるのが心苦しかった。

三好さんの遅筆ぶりは、編集者泣かせだったので、S氏が今日まで何度足を運んだかが想像された。S氏の喜びようはなく、一心に三好さんを見つめている。気の変らぬうちに早く書いてくださいと祈らんばかりであった。

冷やを二杯続けて飲み、その間にも「葉子ちゃんがいてくれるから……」と、繰り返しているので、私はS氏に恩をきせるような恰好になって、もう止めてほしいと思うが一向に止めないで繰り返し、その度にS氏は私に「すみません」と、頭を下げる。

畳の上にひとひろ以上もある大きな日本紙を広げ、墨を磨《す》りながら筆の配置を考えていたが、

「ひどい注文だよ」

「ひどいよ。こんなものをぼくに書かせるとは、ひどい」と、同じことを繰り返しては、S氏を恐縮させていた。

芸術院賞でもらったという大型の文鎮を、初めて役に立たせたと言いながら、右肩の上に止め、決心したように右の片肌を脱いでシャツになると、

「師よ。萩原朔太郎」と、いっきに題を書いた。もし失敗して〝今日は止めたよ〟と、投げ出されては大変と、S氏も私も息をのんではらはらしている。

幽愁の鬱塊
懐疑と厭世《えんせい》との思索と彷徨《ほうこう》との
あなたのあの懐かしい人格は
なま温い熔岩《ラヴァ》のやうな
不思議な音楽そのままの不朽の凝晶體

筆が進むにつれて息づかいが浅く苦しそうになり、筆に墨をつける度に呼吸を整えている。三好さんは若いころから心臓神経症で、時々発作が起るという。顔色の冴えないのもそのためだろうか。

肌脱ぎになったシャツの肘は、肘ダコのできた黒い肘がまるみえになっている。今度、暖い毛のシャツを持って来なくてはと、私の心は傷んだ。

しかし三好さんの字は美しく、いかにも詩人らしい趣があって、流れるように墨跡をとどめてゆく。

黒いリボンに飾られた
先夜はあなたの写真の前でしばらく涙が流れたが
思ふにあなたの人生は
夜天をつたふ星のやうに

と終りの方まで、一字でもおろそかにしないで進めていった。

仕事が終った後は、気分を変えて外に出かけるのが習慣の三好さんは、二枚にわたる揮毫が終ると「葉子ちゃん、渋谷へゆこう」と、せっかちに言った。だが私はこれから森茉莉さんに会う約束になっていたので、断ってこなければならなかった。

「それじゃ誘ってきなさい」と、森茉莉さんの同行を勧め、A社の車で一行は間もなく渋谷の河豚《ふぐ》料理屋に向ったのである。

車の中で三好さんは、いつものように茉莉さんと私と地理オンチのコンビが面白いとからかい、「マイナス一・ゼロとマイナス一・〇〇が二人よってもマイナス〇〇だよ」と笑うのだった。

　そうかと思うと急に改まって、

「葉子ちゃんをたのみます。この子はまだ何にも分っていない子だから、よろしく指導してやってください」と頭を下げるのであった。

　河豚料理屋で桜の花びらのような美事なフグが大皿に並んで来ると、茉莉さんは持ち前の子供っぽさから、

「あのう、私、悪いんですけどフグはこわいから食べません」と、泣きべそをかきそうになっている。

　三好さんは笑いながら、

「じゃ、十五分待っていなさい。十五分経って、誰も死ななかったら食べなさい」と、時計を見る仕種《しぐさ》をする。

　二時間もかかっての大仕事を終った後とも思えない元気さで、とうとう店が看板になっても、三好さんはまだ帰るといわなかった。

　それから数日して、A社の編集長とS氏、三好さんと私の四人は神宮近くの中華料理屋に赴いた。あの日、居合わせたお礼に私も一緒に呼ばれることになったのだった。

　そこでの話は、初めから父のことばかりで、私は他の二人に対して気が気でなかった。何か

別の話にならないものかと、願ってみても、効きめはなかった。

いつものように熱を帯び、「百年に一人、いるかいないかの人である。萩原先生は天才だった」と、何度も繰り返して言う。馳走は三好さんの熱に当てられてしまったのか、誰も手をつけずテーブルにたまってゆくばかりであった。

家まで送ってくれる予定の車を、三好さんは渋谷の道玄坂で降りようと言った。

「今夜は、葉子ちゃんと二人だけになりたい」と、S氏に先に帰ってもらい「めったに二人だけになれることはないからね」と、行きつけの六兵衛寿司ののれんをくぐってゆくのだった。

三好さんと二人だけになったのは、この時が初めてであった。私はてれくさいのと、飲めないのとで三好さんと二人並んで坐っているのが、間がもてなかった。

「今夜は葉子ちゃんとゆっくり話そう。さあ練習するんだ」と言って、寿司屋の主人に、「今夜は葉子ちゃんとアベックだよ」と、上機嫌であった。長時間の疲労も見せずA社の編集長の人柄をほめたり、〃ああいう時は相手の好意にあまえてしまってもいいんだよ。むしろその方が、向うはよろこんでくれる〃と、父の話ばかりしたことの説明をしてくれるのだった。

寿司屋の店には三好さんの短冊が二枚掛けてあった。

三好さんの好物のヒラメだけを黙っていても二人の前に出してくれる。

私はワサビと醤油を皿に混ぜていると目ざとく見て「そんなわさびのつけ方はだめだ」と言った。

「わさびはタネより高価で貴重なものなのだ。それを醤油なんかと混ぜて食べるとは」と、ワサビを箸の先でつまみ、タネの端の方に置き、ひらりと食べてみせる。

「葉子ちゃんは、なんにも知らないなあ。もっと勉強しなくてはだめだよ」

その時までの冗談めいた口ぶりも、急に真剣になっていた。

「人さまから金をもらって書く以上は、自分の無学をさらけ出すようなものを書くのは、恥だ、勉強しなさい。文学なんて勉強しなくては到達しないもんだからね」

「はい」私は蚊の鳴くような声で答えた。

「一所懸命にやりさえすれば、葉子ちゃんはものになるとぼくは思っている。お父さんのような天才ですら大変な勉強をしたのに、まして我々凡人が勉強しないで何が生れると思うのか？」

「勉強します。でも書く他には何を勉強したらよいか分らないのです」

私は日頃の疑問を口に出して尋ねた。

「古典を読むことだね。まず鎌倉末期あたりから入ってゆくといい。誰にも言わずに一人でこつこつと勉強してゆきなさい」

声をおとして私の心の中に沁《し》みこませてゆくように、はっきりと一言ずつ言う。

「将来は地味な作家になりなさいよ。たとえば網野菊のような……まちがっても流行作家にだけはなってはいかん。いいかい？　ぼくの目の黒いうちは許さんよ……」店はもうのれんを外してしまったので、主人の六兵衛さんは、手を休めてこちらの話を聞いていた。

「六兵衛さん。ぼくが死んだらこの子を監督してやってください。流行作家なんぞにならないようにね」と、言った。

六兵衛さんが「承知しました」とおどけて言ったので、三好さんも私も笑った。笑うとオクターブ高い声になるのは、学生時代と同じであった。夜中に仕事をして朝方寝る三好さんは、夜中になるほど元気が出てくるようだった。

私は疲れ切って、三好さんと別れて一人になりたかった。〝疲れました。もう一時半です〟などと、立って促してみるが、

「もう五分。まあそこに坐っていなさい」と、また一本の追加をたのむ。

それから私にいま何という小説を書いているのかと聞き、「この間の小説はよかったよ。ぼくはあれを読んで涙がこぼれてしまった」と、手の甲で素早く涙を拭う気配に、皆もつられてしんとなってしまうのだった。

「六兵衛さん。この人は小さい時にお母さんと別れてね。可哀そうな子だった」

声はふるえて、泣き声である。胸がつまり私は言葉が出なかった。ものを言えば私も、つら

れて泣いてしまう。

こんなに私の身の上を思っていてくれる人は、誰がいるだろうか？　ありがたい人なのだ。父ほどに愛情をもってくれる人なのだと、瘦せた背中のあたりを見つめていた。

二時近くなって、やっと立ち上った三好さんは、ふらふらした足どりで表通りへ出るとタクシーを止めた。

「今夜は葉子ちゃんと二人きりで話ができてよかった。二人きりで話すなんてそうやたらにあるものではないよ」と、車の中で何度も言うのであった。

北沢一丁目に着くと、私が道に迷わずに帰れるのかと、念を押しながら、三好さんは土産にもらった老酒《ラオチユー》の瓶を胸にかかえて車から降りた。和服の裾は乱れ、畳表の草履をはいた足元は、いかにも細く危なげであった。しかし、上機嫌でいたずらっぽい笑顔を私に向け、右手を上げて、さようならと、車の中までとどく声で言った。

ふり返ると、道路を横ぎって横丁の路地に三好さんはそそと消えてゆくところであった。

旅行

三好さんと旅行をしたのは、伊豆の湯ヶ島と五浦《いづら》海岸の二度であった。

「文章会」の一行数名と共に、句会と文章会を兼ねての旅行である。「文章会」と言うのは、はじめ三好さんが「自分達で会のようなものを作りたい」と、石原さんにもちかけたことから、端をなしたのであった。

「今日は文章が書けなくて俳句だけ作る人が多い。語感も語脈もめちゃめちゃだ」と、世情を嘆いて三、四枚の文章と一、二句を持ち寄り「一、二句文章会」と、三好さんが名づけた。当時（昭和三十五年）は飯田蛇笏《だこつ》主催「雲母」の同人の顔ぶれ八人に満たない集りであった。私が入ったのは二年ほど経ってからであるが、年に一、二度の旅行をしたのである。

旅に出ると、三好さんは口数が減ってほとんど無言の状態になるのだった。気むずかしく一寸怒ったような顔で、じっと坐っている。

整理し終えない仕事のことを考えているのか、昨夜睡眠不足で不快なのかと私は思う。皆もそんな三好さんを煙たく思い、近づこうとしない。文章会の時は気軽に話しかけている人達なのに、怖いものにさわるように遠まきにしているようであった。

石原さんが気を使って、三好さんの傍へ誰か来るように呼ぶが、なかなか行く人が出ない。私も叱られそうで行かなかった。

三好さんの傍には、石原さんだけがいてそれも皆と離れているため、グループが二つに分れているようにさえ見えた。

三好さんは、そんなことをまったく気にも止めず、依然として動かずに窓の景色を見ている。いつも一人旅をしているので、大勢の旅行に馴れないのであろう。最初は調子がつかないようだった。

伊豆へ着き、谷津《やつ》からバスに分乗して天城《あまぎ》峠へ向う途中桜が満開だった。その頃から三好さんは開放的になり、まわりの者に機嫌良く話しかけるようになった。ようやく仕事から旅行に出る切替がついたかのように、見えた。さっきまでの気むずかしさは消えていた。

湯川屋に宿が取ってあり、初めてくつろいで三好さんの話を聞く。私の父と梶井基次郎氏の三人が大正十五年の末に、この宿に滞在したことがあるそうで、三好さんは我家に帰ったような和んだ顔になっていた。

シシ鍋、ヤマメ、椎茸《しいたけ》等々三好さんの好物の馳走を食べながら、文章の勉強をすることになった。旅行だけに暮れてしまわず、勉強が主軸になっていることが私は好きだった。

帰りはバスで二時間半も揺られて堂ヶ島、土肥《とい》温泉を経て、修善寺《しゅぜんじ》に向った。でこぼこの道路で揺れはひどく、私は気分が悪くなったが三好さんは元気で窓から見える海景色を、傍の者に説明していた。声も大きくほとんど続けっ放しである。

三好さんは日本国中の知らない国は無いほどに、知識が広かった。私が行った土地で見落して来たものまで、教えてくれるほどである。旅行についての心得は、まずその土地に田圃《たんぼ》がどの位あるかを見ること、それから派生して貧富を見分けること等、注意された。

どんなものも見落さないための予備知識もつけてくれるのであった。そして私の不注意やぼんやりを〝しっかりするんだよ〟と、言った。〝旅行はできるだけしなさい。まだ若いのだから知識をつけるために方々歩くのは、勉強になるからね〟と、勧める。

三好さんの疲れを見せない体力は、気力から来ているのだろうか。沼津から鈍行の列車に乗り替えると皆はそこで運座を始め、三好さんも加わった。私は長時間のバスに疲労して口も利けない状態だったので、仲間から外れていた。車内は遠足の生徒のように活気づいて、紙を配るやら鉛筆を集めるやらで賑やかな笑い顔に満ちている。

見ると三好さんも笑い顔で、配られた紙を持ったまま、句を考えているのだった。俳句の時は三好さんは気軽に、楽しんで見えるので皆の顔も明るい。

牛島へ藤見に行き、運座をした時も私の初めての句に一票入れて、賞めてくれたほどであった。文章の時よりも点が甘いようである。

俄の運座に賑やかに三好さん初め全員の選票が集ったところで終点に着いてしまい、開票が間に合わず残念そうに皆は三好さんと別れを告げたのであった。

三好さんは石原さんと、これから渋谷の六兵衛寿司へ行こうと、上機嫌でホームを降りて行くのであった。私は三好さんに挨拶もろくにしないで別れたほどの疲労ぶりだった。

その年の夏だった。

真夏の暑い盛りに常陸《ひたち》五浦海岸へ一泊の旅に出た。七月の陽は朝から強く射し込んで、タクシーに坐った三好さんの右半身を照りつけている。私が、場所を変えることを申し出ると「わたしは暑い方がよほど好きだから」と、平気なのであった。

昨夜は朝方まで仕事で眠っていないと言いながら、いつもと同じに少しも疲労の跡が見えない。麻の太いズボンに白いワイシャツ姿である。杖も持っていた。

海岸に着き宿に荷を置くとすぐ、岡倉天心の旧居を見学した。五浦美術研究所では「芸術院の三好先生がいらした」と、特別丁寧な説明で二時間もかかった。いち早く疲れてしまった私は、皆に蹤いてゆけず外れていたが、外の人も次第に疲れを見せて来た。暑さと旅の疲れが出て来たのだった。

三好さんだけがそんな中に、初めと同じ姿勢で、泰然としていた。熱心さが疲労を覚えさせないのだと、私は思った。

会食の後、部屋に引き揚げると、みんな相当の疲労を見せて、坐ったまま眠ってしまう人もあったが、三好さんと安西均さんは議論をはじめた。

勿来《なこそ》の関の語源の由来である。

二人が真っ赤な顔で向き合っている様は、一対の仁王様のようだった。

「ちがいます先生！」

「いや。ちがわない」

と、身体をゆすって言い張り、互に負けない。議論が分れたのだった。

次第に声は大きくなって、眠っていた人も目を覚ました。三好さんにつく人と安西さんにつく人と分れたが、しまいには根負けしてまた眠ってしまう。

いよいよ互は、がんとして譲らないので、声は旅館中に響いている。

「いや違う！」

「ちがいません先生！」

疲労の余り、私は腹痛気味で、廊下を隔てた部屋で寝んでいたが、三好さんの声があまり大きく、うるさかったので、少しも休まらなかった。

時計を見ると、真夜中である。一行十数名の仲間もぐっすり寝ている。

たまりかねて、襖を開けて中に入ると、

「もう止めてください」と、私は言った。

「もう止めろとはなんですか？」

和服の胸をはだけて、裾を乱した三好さんは怒ったように言う。

「止めろとはなんですか？　私は一所懸命に議論しているのじゃないか！」と、いきなり私に鋒先《ほこさき》を向けて来そうになるのだった。

私は、仕方なく黙ってしまった。が、まだ何とか言いたそうな気配を示す。そして安西さんに向い、

「ばか‼　ばか‼」と、始めた。

その夜は遂に午前二時半ごろまで大声を挙げていたのであった。

野島ヶ崎燈台へ行った時のことだった。残念にも私は参加しなかったので、当時の模様を文章会の人達に聞いたのである。

三十七年八月のことである。この日は三好さんのお嬢さんの松子さんも参加する予定だった。一行は両国で待合せて、外房廻りの汽車に乗った。松子さんとは両国で一緒になる筈のところ、時間になっても見えないので、皆は諦めて汽車に乗った。松子さんは勤めの都合で参加できなくなったのであろう。

この日三好さんは長男の達夫さんの結婚の祝金を持っていた。松子さんに会って手渡す予定だったのだ。

列車に乗り込む時、列の傍から数人の男がわいわいと割り込み、列を乱して横から車内に乱入した。座席に着いてみると中は空いていてさっきの若者達の姿はなかった。皆は〝ずるいわ〟等と言って闖入者《ちんにゅうしゃ》を批難したものの、後に起る不幸を予測もしていなかったのである。

館山から一行は揺れのひどいバスに乗って、明るい海を眺めながら、白浜へ向った。海を見ると三好さんも元気が出た。皆とも話の糸口がついたようにほとんど一人で喋っているのだった。窓から涼しい潮風が入り快さは疲れを忘れさせ、白浜の宿に着く前に野島ヶ崎燈台を見学する相談になった。

白い燈台が海の尖端《せんたん》に立っている。ひんやりした狭い螺旋《らせん》階段の途中から垂直の鉄梯子《てつばしご》になり、燈台独得の階段を昇り切ると、目前は広い海の世界であった。

八月のまぶしい陽の光りの中に、海は紺青に輝やいていた。強い潮風は寒いほどに吹きつける。石原さんが沖の方を指さして、三好さんに話しかけるのを頷いていたが、ふと思い出したように三好さんはズボンのポケットに手を当てた。それから白いワイシャツの胸ポケットに触れ、またズボンのポケットに手を当てる。

「何か……?」石原さんは気を使って訊ねるが、三好さんは口に出すことがためらわれるようにしていた。皆も「どうしました?」と、いぶかしそうに三好さんの周囲に集って来る。

「財布をおとしたらしいな」

低い声であった。バスの中の高い笑い声は消え、冷え冷えした声である。

「先生幾ら入っていたのですか?」

「はい。二万五千円ばかり」

「どこに入れておいたのですか？」

「ここだ」と、ズボンの後ポケットを押える。

男性達は、口々に落したらしい場所を探り当てようとしていたが、

「あっ！　掏摸です」と、誰かが言った。その瞬間両国駅から割り込んで来た男達のことが皆の頭にひらめいたのだった。あれは掏摸の一味だったのだ。

不正のことがこの世で何より嫌いな三好さんである。その上掏摸れた二万五千円は、達夫さんの祝い金という犯しがたいものだった。二重の心の傷手であったであろう。

暗い顔で三好さんは、それきり口を噤《つぐ》みじっと海の向うを見ている。一言も他人がそのことについて言葉をさしはさむ余地を残さなかった。

皆もそのことにふれてはならないと思い、明るい海に視線を向けたままじっとしているのであった。

石原さんが人目につかないように、バスと駅へ連絡しているが、それは表面に出さないで行われていた。

さっきから、じっと佇んでいる三好さんの横顔は、かつて見ない孤独に沈んでいるのであった。

その夜の宿で、三好さんはようやく自然にかえった。部屋付の少女が素朴だったからである。

海女もするという純真な少女の心に出会って、三好さんは、

「じゃ、この鮑《あわび》はおねえちゃんが取ったんだ」と、大声で笑い、海の幸がふんだんに出る夕食を囲んだのであった。

文章会とルンペン

文章会での三好さんは、決まって機嫌良かった。当主の石原八束さんが頃合をみて車で迎えに行くと、三好さんは下宿で身支度を済ませて、待っている。忘れたり、すっぽかしたりしたことは一度もない正確さであった。

私を見ると三好さんは決まって、

「葉子ちゃん、ここへ来なさい」と、まるで自分の子供のように言う。あまり座が高いので困っていると、

「早くここへ来なさい」と、手を取るばかりにする。そしてお酒が廻ってくると、大森時代の私のことを思い出して、皆の前で披瀝《ひれき》するのであった。私は文章会に後から入ったので、遠慮したいと思っても、三好さんはそんなことにおかまいなしだった。

「葉子ちゃんにわたしのことを〝三好のルンペン〟と、言われたよ」と、からかう。石原さん

や皆も面白そうに聞いているので、

「葉子は、困った子だった。いね子さん（母）が〝わたしが教えたのではありません〟と、しきりに弁解したものだった。まったく葉子ちゃんはひどい。わたしは今日はルンペンになったけど、あの頃はまだルンペンじゃなかった」と、続ける。

昭和の初年は、ルンペンという言葉が流行していたのだった。何故三好さんをルンペンと言ったか、私は覚えていない。近所の悪童達にそそのかされて、皆で囃《はや》したことだけは、覚えているのだ。

三好さんは文章会の時、私の顔さえ見れば〝ルンペン〟のことを言うので、文章会とルンペンはつきもののようになった。ルンペンの話から決まって父の話になり、終るところがないのである。父のことは涙を浮べ、「二人と無い人だった」と、言う。父の話や私の子供の頃を話している三好さんは、いつも上機嫌だった。一時間、二時間と父の話をした後で、やっと本筋の文章の勉強会を始めることが多かった。

ある日、三好さんはT書房の「三好達治全詩集」を、全員に配った。「全詩集というものは、印税の全部で買い取って人に贈るものだ」と、いつかも中野重治氏と話していた。今日まで世話になったことの礼であると、三好さんは言った。その通りに高価な詩集を、惜しげもなく贈呈して、皆をよろこばせたのである。

大分いつもよりお酒が入っていたようであった。会が終ってから詩集に署名を頼まれると、筆を持つ手も危なっかしく見える。が、それでも次々に署名を終えて、私の番が来た。

「葉子ちゃんか」と、言った後、

「私をルンペンといいました」と、書き始めるのだった。私は困って見ていると、

「いつもルンペンといいました　その後十年をへて私はルンペンとなりました　何たる予言者ぞや　何たる残念ぞや　しかしながらそれ人生　残念なからんや」と、結んだのである。

見開き二頁にわたり大きな字で一杯に、書いたのだった。酔っているため、いつもの美しい字でなかったが、ルンペンの文句に似合った筆遣いであった。

文章会の時は、二人きりで向き合っている厳しさが消えてしまうのは、お酒のためであろう。私は父親にあまえる娘のような気持であった。文章もたいていは、賞めてもらえる。唯〝朔太郎的〟と、すぐに父と比べて言われることは、あまりうれしくなかったのだ。

三十九年三月二十二日のことだった。正月には毎年文章会を行っていたが、三好さんの都合で三月まで休会を続けていた。三好さんの仕事が急に忙しくなって来たことと、室生犀星全集の編集委員となっていたことで、時間を繰り出してもらえなかったのである。

その日、梶井基次郎氏の追善法要があり、三田の宝生院から廻っての帰りだった。和服に羽織を着て白足袋を履いた三好さんは、皆の挨拶に軽く応えながら席についた。

「今年初めてお会いします」と、誰かが言うと、

「そうか。じゃおめでとう」と、おどけた。そして詩人の島崎光正氏を紹介した。

島崎氏は田中千禾夫《ちかお》氏の甥に当る人で足が悪い。処女詩集「故園」を最初に三好さんが認め、序文を書いた。当時は反響が無かったが最近になって認められて来たそうである。そんなことを話したあと、

「クリスチャンで、良い詩人だから皆の仲間入りをさせてください」と、言った。

「わたしはクリスチャンじゃないから、神様には縁がないが、死んだら天国へ連れて行ってくれよ」と、三好さんは島崎氏に言った。それを何度も言うのであった。

それから、少し離れた所にいる私に向って、

「馬込の家にはおふろがあったか、覚えている?」と、聞いた。私は、無かったと思いますと答えると、瞬間うれしそうに、

「そうだろう。萩原さんと一緒に銭湯に行った記憶が、たしかあるような気がするのでね」と、言う。

「父は人に肌を見せるのが嫌いでしたので、誰かといっしょに銭湯に行くようなことは、しなかったと思うのですが……」と、私がそこまで言うと、三好さんは一寸不機嫌な顔になったので、急いで、

「でも、三好さんとならきっと行ったでしょう」と、最後を言うと、今度はほっとした顔を見せるのだった。

「記憶がはっきりしないので、書くのはためらわれるが、たしかあるような気がする」と、言った。

「今日は今年初めての文章会ですから、乾杯しましょう」と、石原さんが言うと、

「じゃ、おめでとう」と、また冗談っぽく言って、皆と一緒に乾杯した。

私は気管支と胃腸を悪くして、元気がなかったが「葉子、練習しなさい」と、私にすすめるのであった。

文章が読み始められたのは、いつものように朔太郎論をした後、大分経ってからだった。私も入れて二、三人の文章を読み終り、最後に平原玉子さんの「一時間目のキリスト」が読まれた。平原さんの文章はどこか童話のような詩情があって、三好さんに賞められていた。読み終ると、三好さんは、アナトール・フランスのようだと、言葉を惜しまずに賞め、「良い作品だ」と、言った。しまいには涙さえ見せ「良い作品を聞かせてもらってありがとう。梶井が生きていたらきっと賞めるよ」と、いう。皆もあまりの三好さんの感激に、つられて熱っぽくなってくる。

キリスト教信者の、島崎氏が出席したことと、「一時間目のキリスト」と、今夜はいつにな

くキリストに縁があることが、重なったのだった。

良い作品のために、座に充実感が溢れて、いつもは十一時近くになると、ぼつぼつ帰宅する人が出る習わしだったが、十一時半になっても帰ろうとする人は、いなかった。森茉莉さんだけが、明日までの仕事があるため、心残りのようにして帰ってゆくだけだった。

午前一時半になってようやく皆も帰宅して、あとは近くの家の人が、二、三人になった。

私は、新聞に書く初めてのコントの手法が分らなくて困っていたので、相談してみると、気軽く読んでみなさいと言う。

「原稿料が入ったら一升瓶を持って来るかい？　約束すれば教えても良いよ」と、上機嫌の時の冗談を言った。

私は、まだでき上っていない未完の数枚の原稿を読みながら、きっと叱られるだろうと批評を待っていると、終りさえまとまればなかなか良く書けている、と言う。ほっとして質問すると、

「そういう場合は今までと、まったく違う次元のことを、持ってくると良い」と、指示してくれる。

「今夜帰ってゆっくり考えなさい」

私が納得いかない顔でいるのを見て、三好さんは言った。

二時になった。あとにはもう私の他に一人残っているだけである。夜も更けて来て疲れたが、三好さんは少しも疲労を見せなかった。私は或る問題が気になり、今夜のうちに相談しなければならないと、さっきから考えていたのである。

父の詩集の出版の問題で、二つの出版社の間に入って〝一方を立てれば一方が立たない〟状態になっていたのであった。それは良心や道義の問題もからんで来る微妙なものだった。

私から三好さんを説き伏せてもらいたいと、T社では言うのである。T社の気持も良く分るが、三好さんを説き伏せることは、初めから無理だった。果して「わたしは不賛成である」と、きっぱり言った。

「S社に、朔太郎全集であれだけ世話になったのに、T社から全詩集を出して良いものですか?」

「そんな不義理なことができますか?」と、急に改まった真剣な顔になって言う。

石原氏もこの問題に少し関係しているので、打開策を考え両者が円満にゆく方法を助言してくれるが、なかなか良い案は見つからない。

「わたしの手で選集にするのだったら、喜んで出してあげる。だが、それ以外の全詩集など、いまは出す時期ではない」と、繰り返して、強調するのである。

「もう少し経ってから出すのが、S社への義理ではありませんか」

「では、あと何年ぐらいですか?」おそるおそる聞いてみる。

「何年と言えるものじゃない。義理が済むまでですよ。あれだけ世話になったんだからおいそれと、出せるものではありません!」

激しいほどの強い主張である。私は、よく分りましたと、神妙な気持で答えた。

「分れば良い。わたしの目の黒いうちは、そんなことは許しません」

三好さんは、返す返す念を入れて言うのであった。S社の父の全集は、三好さんが全責任を持って編集に当ったのである。S社のSさんと二人で時には夜明けまで、仕事を続けたこともあった。

「朔太郎の決定版を作った。これからはS社の全集を基にしなさい」と、言ったものである。それだけにS社への恩義を重く見ているのだった。

夜が更けてくるにつれて、三好さんの声は高くなってゆく。私は疲れてもう我慢ができない。

「帰りたい」と、何度も催促するが、

「もう少し待ちなさい」と、止められるばかりだった。

「もう二時半になりました」私が言うとやっと「じゃ、帰ろう」と言って、石原さんの奥さん(女医)の皮下注射を受けた。左の袖を片脱ぎにしたので、肌が露わになった。衰えてしまい、しみが多く注射が痛そうであった。

玄関で、草履を突っかけるようにして履くと、さっさと外へ出た。頭が大きく足元へすぼんでゆく三好さんが、暗闇の中に浮くように立った。

「葉子ちゃん！　しっかりしなさいよ」と、三好さんは私の頭を小突くのであった。時たま見せる愛情の表現だ。

「はい」と、私は答えながら目頭が熱くなった。

車に坐ると、三好さんは私の文章のことを言った。真剣な時の横顔である。

「葉子ちゃんの文章は、文学の本質を持っているよ。一所懸命やりなさい。勉強すればきっとものになる」

「はい」

「他人の批評を気にしてはいけない。他人は嫉妬もあるし無責任なことを言うからね。一人の信頼のおける人の言うことだけを聞くのが良いよ」

私は、その一人は、三好さんですと、心の中で言った。

車が、止宿先の岩沢家の門前に止ると、石原さんの奥さんの初運転を上手だったと賞め、「新米ウンチャンイクラ？」と、冗談を言う。それから、

「ありがとう」と、車から降りて、玄関の格子戸の前に立って、見送ってくれる。薄暗い電燈の下で着崩れた和服姿の三好さんが、ぼんやり見えた。

泣いたような笑顔で、杖《つえ》を支えにして立っているのであった。

曲り角で私が振り返ると、三好さんは立ち去ろうともしないで、まだ暗闇に立っていた。

それが三好さんの姿を見る、最後となってしまったのだった。

死

昭和三十九年四月五日、朝八時、三好さんは亡くなった。

山梨県の身延山《みのぶさん》にいた私は、駅で買った夕刊を何気なく手にした時、新聞の下の方に三好さんの写真と、三好達治という字の脇に黒い傍線が引いてある死亡記事が、目に入った。

「詩人、狭心症のため田園調布の病院にて死去、六十二歳。前夜四日六時に気分が悪くなり入院した」等の文字が四角な囲みに書いてある。まさか間違いではないだろう。しかし何という事が起ったのだろうか！　私は顔じゅうこわばって、身体が釘づけになった。

危篤というのならば、まだ助かった。死んでしまったというのでは、万事終ってしまったのではないか。昨日の朝、私が新宿を発つまで、何の異常もなかった筈だったのに。旅行に来たことが急激に悔まれながら、半ば放心状態で鞄の中へ衣類を放り込んで、時間を見ると九時少し前だった。女中さんに汽車の時間を聞くと、三十分待てば甲府行があるというので、ともかくそれに乗ることにした。

私は身体の具合が思わしくなく、身延山の水が効くと聞いて、山梨県に向った時、とても暗い気持であった。満開の桜を見て梶井基次郎氏の「桜の樹の下には屍体《したい》が埋つてゐる！」という一節を、何故か実感として思い出しながら、胸騒ぎを覚え、桜がいつもの美しさと、違うように思えた。

思えばその時刻に三好さんが、苦しんでいたのであろう。知らずにのんきに桜などを眺めていた私だった。

甲府で、新宿行を待つ間二時間余り、夜半のプラットホームに坐り、何を考えているのか一向に考えがまとまらない。いまごろは三好さんの身辺に人々が集って、ごった返しているであろうと、そんなつまらないことばかり浮んでいる。疲れ切った頭は冴えて、三好さんの面影が去来しつづけていた。一睡もしないうちに未明になった。

新宿駅に着き一先《ひとま》ず家に帰って、黒服に着替えることにした。危篤の知らせの電話があったと言う家人の言葉をわずらわしく聞きながら、まだ雨戸の締っている家を急いで出た。二、三日続いたばかか陽気で、少し歩くと汗が滲《にじ》む。桜が満開に咲き盛っているのが、私の暗い心と対照的であった。

家から歩いて十五分の三好さんの下宿は、早朝の空気の中で静まっていた。外からは何事もなかったようで、いつもの西窓もカーテンが下りたままだ。

格子戸にそっと手をかけて、声をかけると、達夫さん（長男）が玄関に静かに出て来た。どちらも無言であった。

昨夜遅くまで人の出入りした後の気配は、廊下のほこりでも窺える。沓脱《くつぬ》ぎ場も乱れていた。達夫さんに蹤いて、廊下の右手の、日本間の襖を明けると、そこに三好さんは寝ていた。北枕に顔を白布で覆った変り果てた姿であった。達夫さんが白布を取って死顔を見せてくれた。苦しみの跡の消えた安らかな眠りである。間に合わなかった後悔に苛《さいな》まれながら、合掌して線香を焚《た》くよりないのだった。

やがて石原八束さんや文章会の人達が、次々に来て葬儀の準備に忙しくなった。誰もが「あなた、どこへ行っていたの？」と言う。その度に身の縮まる思いであった。

六日　密葬、出棺

七日　通夜

八日　青山葬儀所

玄関に貼り出した白い半紙が、北風にひらひら吹かれて寒そうだった。七日の通夜から急に雨が降り出して冷えてきたのである。

告別式の朝、借り切ったマイクロバスに乗って、文章会の一行と青山斎場に着いた。時間はまだ十二時前で、閑散とした式場に桜の花びらが雨に打たれて散っているだけであった。

この斎場で最初三好さんと逢ったのは、外村《とのむら》繁氏の告別式の時だった。夏の暑い日で乾いた歩道に強い風が、土ぼこりを舞い上らせていた。焼香が終っての帰り途《みち》、三、四人の連れの人達と一緒の三好さんに逢った。夏の麻服にパナマ帽の三好さんは、至極元気良い声で、私を呼び止めた。

「外村君とはどうして知り合いだったの」と、不思議そうに尋ねる。或るPR誌の著作権問題が起った時に、世話になったのでそのことを言うと、思い出して納得し、隣の青柳瑞穂《みずほ》氏を紹介した。そして皆で氷水を飲みにこの辺の店に入ろうという話になったのである。

私は先に立って冷房装置のある涼しそうな店を捜していたが、若い人向きではあるが冷房のある喫茶店を見つけ、足を止めると「こんな店はよろしくない」と、断られた。

仕方なく汗だくになりながら、三好さんの気に入りそうな店を捜して歩いていると、向い側に「氷水」と赤い旗を出した昔ながらの店を見つけて、三好さんはあの店が良いと言った。冷房装置のない、見るからに非文化的な店で私はがっかりした。三好さんはその店に入るなり、「ここは良い店だ。今日はもうこういう店が少なくなった」と、喜ぶ。それから故人の思い出の後で、自然に私の父の話になり、氷イチゴを二杯もお代りして、二時間近くも父の話をしたのち、暑い陽盛りの街へ出て別れたのだった。

二度めに逢ったのは、三十七年三月末、室生犀星氏の葬儀の時である。斎場へ向う道路はいつものように乾き、風が土ぼこりを舞い上らせ、木の葉や紙屑が吹き寄せられていた。早咲きの桜が咲きそめ、殺風景な斎場を彩っているようだった。三好さんは羽織、袴のきちんと衿を正した姿で少し足早に歩いて来たのであった。式の終るまで、椅子に腰掛けて身を正したまま、じっと動かない姿が印象的だった。

或る時三好さんは私に、

「室生のところへお詫びに行きたい」と言った。いつかの父の全集の時のけんかのことを指しているのであった。

「羽織、袴でお詫びに行くから、葉子ちゃん附いて行ってくれるかい？」と、言う。私は、よろこんで一緒に参りますと答えたが、実現させる間もなく室生さんが亡くなってしまったのである。

いまは、そんな三好さんの告別式のために、斎場へ来たのである。通夜の晩から降り出した冷たい雨は、次第に激しくなって、冬のような寒さに一変していた。土ぼこりの代りに斎場には一夜で散った桜が、雨に打たれていた。

三好さんの死が実感として納得できないような、それというのも最期に居合わせなかった無念さで、やりきれない思いであった。苦しんでいる時に「葉ちゃん。葉ちゃん」と呼んだと、石原さんが言った。後悔先に立たずの気持で、私は広い斎場の中をうろうろ歩き廻っていた。急にがらんどうになった気持の処理ができない思いで夢中で働いた。動いていれば何とか身がもてるような気持だった。石原さんから控室の貴賓客の接待役をたのまれた。

詩人や批評家、作家等生前三好さんと親交のあった方々が次々に入って来て、お茶運びは煩雑をきわめて来た。私はあがり、疲れて頭の中は混乱状態になって来る。私の癖で、四方に気を遣うあまり、結果はかえって支離滅裂になるのであった。私がなぜこんな所でうろうろしているのか、気にとめてくれる人もない中で、あっちこっちと人波の中で押されながら、お茶運びに熱中した。

ようやく時間が来て、式場に入った時はぐったりしていた。真ん中に白い骨壺と、写真の三好さんが安置されているのを見て、この世にもう三好さんはいないのだと思った。後を振り返っても三好さんは坐っていなかった。あの骨壺と写真だけが三好さんなのだった。

少しはにかんだ子供っぽい表情で、何か言い残した言葉をひょいと言い出す時のような、心の軽やかな日の写真であった。

河上徹太郎氏が弔辞を終って、少年のように頰を紅潮させて席についた。

願はくばわがおくつきに

植ゑたまへ梨の木幾株《いくしゆ》
春はその白き花さき
秋はその甘き実みのる
下かげに眠れる人の
あはれなる命はとふな

三好君。
君は今は故里《ふるさと》に近い高槻《たかつき》の地に葬られようとしている。私は近い日、梨の木の苗を手にしてそこを訪れよう。では三好君。その日までしばらく、さようなら。

場内には啜《すす》り泣きが広がっていた。
山なみ遠に春はきて
こぶしの花は天上に
三好さんが好んで色紙に書いていた詩を朗読する声が、広い場内に流れてくると、私は唇を噛んで込み上げてくるものに、耐えていた。

書斎の思い出

小田急下北沢駅から南へ三十分歩いた地点に、三好さんの最期の住いとなった下宿がある。後には渋谷までバスが通るようになったが、初めて尋ねた頃は、舗装の無いでこぼこの道を、歩いたのである。

角の炭屋を目標に横丁の路地を入ってゆくと、右側に「岩沢」と表札の出た平屋が見え、足を止めると「三好」と、目立たない表札が出て、ひっそりとしている。

四つ目垣に沿っている部屋の窓は、重たそうなカーテンが引かれ、松の古木と樫《かし》の大木が、窓を覆っていた。人の住む気配がないようにしんと静まり返り、三好さんの侘《わ》び住いに相応わしかった。

叔母の慶子と別れ、一人暮しを始めた三好さんは、この家の応接間を借りて暮していた。

老夫婦と少女の三人家族の家に、間借り生活を始めていたのだった。幾月も掃除をしないのか散乱した本や雑誌に埃が積り、所かまわずに置かれている。真中に机を置き、大作りな座布団に坐って仕事をしていた。私が尋ねると玄関に出て来て、

「一寸上って行きなさい」と、言う。私が出されたせんべいぶとんに坐るやいなや、「××社では印税をよこしますか?」と、決まって聞くのだった。私が「はい」と答える時は機嫌良いが「まだです」と、答えると俄に不機嫌な顔になり、

「あそこは金っ払いが悪い。わたしが厳重に言っておきましょう」と、言う。

当時は、まだ印税や著作権使用料が、今日のようにはっきりしていない時代だったのである。大会社の他は何度も催促しなければ払ってくれなかったり、無断使用が多かった。

「萩原さん(父)の作品を、きちんとした著作権で守ってもらわないと、我々後に続くものが困るからね」と、真剣である。私は不労所得のことであり、催促をするのは、気がひけると思っていると、じれったそうに、

「しっかりしなくてはだめだよ」と、厳しかった。

印税の話が一区切りつくと、身体じゅうの筋肉がほぐれたように、火鉢の炭火をかき集めて小さな鉄瓶をかけて湯を沸かす。万古《ばんこ》焼の急須に茶筒から茶殻《ちやがら》をぽんぽんとおとしながら、

「坊やにおもちゃないかな」と、あたりを見渡し「坊やは元気で何よりだね。妹さんも元気でいますか?」と、言う。当時、背中に負うような赤ん坊だった息子を連れていたのであった。

玉露を一口含むと、渋くてとろりと得難い味である。こんなに上等な茶を飲むのは、私は初めてであった。私の満足した顔を見て、

「もう一杯入れてあげよう」と、お代りをしてくれる。

三好さんの部屋に入り最初目についたのは父の写真と色紙だった。入口の左側の壁際にそこだけ片附けられて飾ってあり、見ると父の死後に十枚ほど複写して三好さんに預けたものであった。色紙はどこかで父に書いてもらったものであろう。三好さんが机に坐って眺められる位置に置いてあるのだった。（後にこの色紙は私の初めての出版を祝って贈ってくれた）

三好さんを尋ねて行くと、留守の時が多かった。三度に二度は留守である。岩沢家の夫人に「おでかけです」と、気の毒そうに言われるのは再三である。野球や旅行に出掛けていることが多いのだ。

夜中に仕事をして朝方寝につき午後三時ごろに目覚めると聞き、その頃を見計ってゆくと大抵は会える筈だったが、それがむずかしい。

「寝ている間はたとえ天皇陛下が来ても起すな」と、言われているという。

時にまだ寝んでいる時に行き、帰ろうとすると、岩沢家の夫人が「ちょっと見て来ますから」と、ドアを開けて中を伺うのである。はらはらしていると「いま起きて来られるそうです」と、言う。申し訳なく思っていると、シャツの衿ボタンを外したまま、着物の打ち合せも乱れた三好さんが玄関に出て来て、

「ちょっとあがっていらっしゃい」と、辞退する私に言う。厳しい疲れを見せているので再三

辞退してみるが、

「かまわないからあがってゆきなさい」と、布団を二つに折って押しやり、座布団を持って来てくれる。

「ゆうべは徹夜だったので……」と、苦しそうな息づかいが気になるのだった。

三好さんが在宅か、出掛けているかは玄関の帽子掛を見ると分った。大きなソフトと愛用の杖が置いてあるからだ。冬は二重廻しも掛けてあった。畳表の草履が脱いであることもあり、玄関を見れば消息を知ることができた。

三好さんに叱られそうな話の時は、ソフトと杖が無ければ良いと思いながら、玄関をそっと開けることもあった。

或る時、就職のことで三好さんを尋ねた。夫の給料が少なくて働かなくては暮してゆけないことと、生甲斐のあることを見出したかったのである。

私は、いつものように三好さんを頼れば、教師の口を捜してもらえることを、期待していた。私が途中まで言うか言わないうちに、

「わたしには、学校関係は知り合いもなく斡旋する力もありません」と、きっぱり断られたのであった。

何と冷たい返事なのかと、私はすごすごと帰ったがその後尋ねると、私が働かなくても暮し

てゆけるように、出版社と交渉して父の本がもっと出るように考えてくれたのである。

それからは決まって、

「印税はもらっていますか？」

「生活が苦しかったら、何とかもっと本が出るようにわたしが考えてあげよう」と、言ってくれるのだった。

三好さんが、岩沢家の応接間に仮住居をしてから十年経って、岩沢さんの御主人が亡くなり、部屋の都合もできて座敷の八畳間も使うようになった。

その頃は、私は夫と別れて少しずつ書くようになっていた。出版事情も良くなって、三好さんの骨折りの父の本もかなり出ていたので、何とか生活してゆける状態だった。

或る時、初めて座敷に入ると琳派《りんぱ》の屏風《びようぶ》の大きく二つ折のものと、友禅模様の色逝《いろあ》せた琴が一面立てかけてあった。雑誌や本の類が夥しく積まれている中に、特別に大きい屏風と琴は人目を惹いているのであった。（後で分ったが三国時代に慶子に去られて哀しみに沈んでいる時、雨田光平氏に弾いてもらったのはこの琴である）

三好さんは座敷で鉄斎や蕪村の掛け軸の話を聞かせてくれることはあっても、琴のことには一言もふれなかったのである。当時は色も鮮やかだったに違いない友禅模様の琴の被いも、色の見分けさえつかないほどに古びて埃をあびている。私は三好さんの長女の松子さんのものを預っているのかと、思ったりしていた。

達夫さんと松子さんの、二人の子供さんが時々下宿に来ることは聞いていたが、私はまだ会ったことがなかった。私が女学生の頃に会った時は、二人とも赤ちゃんだったのである。


昭和十二年頃のことだった。父と一緒に私は、三好さんの家に遊びに行ったことがあった。昭和九年に智恵夫人と結婚した三好さんは、小田原に住んでいた。陽当りの良い廊下に三つ四つの達夫さんと、夫人に抱かれた赤ちゃんの松子さんがいた。

父は、子供同志で遊ぶように言うが、女学生の私は小さな児をあやすことなど出来ず帰るまで一語も発しなかった。父親同志は何か話し合っていて、若い夫人は赤ん坊の世話で忙しくしている。そのうち二人は二階へ上って行ったのか、外出したかでいなくなったので私は心細い思いをした。それからどうして帰ったか忘れたが、母親のいる家庭というものが、羨ましくてならなかったのを憶えている。

その二人のお子さん達は、その後七年後には父親と、離れて暮すようになったのである。

小学生のたどたどしい字で、三国に慶子と暮している父親宛に手紙やハガキを送っている。

「お父ちゃん、おかわりありませんか。本をありがとう。もうそっちはさむいでしょう。きのうさとうのはいきゅうがあってみんななめてしまいました。

和歌山県より　達夫

「お父さんお元気ですか
お父さん今日はなんの日かしっていますか
おしえてあげましょうか
今日は、私のたんじょう日です。
お父さんがきたらおこわをごちそうしてあげたのに。おにいちゃんのラケットはつきません
がどうしたのでしょうか。
をどりはもう二つならいました。
おからだをだいじに。

さようなら

和歌山県より　松子

二人は、母親の元で立派に成人されたのだった。
或る日、石原八束氏宅の〝文章会〟に見馴れない娘さんが末席の方にいた。皆も娘さんを意識していないし、三好さんの話も常と同じである。勉強会の終りに紹介されて、松子さんだと分り私は驚いた。

三好先生の娘ということで、特別待遇をしていないし、地味で目立たない存在だったからである。

「朔太郎の娘ということで世間の人は葉子ちゃんを特別待遇するだろうが、決して良い気になってはいけない」と、私に時々言ってくれるが、それを松子さんに実践しているのであろう。ひかえめすぎるほどの人柄であった。

文章会のメンバーで牛島の藤を見に行った時、松子さんも加わった。慶応大学を卒業して〝こども部屋〟の編集の仕事をしていた松子さんは、少し遅れて着いた。

八分咲きの長い藤房の下で、親子はのんびりと、

「お父ちゃん」

「うん」

という会話のやり取りを、短かく交わしているのが倖《しあわ》せそうだった。普段離れて暮している松子さんの父親への気持が私には痛いほどに分り、三好さんが長生きするようにと祈っていた。

三好さんは、戦後私が初めて尋ねた時、玄関に朔太郎が立っているのかと思って驚いたと言ったが、松子さんも父親似である。

性格は母親似で明るく、三好さんは松子さんを特に愛しているようだった。

松子さんの話では、夏休みに父親と大阪の親戚で会うと、

「松子、九州へ行くんだが一緒に連れて行ってやろうか」などと誘う。

松子さんは、永年離れていた父と二人きりの旅など気づまりで嫌だった。その都度理由を見つけては断っていたため、一度も二人での旅は果さなかったという。

私もそうであったが、父親はいつまでも生きていてくれるものと、思うものだ。生きている間は親の愛情がいつまでも続くものではないということも分らない。松子さんもきっと同じであったろう。

松子さんが大学生になった時だった。

「もう松子も大学生だから飲みなさい」と、一人前の扱いをして酒を注ぐのである。

「お父ちゃんみたいに飲んべえになるの嫌よ」と、松子さんは明るく杯を受けて親子の睦《むつ》まじいひと時もあった。

松子さんの結婚の時は、三好さんは上機嫌で結婚式に参列した。松子さんの慶応卒、夫となる人が早稲田卒で「早慶戦だ」などと冗談をとばし、大へん明るい式であったそうである。色紙にも揮毫して松子さんの結婚祝いに贈った。

　わが庭の

秋のあはれは

ふとありて
風にながるる
くれなゐの
花をとらへし
あきつかな

或る日、三好さんを尋ねると書斎から達夫さんが出て来て、

「いまぼくも父を待っています」と、言った。

達夫さんがまだ大学生の頃、三好さんの下宿で一度会ったことがあるが、その時達夫さんは私が誰か分らないようだった。しかし私の方ではすぐ達夫さんだと分った。三好さんより長身で華奢であるが、そっくり面影を伝えているからだった。

早稲田を卒業して就職し、テレビ会社に勤めて社会人となっている達夫さんであった。寡黙な、誠実な人柄で文章会の席にも、松子さんと同じに控えめに坐っていることが、二、三度あった。

私の息子が高校に入学する時、三好さんは達夫さんの場合を引き合いに出して、学校の良否を参考に話してくれた。学校のことを思いがけなく知っているので私は随分有難かった。

達夫さんが良い配偶者を得て、結婚式の時だった。友人達から達夫さんの人柄をたたえるスピーチがあって、最後に三好さんが立った。

「貧乏で何もしてやれなかったので、自分には父親としての資格がないので、ここで立つのもはばかられるが……」と、大変控えめな言葉から始められ、

「達夫のことは皆さんの言葉が話半分としても、どうやら一人立ちしてゆけそうに思える……」

と、三好さん独得の謙遜ながらも父親の愛情の滲んだ挨拶があった。達夫さんを不憫な息子と思う情が溢れるスピーチに、列席者の皆は心を打たれて、しんとなった。快活な松子さんも珍しく涙を拭っていたが、しまいには咽《むせ》び上げて泣いたのだった。達夫さんも泣いた。あちこちで目頭を拭う人がいて、三好さんのスピーチに胸をつまらせたのであった。

仲人役を果した石原さんの話であるが、当日のスピーチはあたかも三好さんの名文を読むような感激を覚え、息をのんで聞き惚れたそうである。それは三好さんの子供を想う情の現れであったと思う。

或日、こんなことがあった。会の帰りに森茉莉さんと私は三好さんと一緒に行きつけの店で休んだ。三人共通の顔見知りのB新聞社のC記者のことが話題になり、三好さんは、

「Cは美男だ」と、感心する。私と茉莉さんは思わず顔を見合わせ、三好さんの気持がつかめ

なかった。何故Cが美男なのだろうか。色白で目鼻立の整った長谷川一夫のような標準型の顔なのである。しきりに、美男だ。あれだけの整った顔は一寸いないよと繰返している。私と茉莉さんが声を揃えて反対し、顔は良くても内面が出ていないと言った。

「じゃ、どういう男が美男だというの?」と、言う。

「ブリアリだわ」と、フランスの俳優を茉莉さんは答え、私は「福永武彦さん」と、答えた。

すると、三好さんは、

「そういう意味で言えばCは俗受けのする美男だよ。ミーハー向きの顔だ」と、あっさり引き下がった。私はうれしくなっていると、

「葉子ちゃんはなかなか見る目があるよ」と、賞める。そして同感したように、

「あの子は良い子だ」と、言う。私が福永氏はどこか晩年の父に似ていると思うのですがと言うと、一寸考えてすぐに、

「うん、たしかに似ている。似ているよ」と、上機嫌になってゆく。

三好さんと福永さんは、最近になってS社の室生犀星全集の編集委員会の席で、顔を合わせるようになったばかりだった。

三好さんがこんなに熱っぽく手放しで、私に賛成してしまったのは初めてである。

一度言い出したことは、梃《てこ》でも曲げないのがいつもの三好さんだった。文章会の時にも、

折り取りてはらりと重き芒《すすき》かな

蛇笏《だこつ》初期の句を晩年の作品だと主張して、なんとしてもきかなかったのである。

皆は、三好さんの間違った主張を負けずに覆えさせようとするが、

「いや！　違う」と、がんとして聞かない。しまいには皆が根負けしてしまうのだった。

そうかと思うと、妙な気の弱さもあった。A新聞の記者が三好さんと話をしての帰りに「先生の話を聞いていると、著書の『萩原朔太郎』を読むより鮮かに朔太郎が浮んで来ます」と言った。三好さんのいつもの熱を帯びての話が、おもしろかったので感じ入ったように言ったのだ。しかし三好さんは急に機嫌悪くなった。そして「葉子ちゃんのようには親子じゃないから書けないよ」と、突っぱねる。

記者の人も、それで言葉がつまってしまった。まさか本気で私と比べているのではないにしても、おかしいほどむきになっていた。

ある会の帰りに「朔太郎を認めない」と、座談会の席上若い女の詩人が言ったことを気にして、

「そんなばかなことがあるかしら？　朔太郎が古いなんてばかな！　現代詩じゃなければ認めないなんてそんなおかしなことがあるだろうか？」と、タクシーの中でしきりに言った。

「ね！　葉子ちゃんもそう思うだろう？」と、詩の分らない私にまで同意を求めようとしてい

る。藁にも縋る気持らしいので、

「現代詩はむずかしくて分りません」と答えると、

「そうだ。私も分らないよ」と、駄々っ子のような素振りで言うのだった。

三好さんは、議論をすると相手かまわずに真剣になってしまうが、心根の優しい人であった。ことに晩年になるほど他人に思いやりを示した。

ある時、私は会合に出席することが多くて困り、選択の基準を何においたら良いか相談したのである。すると三好さんは三つの場合を示して、一番から順に行きなさいと言う。
1、相手が自分の出席することを望んでくれる場合。
2、義理のある場合。
3、出席するのが楽しく、自分のためにもなるという場合。
「忙しい時や身体具合の悪い時は、むりに行かなくても良いが、葉子ちゃんはまだ若いのだから、なるべく行きなさい。いろいろの人間に会うことは勉強になるからね」と言った。自分も昔は「一番」の場合が間々あったが「今日では誰もわたしの出席を望んでくれる人もいなくなったよ」と、沁々《しみじみ》とする。そしてこの順を逆にしてはいけないと、注意してくれるのであった。

亡くなる二年前から、岩沢家でスピッツを飼うようになった。まだ小犬だが吠え声は一人前の甲高さである。ベルを押すと同時に家中に響く声で吠えながら、玄関に駈け出してくるので、

怖くてびくびくしていると、

「ミミー！」と、三好さんがきっぱり叱る。と同時に吠え声は止み、三好さんの足元に坐り込んでしまうのだった。

ミミーが三好さんに馴ついて帰りを待ち、帰ってくると弾丸のように身体ごと馳け寄って来るのでガラスを破ってケガをしないかと、心配しなければならなかった。帰りにはどんなに酔って、寒風にふるえている時も必ず、焼鳥屋に寄り、犬のために焼鳥を買って帰った。

六兵衛寿司へ三好さんと二人で立ち寄った夏のことである。帰りに六兵衛さんが黙ってビニールの袋に入れたものを、三好さんに手渡した。三好さんはそれをいつものことのようにありがとうと受け取り、荷物と一緒にかかえて、にこにこしていた。ミミーの土産のことを考えていたのであろう。

火の気のない寒い下宿に帰って、三好さんを迎えてくれるのはミミーだけだ。どんなに遅くなってもミミーは眠らないで待っているという。

三好さんの晩年に、ミミーの存在は大事な役割をしていたようであった。

三十八年の十二月二十日、達夫さんは文章会の席に坐っていた。昨日男の初児が生れたことを父に報告に来たのである。

名前を三好さんにつけてほしいと頼んでいたが、自分でつけなさいと、言っているようであった。

三好さんは、初めての孫が出来た喜びはやはり隠せなかった。いつもより一層上機嫌で杯を受け、かなりてれながらも皆の祝の言葉を素直に受けているのだった。

この頃、三好さんは優しくなっていた。すぐに涙ぐみ笑い顔はいよいよ、泣き顔のようになる。他人にもほとんど腹立てなかった。

晩年になって、書斎はいっそう乱雑になり、本や雑誌は所かまわずうず高く積り、足の踏み場もなかったが、年の暮の或日、白い半紙に「三好晴」と、書いた文字が目についた。

達夫さんの字であった。赤ちゃんの名前を「晴《せい》」と決めて、父に報告に来たのに違いない。「三好晴」と、三字書いた文字は、いかにも愛情深く見え周囲の散乱した中に白い半紙の清潔さが、初々しかった。

文章会の席上、誰かが初孫の生れる文章を読んだ時、三好さんは「そんなに偉張るな！　こっちもうじきできる！」と、突拍子もなく大声を挙げて笑ったものだった。てれかくしの大笑であった。

三好さんが、皆の前で肉親のことを公表したのは、この時初めてである。家庭のことや私生活のことは話の中に一度も出て来なかったうえに、近寄らせない厳しさを持っていたからだった。

文章会のメンバーが家族持ちばかりで、自然に家族の文章が出て来るので、閉ざした心が解けたのであろうか。

赤ちゃんが生れて間もなくの頃、三好さんは初孫の顔を見たい気持を、人前でかくせなかった。文章会の人が話を持ちかけると、俄に笑顔を見せながらそれでも言葉ではまだてれているのだ。石原さんが機を狙い、赤ん坊に会わせようと骨折っていたのだった。

正月二日、機嫌良い三好さんを石原さんは誘い、生後十四日の初孫の顔を見せることに成功したのである。

三好さんは上機嫌で、石原さんや達夫さん達と飲みながら、赤ちゃんを抱いたりあやしたりした。赤ちゃんも機嫌よく三好さんに抱かれていたという。三好さんはしまいには、壁にかけてあった菅傘《すげがさ》を頭にかぶって、まだよく見えない赤ん坊をあやした。そして菅傘を持って、「山なみ遠に春はきてこぶしの花は天上に」と、筆で揮毫したのだった。

達夫さんの母親の智恵さんが、美味しい玉露を二人に出した。茶碗は紀州で手に入れた上等品で、三好さんも満足して飲み、機嫌良く帰ったのである。

三好さんは、もう一度赤ちゃんの顔を見に来ると達夫さんに約束して別れた。親子が別居して以来初めての訪問であったが、これが最後となってしまったのであった。

亡くなってから、書斎を見ると発作が起きてから飲んで致命傷となったウイスキー入りの紅茶が、そのまま置かれ、万年床も敷いてあった。ミミーが、しょんぼりと、吠える力もなく坐っているのが傷ましい。

一日一食で夕食に運んでもらう食器も、盆に乗せたまま置いてあった。出掛けない時は岩沢夫人の作ってくれる食事で済ますのだったが、病弱な夫人が寝るような時は、炭火で雑炊に煮返して食べることもあった。

カーテンを下ろしたままの暗い部屋に、三好さんの十六年間の独居生活がしのばれた。明るさの少しもない書斎であるが「三好晴」と書いた白い半紙が、そこだけ明るさを取り戻しているかのようであった。

蕁麻《いらくさ》の家

第一章

1

梅雨のような細かい雨が、その日は降っていた。青い竹が鬱蒼《うつそう》と生えた竹藪の中に、傘をさした三人が立っていたのを覚えている。

青い竹はどんよりした空に向って背高く延び、その根本には生れたばかりの竹の子が、黒い土を持ちあげて芽を出していた。祖母の勝《かつ》と父の洋之介は、この竹藪の持主の話を聞いていた。背の低い優しそうな男である。

この辺りは閑静な屋敷町で、S区では成城町に次ぐ高級住宅地であると、男は説明した。新宿から小田原までの小田急線も三年前に開通したばかりでまだ発展の見込みがあり決して悪い所ではない、と言った。私は、竹の子を見ていた眼を今度は外に向けると、すぐ眼の前に高圧線の高い鉄塔が唸っていた。竹藪の地所は角地になっていて、北西の方は少し隔った家並につづく平地であるが、東側は高圧線の塔が聳《そび》え、その裏が公園のような空地になって、ブランコが一台雨に濡れていた。南側の斜面は坂道が川までつづき、雨のため水量が増しているのか川音が賑わい、誰かが喋っているような気がした。

「高圧線があるので、東側には家が建ちません」と地主が言い、その理由が最後の決め手になったように洋之介は、この土地に家を建てる決心がついた、と言った。勝は、洋之介の袖を引っぱった。鉄色の紬の和服に、同じ鉄色の羽織を着ていた痩身の洋之介は、引っ張られた拍子によろけ、危うく転ぶところだった。地主の前で容易に腹の中を見せてはならない合図なのだった。祖母の勝は、何事もかけ引きが大事だと、世事にうとい洋之介に来る道々言い含めてあったのだ。

「こんな竹藪じゃ、タヌキかキツネでも出そうじゃありませんか」太って大柄の勝は言った。

「お気にめしませんでしょうか?」小柄の地主は遠慮がちに言った。

「娘が、何と言いますか」

勝は一緒に来なかった麗子叔母のことを持ち出し、かけ引きの種にした。私は父の意見を重くみない祖母が不服だった。あとで葉書を出しますよと、相手をじらす口調で質朴そうな地主に帰ってもらうと、入れ違いに向うから息せき切って三分刈りの坊主頭の男が来た。洋之介の弟の与四郎だった。カーキ色の木綿の服に何故かいつもリュックサックを背負って、忙しそうにしている人だ。手に地図を持った与四郎は、「お母さん、良い土地が見つかりましたか」と、息を弾ませて言った。

竹藪の土地を開き新しい家が建ったのは、翌年の夏のことであった。地主の希望を退け、土地を買わずに借りることにしたのは、満洲事変が勃発《ぼつぱつ》した社会情勢から、時代の雲行を案ずることと、借地代を払った方が得だと計算をした勝と与四郎の考えからであった。

洋之介の設計の家は、東ヨーロッパ風の新鮮な感覚であった。南側から見ると中世の城と寺院とを取りまぜたような急勾配の屋根が高く見え、遠くの方からもすぐそれと分った。京都の紅殻《べんがら》塗りの濃茶を家全体の色彩にし、洋風と和風を取りまぜた独特な様式の家だった。

建築にあたり熱心に家相を学んだ洋之介は、どこから見ても落ち度のない家を設計したことに、満足していた。最も念入りに考えた私の部屋は、この家の巽《たつみ》の方角に当り、そこに長子が住むと家が栄えるということであった。

設計図の青写真を見た勝は、「朝日の入る東南の角の一番良い部屋なのに『居候たち』に占領されるのは困る」と反対した。居候というのは、私と妹のことであった。一家の実権を握っている勝が折れたのは、巽の方角に隠居などの年長者が住めば凶事が起るという家相学を説明されて、渋々ながら納得したのであった。家相には細心の注意を重ねた洋之介が、この家の鬼門に当る丑寅《うしとら》の方角にわざと厠《かわや》を配置し、一つだけ凶の部分を設けたのは、あまりに家相が良すぎると裏目に凶が出るという説を信じたためである。丑寅の方角の厠が凶というのは、その家の長子が二十歳になった時、「祖先の家名を汚し、危難災害を発し変死する」恐ろしい事が起るというのだが、良すぎる家相を押さえるための裏の配慮で、わざと設計したのだと言った。

家族は支配権を握る祖母の勝を中心に、父洋之介と出戻りの叔母麗子がいた。毎日の暮しは勝と麗子で取り計らわれ、おまけの存在で私と妹がいた。来年は小学校を卒業する私と、小学校に籍はあってもまだ名前も書けない妹の朋子である。

私が八歳の時に父母が別れ、私と妹は父の故郷G県の祖父母の許《もと》に引取られて育った。父親が一緒に暮したのはわずかの月日で、間もなく子供を預けたまま洋之介は仕事のために上京したのだった。一人で野木山倶楽部《クラブ》というアパートに暮していたのだが、私達二人の子供は父がいない不安で泣きわめき、勝を手こずらせた。母親から離され、また父親も別居している寂しさに、夜っぴて泣き通したのであった。勝にしてみればとんだ厄介者を背負わせられた恰好で、その腹いせはすべて私達に当り、それがまた泣きわめく原因となるという、手のつけられない状態だった。祖父が亡くなったあと、勝が思い切った発想で東京に家を建てる事を提案したのは、洋之介の仕事のためというよりも、荷厄介な子供達を洋之介の手に渡してしまいたい一念からであった。それに、東京に出れば芝居見物やデパートめぐりも思う存分に出来る。唯一の生甲斐とばかりに溺愛《できあい》している末娘の麗子と何不自由なく暮せるだけのものを、勝は夫の遺産を満鉄の株に変えるなどして用意してあったのだ。

「この家のものは、縁の下のチリ一つでも皆このアタシのものだよ」と、勝は一番先に私に言った。

私は縁側の下にもぐり、カンナ屑《くず》や木の片々を大事に拾い、本気で祖母に持ってゆくほど、まだ無邪気な子供だった。いつも大柄な勝の傍《そば》にいないと寂しく、ダニと嫌がられても夜寝るまで離れられなかった。私は子供部屋の窓から植えたばかりの背の高いポプラの木や梅の苗木を眺めていることがあった。この家の大事な位置にある巽の方角は私の部屋の東側の窓に当り、高圧線の高い鉄塔が真向いに見えている。鉄塔の裏側にある公園のブランコは私の恰好の遊び場であった。学校から帰り、すぐ木戸から抜け出してブランコに乗っていると、川遊びで泥だらけになった朋子が泣きながら駆けて来たり、昨夜帰らなかった洋之介があぶない足取りで帰って来たりするのだった。新しい家は良いことと、嫌なことが混り合いながら、少しずつ私に馴染んでいった。

2

「菊五郎の羽根の禿《かむろ》はもう何年ぶりだろう」

勝は、荷物が片付くと早速、与四郎に電報を打ち、歌舞伎の桟敷席を買いに走らせた。まだ電話がなかったので電報局まで女中のヤエを使いに出した。同じG県にいた与四郎は、兄の新築の家が出来上る頃、家族をおいて一人で近くの下宿に移って来た。やがては家族を呼びよせ、頃合な借家住まいをするつもりなのだ。洋之介のあとを追って来たのは、秘《ひそ》かに考えている計画を少しずつ実行するためだったのだ。

癖直しの布を銅《あか》の小鉢に汲《く》んだ湯の中に入れ、勝の背後で櫛《くし》を入れていた麗子は白い指先で熱そうに絞り、

「今度新築祝いに姉さん達が来る時に、何を着ようかしら?」と言った。五人の姉妹の中でも、末娘の麗子は最も美人と言われていた。G県にいる時も小町娘と評判が高く、三度も出戻りした女には見えない若々しさであった。新しい家に来ても早速近所に評判が伝わり、私鉄の駅員まで、姿を見かけると口笛で合図をした。或る実業家に嫁に行ったのを最後に実家に帰っていたが、若く見えても、三十歳を越す、当時としては中年だった。

麗子の趣味は勝と同様に着ることと、歌舞伎やデパートめぐりをすることだった。三歳から習わされた琴、三味線の芸事の免状も持っていたが、本人は趣味と、ひまつぶし程度の気持でしかなかった。

麗子は簞笥《たんす》の中にまだ手を通していない反物を幾反も蔵《しま》っておくが、それを縫わせて着るよ

りも次々と新しい反物を買い、自分の財産として持っていたいと考えていた。

癖直しを絞る手にも力が入り、麗子は母親の禿《はげ》の真ん中に、クワイの取っ手のような黒いものを貼りつけた。勝は極端な悋嗇であるが反面では衣装道楽で、麗子と自分の着物を拵《こしら》えることには、出費を惜しまない執念を持っていた。二人は箪笥のコヤシと言われるほど袖を通さない反物を蔵っておいても、なお新しい反物を買っては、箪笥の引出しの奥へ蔵い込む。

「せっかく東京へ来たんだから、錦紗《きんしゃ》やお召ばかりじゃつまらない。日本橋の高島屋へ明日にでも行って、上等の大島を疋《ひき》で見つくろわせよう」

カッパのような禿にクワイの取っ手が貼られると、元結《もとゆい》で固く根を締め、両鬢《りょうびん》の張り出した日本髪が結い上る。仕上げに鼈甲《べっこう》の簪《かんざし》をタボの右寄りに刺すと、出来上った。白髪を黒く染めた細い質の髪であったが、軽く鬢付《びんつけ》油をつけるためか、一日中毛筋一本も乱れはしなかった。毛染めの時は決まって「居候のお前達を世話してから急に白くなった」と、私達のことを恨んでみせるのだ。

勝の髪結いが終ると、麗子は帯をゆるめて衿元を後ろへ引き、肌脱ぎになった。白い水白粉《みずおしろい》をボタン刷毛《ばけ》にたっぷりつけて、首から胸まで真白に塗りこめた。肌理《きめ》の細かい肌に吸われるように白粉が吸収されてゆくと、もう一度ボタン刷毛で白粉を塗り直す。後ろの衿足は背後に廻った勝が別の刷毛で、丁寧に塗ってゆき、二人一体となって仕上げると日本人形の首のような白塗りの美人が生れる。

合わせ鏡で映した自分の衿足に満足したように麗子は、「今日はよく白粉がのったわ」と、にっこり笑う。京紅を小指の先につけ、唇の内側を小さくつぼめたおちょぼ口に、ほんのり紅をひくと今度は京都の舞妓のようになった。神様は姉さんのような美人をなぜ造ったのかしらと、与四郎は言うことがあった。私もそう思った。笑うと形の良い唇と白い歯が魅力的であった。二人が化粧に夢中の間、女中のヤエは台所で忙しく歌舞伎の弁当を煮ていた。幕の内弁当の作り方を新しい家に来たばかりのヤエに教えるが、勝の思うようにはゆかなかった。

「近頃の女中は幕の内弁当の煮方一つ知らないんだからあきれる」と、不機嫌だった。劇場の弁当を食べるのは不経済だからと、八百屋で選んで買った材料で朝から時間をかけて煮る。料理は私には覚えなくてよいと、台所に入ると叱り、弁当の内容も私には秘密であった。

ヤエは井戸水をポンプで汲みあげ念入りに野菜を洗う。水は夏でも冷たく、指先の感覚がなくなってしまうのか、ヤエはよく食器を落して割った。勝は、大事にしているものばかり割り、割れてもよいと思うものは、ちっとも割らないと、廊下に顔を押し当て泣いて詫びるヤエを叱った。

「いくら教えても、ノレンに腕押しだからネ」と、美味しそうな匂いを家中にこもらせ、あと少しで煮上るところで火の加減に失敗したヤエを厳しく叱責した。少し固めに煮えた栗が気に入らなかったのである。

「与四郎もまだ来ないし、誰も彼も気の利かない人間ばかりでいやになるわ」

と麗子が言った時、与四郎がいつものカーキ色の洋服にリュックを背負って来た。桟敷の席がうまく取れたことは、電報で知らせが来ていたのである。三分刈りの坊主頭をぺこぺこと下げながら桟敷の入場券を渡し、遅くなった詫びにリュックの中からバナナの房を取り出した。朝、築地の市まで行って安いのを仕入れて来たと、言いかけると「しっ」と、麗子は声を制して辺りを窺った。私と朋子に見つからないためであった。

「気が利いてるのネ」

麗子はおだてるように弟に言った。遅いと文句を言われたのが、急に賞められると、ついでに与四郎は台所へ入ってヤエの手伝いを始めた。男ながらに料理が上手で、女房の作ったものより自分の味の方が良いと、料理と買物の役まで与四郎は受け持つようになった。

「女房の尻に敷かれてだらしのない男だ」

と勝は嘲笑しながらも、こんな時は唯一の頼りとばかりに、「たのむよ」と言った。引っ越しの時も家具を動かす時も、与四郎がいなくては男手が他にはないのであった。洋之介がたまに手伝うと、棚から物が落ちて来たり、毀《こわ》したり、かえって二重手間になるので、「手伝わないでおくれ」と、勝はことわった。不器用な洋之介と、器用な与四郎を比べて、同じ勝の息子なのにと私は不思議でならなかった。

中廊下を隔てた北側の部屋の納戸は二人の着物の着替え場所であった。衣紋掛けに大きく拡げて柄を見たり、大型の姿見に映して眺めるのである。畳んであった畳紙《たとう》を拡げて、二人は「お召し替え」を始めていた。若造りの麗子は総絞りに金糸の刺繡《ししゅう》の入った別誂《べつあつら》えの中振袖に、丸帯を生娘のように胸高々と締める。勝は金糸の手縫い刺繡の帯を、力一杯に麗子の背中に結びあげる。与四郎がどんなに力があっても、手伝わせなかった。はあ、はあと荒い呼吸をしながら、光沢のある丸帯をふくら雀に背中一杯に結び上げるのであった。

菊の刺繡の細かく手の込んだ半衿を多目に出した胸元に、本絹の総絞りの贅沢《ぜいたく》な帯上げを、これも多目に帯にかけ、絵羽を着た母親に連れ添われて歩くと、華族のお姫様のようだと私は思うのだった。

「桟敷に座るのだから着崩れないようにおしよ」と、勝は着つけには特に念を入れた。

与四郎が手伝ってやっと手際よく出来上った幕の内弁当を、勝は蓋を開けてしらべた。好物のクワイ、栗のキントン、紅鮭《べにざけ》、ナルト巻、牛肉等々が美事に並べられている。鍋の残りは明日の朝のたのしみに残しておくのである。ヤエにも私にも見せないで戸棚に蔵い込むのだった。

勝は、弁当の中身に満足すると、総カノコ絞りの大きめの袱紗《ふくさ》に大事そうに包《くる》み、待たせておいたハイヤーの中から、最敬礼するヤエと与四郎に「留守を頼むよ」と、念を押した。

脱ぎ捨てられた普段着を畳みながらヤエは、無事に送り出した安堵の吐息をついていた。与四郎のおかげで、弁当の失敗は叱られないですんだものの、二人のお見送りは大変だといつものように思うからである。あわてたので危うく皿一枚割りそうになり、給料から差引かれるところだった、とヤエは胸をなでおろすのだった。

3

洋之介は、引っ越しの前後にたまった仕事を、夕方から飲みに出る習慣もやめて打ち込んでいた。長年かかって書いた作品をまとめて出版する目安がついた時は、年を越して春になっていたのである。仕事の筆が早く、短時間に何枚もの原稿をこなすのであるが、同人雑誌や未知の人に頼まれた原稿もひき受けてしまうので、仕事はいつも終らなかった。

しかし、洋之介の仕事には無関心の勝と麗子は、新築祝いに着る衣装のことでデパートへ通い、染物屋を何度も呼び、女二人の大声で、家の中はごたごたと騒々しかった。

新築祝いに集ったのは、七人の兄弟姉妹の全員であった。早春の桜の花が満開の頃で、軍人の軍吉を除けばあとは全部血を分けた兄妹である。軍吉は長女正子の夫である。久々に会った姉妹達は、季節も良い時に姉妹が全員集れたことを喜び合った。子供達の甲高い笑声もあがり、家の中は桜の花が咲いたような時ならぬ賑わいを呈した。親族の中に加えて、ただ一人客として招かれた洋之介の友人で詩人の早乙女一郎が遅れて来た。早乙女は満開の花のような雰囲気の中に早速とけ込み、持ち前の声量のある大声で冗談や洒落《しやれ》を言い、座を盛り上げるのに巧みであった。

麗子の弾く三味線の撥《ばち》の音が、歯切れよく鳴ると拍手が起り、「三番叟《さんばそう》」が鳴り出した。私は三味線が好きであった。G県にいた頃、麗子に三味線を習わせてもらいたいとねだったが、「稽古ごとというものは、両親揃っている子供だけのものだよ」と、勝に言われ、それからは音色を聞いただけでも、気持が萎縮《いしゆく》してしまうようになった。

客に挨拶だけをして、あとは引っ込んでいるようにと注意されていたが、まだ私は誰の前にも顔を出していなかった。家に泊まり客が来るのは嫌いで拗《す》ねていたのだが、その上挨拶が不得手なので、見つからないように隠れていたのである。南の縁側の、雨戸の戸袋の裏が恰好の場所だった。部屋からは見えないので、勝と麗子の二人がひっそりと何か相談している時、私がそこにしゃがんでいても、気がつかれなかった。

普段ほとんど締め切ってある離れ座敷は、明るい電球に点《つ》け替えられ、玉堂の掛軸が床の間に掛けられていた。この離れ座敷は、勝が、「アタシ専用の部屋だから洋之介の客には使わせない」と言い、麗子の他は誰も入るのを禁止されていた。大事な玉堂の掛軸の掛けられる時は、勝の上機嫌な証拠であった。今日は解禁の、賑わいに満ちた部屋から、麗子の弾く三味線の音に混じって、早乙女と洋之介の話声も聞えてくる。洋之介の友人であれば誰でも毛嫌いする勝も、早乙女だけは特別で、親類の仲間に混じえることを許していた。それは早乙女が如才なく勝の好みに合わせた手土産を持って来ることと、詩ばかりでなく大衆向きの売れる小説を書き、生活が豊かであることもあった。勝は、「洋之介も早乙女さんのように売れる小説が書けないものかネ」と、すすめる。しかし、早乙女の来訪の目的は、もう一つ別にあった。

「今日は、めでたいお祝いだから、わたしも一つ珍芸を皆さんに披露して、座興にしましょうか」

早乙女は酔いのため更に大声で、明治の頃に流行した小唄や流行歌を唄って、踊り出した。手拭をかぶると、次は膝まで裾をはしょり、ドジョウ抄《すく》いでおどけてみせる。

誰か外に出てくる気配に、戸袋の裏に隠れていた私はあわてた。「良い庭ですなあ」と言って出て来たのは軍吉だった。続いて臙脂《えんじ》の小紋に金銀糸錦の袋帯を締めた正子も縁側に来た。

「こんなところに隠れて、なにしていたんですか！」

正子叔母は厳しく言った。私は何と答えてよいか困っていた。もっと早く挨拶に出ればよかったと思った。正子は麗子に劣らず、勝の娘の中でも際立った美人という評判のある人で、高々と結った丸髷《まるまげ》は一本の乱れもなく、着物の胸元は深く打ち合わせ、銀色の刺繡の半衿を細めにのぞかせ、清楚な美しさであった。

心持ち吊り上った切れ長の眼尻で、正子は私を見つめ、無理に座敷の中へ連れ込んでしまった。

「さあ、叔父さま、叔母さま方によくご挨拶なさい。泥棒猫みたいにかくれていたんじゃ、内藤家の娘の資格はありませんよ」

引きずられて家の中へ入ったものの、私は泣きべそをかき、どこに座ってよいのか困った。自分の席のないことは分っているからだ。紫檀《したん》のテーブルには一人ずつの銘々盆に馳走の皿が並び、右側に鯛《たい》の塩焼きが身をそらせて今日の祝い事を物語り、蓋付きの汁物の椀も並んでいる。朋子と私は空腹を我慢して、宴《うたげ》の終ったあとの残りものを待たなければならないのだった。いつも来客のある時は食事の終るまで出てはいけない習慣なのである。正子はそれを知らないのであった。

「もう大きくなったのだからこんな礼儀知らずでは困りますねえ。あら、今年から女学生になったそうね。じゃもっと挨拶の一つくらい上手に出来なくてはみっともないですよ」正子の説教めいたたしなめに、沸いていた座が急に静まった。三味線の音もやんで、子供達は面白そうに私を見ている。

庭を眺めていた軍吉は部屋に戻ると、

「フタバ！」

と、突然、ガチャンとサーベルを畳に突き立てた。軍吉は勝の用意した丹前に着替えず、軍服のままであった。少佐の襟章《えりしょう》で胸に勲章を沢山つけている。

「おまえは、なんたる無様《ぶざま》な恰好をしちょるぞ！」

珍しそうに私を見ていた叔母や叔父達は箸を使いながら、「あの子、あいかわらずネ」と、顔を見合わせ嘲笑《わら》っている。正子は、早く挨拶をしなさいと、自分が先に三本の指を畳についてみせ、その上に顔をのせた。皆が見ている前で私は芝居みたいなおじぎは嫌だと思った。それに叔母達の子供も一人前に膳をあてがわれ、自分の分の料理を食べているのに、料理のない私は肩身が狭く恥ずかしくてならなかった。

「洋之介君！」

軍吉はまたサーベルを鳴らせて父を呼んだ。さっきから早乙女と二人で、何か話していた洋之介は、私のことを気にも止めていなかったのである。酔いの廻った時の子供っぽい顔で、おどろいたように軍吉を見た。

「あなたは娘の教育もしないで、文学とやらに凝っていなさる。その上女房の犯したふしだらや、自分の不始末を世間に恥ずかしげもなく書いていなさるが」

「あなた」正子が止めた。

「日本はいま満洲で戦争しているのじゃ。こんな時世に詩などを書いてなにになる。それより内藤家の将来を考えたまえ」

洋之介の妹の連れ合いで年齢も洋之介より少し若いのだが、軍吉は親類中で一番力のある存在として勝に立てられていたのである。久しぶりに顔を合わせた洋之介に、軍吉は早速意見した。「内藤家」の繁栄を考えれば、いますぐにも文学をやめるべきだ、文学は「家」の崩壊であると口癖に言った。「家」の崩壊は洋之介のためにならないばかりか、苦労して築いた勝の夫内藤洋蔵の名を穢《けが》す。親の建てた城に刃を向けているのを、何と思うのか、と言った。そんな時、父は腹を立てるどころか、「君とぼくは考え方がちがいますね」と、笑顔で答えるだけだった。

「内藤家の将来を考えたまえ！」と、私のことに重ねて軍吉がもう一度説教ふうに言った時、「その心配ならわたしにまかせてください」と言ったのは、与四郎であった。

妹ばかりの中で唯一人弟の与四郎は、末子で本当は「留吉」と名付けるところだったと、勝は言ったことがある。たとえ洋蔵の全盛時代だったとはいえ、七人目ともなれば喜べない気持の方が強かった。勝は、生れた与四郎の顔を眺め、夫にも似ず、母親の自分にも似ていない鬼子だと思うのだった。同じ男の子でも、長男の洋之介の彫りの深い目鼻立ちに比べ、平面的なのっぺら坊の顔に、さして大きくない眼ばかり光っている。あまりにも可愛くないので、生後一週間で里子に出し、五歳の時に再び引き取った、という話を勝はよく聞かせてくれた。

勝は、せっかく麗子が弾いていた三味線を中断された事が、気に入らなかった。

「軍吉さん。わたしは、決して内藤家の将来を悪いようにはしないつもりです。万事わたしにまかせてください」

と、言う与四郎の声の終らないうちに麗子は、再び三味線を持ち白い形の良い指で撥を鳴らした。早乙女が合の手を入れながら唄を歌い始めると、再び賑やかな宴《うたげ》が始まったのであった。

4

校庭の少女達の挙げる歓声が「わあっ」という塊になって私の耳に入っていた。十五分の休み時間は生徒達にとって、貴重な時間である。終業の鈴《ベル》が鳴ると先を争って外に走り、仲の良いグループ同士で遊んだ。上級生はデッドボール、下級生は縄飛びや石けりである。

隣りの席や周りにいた生徒達は、どこへ行ってしまったのか、素早い身のこなしで校庭へ飛び出してゆくのを見ても、私には行く場所がなかったので銀杏《いちょう》の樹の下で隠れているのが、休み時間の習慣であった。担任のS教師に見つかると叱られるので、緑の葉の繁ってきた銀杏の大樹の陰が、小柄の私をかくしてくれるのに、都合が良かった。

「へんなひとネ」

不意に私の耳に誰かの声が聞えた。いつもの意地悪な同級生だと思って振り向くと、水色のネクタイを締めた四年生が笑っていた。顔は優しかったので、ほっとした。制服はネクタイの色によって学年が分るようになり、二年の私はボタン色である。色の違ったネクタイの生徒同士の交友は禁止されていたのであるが、何故来たのか。

「どうしていつもここにいるの?」と上級生は言った。怒っているようなので私はうろたえた。遊びたいと思っても誰も相手にしてくれないとは言えない。

「知っているのよ。アタシ、あなたのこと、いつもここにへんなひとがいるので、或る人に聞いたらあなたの名前とお父さんのことも、そして家の事も知ってしまったの……」

水色のネクタイの上級生は、背も高く、身体も大きくもう立派な娘のように見えた。私はうろたえるばかりで何も答えられなかった。全部知っていると言った時、刃で突き刺されたような恐れと傷みを覚えた。あのことではないか?

「そんなに恐がらなくても大丈夫よ。アタシ誰にも言ったりはしないわよ」

あのことにちがいない。私は胸が早鐘のように鳴るのが自分に分った。クラスに母親のいない生徒は私一人だけである。私は母親のいない事を知られたくないために、家族の話になるとそっと逃げ、口を封じていたのだ。単に母がいないという肩身の狭さに重ねて姦通した母親という悪い評判が立っていたからであった。私が「無言の行さん」と言われるのも、そのためであった。「お母さんが」と言う生徒の声は、どんなに遠くにいても敏感に聞えた。

小学三年の時、母の縞子は相手の学生と逃げてしまい、夏休みに父に連れられて私と妹の朋子は東京からG県の祖父洋蔵の家へ行った。G県の小学校へ転校した初めの頃、ませた生徒にわざと東京弁で母親の噂をされ、皆に笑われた。そのことがきっかけで唖《おし》と渾名《あだな》をつけられるほど口を利かない生徒となっていたのである。だが唖と呼ばれた方が、母のことを隠すのに都合がよいのであった。

「アタシ……」と、辺りを見廻した上級生は周囲に誰もいないのを確めると、私の耳元に顔を寄せ、右の手でかこいながら、

「あなたのお母さんのこと知っているわ」と、言った。

やっぱりそうか！　眼の前の銀杏の葉の緑や、制服のネクタイの色が消え、世界が止ったように感じられた。わあっという塊になって聞える少女達の挙げる歓声も止り、縄飛びも、デッドボールもスローモーションの映画がそのまま止った時のように静止した。

「内藤！　そこで何しているのだ！」

我に返ると担任のS教師が背後から、私を見て怒っていた。止った映像が突然回転し始めたように、縄飛びする少女のスカートの裾が青空にふわりとひらめくのが見え、デッドボールの

身体にぶつかる鈍い音が聞える。上級生はもういなかった。

「先生がいらっしゃるのにおじぎを忘れているのか!」

教師の使う男のような強い言葉にも、自分に対する敬語にも、私はようやく耳馴れてきていた。

「もう一度やり直すんだ」

私はいつものように頭が校庭につくほど深く下げ、そのまま息をつめた。

廊下や校庭で先生に会った時は、最敬礼をする校則になっていたのである。それも息をつめてゆっくり十まで数えるまで頭を上げてはならない。頭を上げた時先生の姿はもうそこにない。

「内藤! お前は洗濯をしないのか!」

私は今度は衿首を吊るされていた。ブラウスの衿が持ちあがり、ネクタイが私の首に巻きつき苦しかった。恥ずかしさに身悶《みもだ》えした。ブラウスの衿が汚れているのを知っていながら、私は洗濯しなかったのだ。一枚きりのブラウスを洗えば、翌日着てゆく代りがない。土曜日まで着続けるより仕方がないのだった。

「お前の挙動は常識を外れているぞ!」

S教師は何故か私を要注意人物として見ている。頑固に口を利かないことと、社交性がなく、皆と遊ばないからであろう。私はいつも教師の眼を恐れ、逃げ隠れていたのである。父兄会に一度も家人の来ないことも、信用できない原因であるらしかった。私はこのS女学校を第二志望校として選んだことを悔いた。第一志望校は入学金が高いことで勝に反対されたのだ。自分で選んだ学校に文句は言えなかった。進学の折、洋之介はまったく心配してくれなかったし、勝はどこまでも裁縫学校をすすめていたので相談する人がいなかったのだ。勝は女に学問は不要と、容易に月謝を払ってくれない。先生に叱られても、ブラウスをもう一枚買ってもらえる理由にはならないのである。

「放課後職員室へ来い！」

最後に強い声で言い捨てると、S教師は紫の長い袴《はかま》の裾をひるがえして去った。軍人や軍属の娘には優しい笑顔を見せるのに、私にはいつも厳しいのだ。洋之介という詩人の父を持つこともS教師には気に入らなかったのである。軍吉と同じに、「こんな時代に詩など書いて遊んでいる」と、言ったこともある。

始業の鈴《ベル》が校庭に鳴り亘《わた》ると、一斉に下駄箱へ走ってゆく生徒に押しやられながら、私も押されて下駄箱の方へ歩いていた。

5

「こんなバカな子を捨てて出て行ったあの女は鬼だよ。何とかして朋子だけはあの女に返してやらなくちゃ、アタシは死んでも死にきれない」

勝は言いながら、長い晒《さらし》の布を縫い始めていた。帯を締める時、麗子の細すぎる胴に巻くための古い晒を利用して朋子の月経帯を縫っていたのである。

「月経なんかになったところで赤ん坊を産めるわけじゃないのに、こんなに早く女になるとはネ」

臆面もなく言う勝である。生理が始まることと赤ん坊を産むことの関連も私にはよく分らなかったが、ただ無性に恥ずかしかった。

「産む！　産む！　産むよ！」

朋子は突然言った。その顔は何故か真剣であった。女性としての本能だけはどこかに芽生えているのか、それとも訳の分らないまま言っているのか、不気味さが漂う朋子の顔である。

漸《ようや》く出来上った長い晒の帯を持って厠へ朋子を連れてゆき、使い方の注意を繰返し教えている勝の声がする。だが全く覚えようとしない朋子にしびれを切らしたのか、突然風向きが変ったように私を呼ぶ大声が厠の中から聞えて来た。私はその声を聞くや否や急いで靴をはき、逃げるように外へ飛び出した。

今朝、あの唄声は朋子の声だと、夢の中で思いながら私は眼を覚ました。まだヤエも起きていない早朝である。二階の屋根裏から聞えて来る不気味な声は、身体の具合の良くない時の朋子の声なのだった。小学校に籍はあっても、朋子にとっては机の前に座ることを強いられているだけのことであった。毎朝朋子の手を引っぱるように登校させている私に、暴力をふるって抵抗して来ることも珍しくない。智能は三歳児で停止しているが感受性だけは発達していて、少しでも気に入らないことがあると大声で泣きわめき、挙句には暴力をふるい手のつけようがないのである。東京へ移っても、早速近所のもの笑いの存在となった朋子に、「インランな母親の祟《たた》りだ」と勝は私にはよく分らないことを言って怒った。洋之介は朋子を案じ、友人の精神科の病院に連れてゆき治療を受けさせようとしたが、回復の見込みは無いと見離され、知る限りの病院にも幾度か連れて行ったが同様の診断が下されるだけで、絶望の状態であった。

朋子の様子を見に私は二階へ上った。洋之介の書斎の奥の物入れになっている屋根裏で、仔《こ》猫《ねこ》のような頼りない姿でうずくまっているのは、やはり朋子だった。哀れであった。オカッパ頭を床にすりつけ、両足を左右に大きくひろげた行儀の悪い姿で、水鼻をかんだちり紙を床に散らかし放題である。

私は、朋子の病状の良くない時は気が滅入った。新しい家に移ってから、朋子は以前にもまして行動が突飛で狂気じみて見え、この家で弱い存在の私に当り散らすのだった。洋之介は私と朋子を一緒の部屋にするつもりで設計したが、三日も一緒にいなかった。朋子は勝の傍に寝ていたのだ。

「おネエなんか、あっちへゆけ！　死んじまえよ！」

朋子は男の子のような言葉で、相変らず荒々しく私に刃向って来る。病気になるまでは、色白のおとなしい赤ん坊で、「朋子はふたばよりも美人になるわよ」と母の縞子がいつも言っていたのを覚えている。その縞子が若い恋人を作り、外を遊び歩くようになってから朋子は身体が弱くなり、いつも何かの病気で熱を出すようになったのだ。或る日、私が学校から帰ると、カラスが鳴くような不気味な声が家の中から聞えていた。幾日も熱を出したまま医者にもみせなかったためか、朋子は真赤な顔で白眼をむいている。

家には誰もいなかった。母の鏡台の上には白粉が蓋を開けたままで放り出され、衣紋掛けには、汚れたスリップがぶら下げてあった。いつもふしだらな母の身の始末に馴れている私は、今日も母の帰りが遅いことを知っていた。朋子が智恵遅れになったのは、それからであった。カラスのような声で唄をうたいつづけ、そのまま意識を失ったのである。

屋根裏の太い梁《はり》が朋子の頭上にあった。私はここが何故か怖かった。本棚や勝の箪笥が置いてあるだけの物置のような空間であるが、私が恐い夢を見る時はこの場所の辺りが夢の中に出て、女の黒い髪の毛が下がって来る幻を見ることもあった。勝は、「ふたばの部屋の床の下辺りに竹藪で自殺した人がいたんじゃないかネ」と、わざと怖いことを言った。

朋子は、オカッパの髪を眼の上までかぶせ、涙でぐっしょりの顔を挙げると、

「おネエなんかあっちへいってしまえ！」と乱暴に言い、尻もちをついたまま洋之介の机に近づき、原稿用紙を持って来ては一枚ずつ私の足元へ投げつけた。気でも狂ったのか？ と思った私はその時思い当ることがあった。まだ小学生ではあるが背が高く私より一周り身体も大きい。初潮が来たのであろうか？ 勝に言えば叱られ、お八つや食物をもらえなくなると思って、ここへ隠れに来たのだろう、と勘が働いた。

私も同じだった。あの時途方に暮れた挙句、洋之介を頼って来たものの、書斎のドアの前で立ちすくみ、どうしてもノックすることができなかった。思い余って裏から屋根裏に入り、丁度いま朋子のしゃがんでいる所に座り込んでいた。勝に隠し通すためにはどうすればいいのか？ 知識も智恵もまったくなかったのである。あの時の私と同じに朋子もやっぱり父親を頼って来たつもりなのかも知れないと思うと、不憫だった。朋子に何といって教えればよいのか。私は学校で習ったあらかたの知識を集めて考えたのだったが、小遣いが足りないので衛生用品を買うことが出来なかった。私は思いあぐねてヤエにお金を借りた。本を買うと嘘を言った時

は、胸が早鐘のように鳴っていた。ヤエは私の様子で察していても、知らぬふりで貸してくれたようだ。

朋子には、私が教えてやらなければならないだろう。だがどうやって分らせたらよいのか。

朋子は、ひろげて座っていた両の足でいざりより、私を足の先で蹴《け》とばそうとした。その時、思いがけない言葉が朋子の口から出た。

「お姉のインラン娘!」

それはいつも勝が、母の縞子を批難する時や、私に腹立てる時に言うことである。勝に言われても諦めている私だったが、朋子に言われることには、我慢がならなかった。私は怒って、朋子をそこに放ったまま自分の部屋に帰ったが、朋子のことが勝に見つかれば、当然、私へも注意が廻って来る。それを私は怖れていたのである。今までかくしていたことが知れれば、叱責されるのは明らかだったし、ヤエにお金を借りたことも知れてしまう。

勝の声を後に飛び出した私は、ひた走りに走りつづけるよりなかった。私のクラスでは母親が赤飯を炊いて祝ってくれた話を聞かせる生徒もいる。私の、あの時の気も転倒するほどの驚きと悲しみ、そして困惑を思い起しても、朋子がこれからどうなるのかと、私は暗い気持に陥るのであった。

6

早乙女一郎を応接間に待たせた麗子は、化粧に忙しかった。今日は結納を持って正式に結婚を申込みに来たのであったが、勝は、「品物を見るまでは当てにならない」と主張しつづけていた。勝の人間不信には強い信念があった。自分の生んだ七人の子供の他は全部「他人」だと警戒しているのだ。麗子が、早乙女と結婚することに決まったあとも、不信感は去らず、早乙女の身辺をしらべていた。勝にすれば洋之介の友人であるということがそもそも拭い去れない疑惑の種なのである。夫の医業や将校の軍吉に比べて、著述業というのは収入が不安定な上に少なく、どうせろくな友達はいないに決まっていると思っていたところへ、新築祝いのあと早乙女が一層足繁く来るようになり、手土産の菓子も多くなったので次第に気に入り、信用し始めたのだ。しかし財産や収入がどの位あるのか、本人の言葉だけでは半信半疑だった。その半信半疑を今日の結納の指輪を見て確めるつもりである。

結納は当人が持って来るものではない。しかるべき人を立てて来るのが順序だと勝は言ったが、洋之介は、いまどきそんな形式にこだわることに反対していた。

「ガラス玉を持って来たって素人眼《しろうとめ》には分らないんだし、一度鑑定を頼んでからでないとネ」

もう何度も言った言葉を、勝は娘の背後で結い綿に結った髪を梳《す》きあげながら最後のダメ押しのように言った。

「あの人にかぎって、そんなことはないと思うわ」

本当は麗子も母親に負けない程要心深いのだが、やさしくしてくれる早乙女を気に入っているので、そう言った。漸《ようや》く最後の仕上げが出来、麗子は立って姿見に映っている自分の姿を眺めた。美しさのポイントになるところは、やはり首の長い衿足であることを知っている。抜衣紋の衿足を一段と下げて、桜の花の手の込んだ刺繡の半衿の奥に赤い小衿をのぞかせているところは、昔の絵草紙に見る遊び女のようでもあった。

柱時計を見ると、もう三十分も待たせてあった。「じゃ、あの条件を確認して、それによく考えてからだよ」と勝は言った。

条件というのは「一、三日に一遍は必ず里帰りさせること。二、夫と一緒に月に二度以上は旅行につれてゆくこと。三、女中をおくこと。四、姑の身のまわりの世話は一切しないこと」等であるが、特に一と四は厳重に取り決める大事な条件だった。

勝の不機嫌さに比べて、機嫌の良い麗子は化粧の仕上げに余念がなかった。合わせ鏡の中の白粉の、のりにも満足していた。早乙女に衿足の美しいことを賞められてから、麗子は今までより一層高々と丸帯を締めるようになっていた。勝が「同じ人の子でも奴《やつこ》の後ろ姿ときたらネ」と私のことを笑う度、おたいこの帯は首の方まで高く持ち上ってしまう。

「やあ！　お美しい！」

応接間で待ちくたびれていた早乙女は、麗子を迎えると賑やかな大声を出して言った。声量があるので、家中にひびく。その声を聞くと勝は首をすくめ、暫く様子を窺っていたが、「そろそろ染めなくてはネ」と、不機嫌に生え際の髪を指先で分け、鏡にうつしてしらべた。だがすぐに、勝は気が変ったように、「小遣い帳をお見せ」と私に言った。私は部屋で、仔猫を抱いて遊んでいた。早乙女の来る日は勝や麗子が活気づくので、私はのんびり出来たのである。

初夏の陽差しがガラス戸越しに入り、快い日曜日だった。二円の小遣いをもらうことになってから、毎日小遣い帳をしらべられる約束なのである。私は見られてもよいように、衛生用品の出費を学用品を買ったように辻褄《つじつま》を合わせて書いてある。まだヤエには返せなかった。朋子に初潮が来た時、逃げた私に不審を抱いた勝が、それ以来私の留守に部屋の中に入り、持物を全部点検し、ベッドの下まで起してしらべていることは分っていた。

びくびくしながら持っていったノートを、ひったくるように私の手から取り、老眼鏡をかけて、ケシゴムとエンピツが十五銭と読み出した。ヤエのつけている買物帳を点検する時も、大根五銭里芋百匁十銭と細かく見比べ、一銭でも合わないと、厳しく追及した。私は息をつめた。エンピツが多すぎることを気づかれないか？　そう思った時である。

「畜生！」

不意に大声が私の耳元で起ると同時に、黒と白の仔猫がギャアと悲鳴を挙げて、廊下に敲きつけられていた。あっ！　と思った瞬間、今度は足で蹴とばされ庭に放り出された。

勝は、今日は朝から不機嫌だったのに、私はうっかり猫を抱いて勝の前に出てしまったのだ。

庭に跳びおりて拾うと、ぐんにゃりと猫は気を失っていた。

「畜生！　ケダモノを飼ってはいけないって、あんなに言っているだろう？　アタシは畜生が大嫌いなんだよ」

普段から生きものを忌み嫌い、庭に迷い込んで来る犬に猫いらずの入った食べ物を用意しておくほどだった。雀や四十雀《しじゅうから》なども石をぶつけて追い払った。時々どこからか雉子《きじ》やリスなどが来ても、畜生！　と追い立てるのだった。

「こんなでたらめの数字でアタシをごまかそうとしたってだめだ。不良になったよ！」

勝は、すっかり興奮して、学校へ行って一度先生に言いつけて来る、不良になったことを言ってやるよと、今までに何度も言ったことを、また言った。だがまだ一度も行ったことはないのである。

「やあ！　今日は、お母さん」

早乙女が麗子と一緒に応接間から出て来て中廊下に立っていた。今日は和服で羽織を着ている。勝は我にかえったように振り返って二人を見ると、急に明るい顔になって挨拶に応えた。

「アタシはもう生きているのが嫌になったんですよ。麗子がこの家からいなくなれば、あとはこの居候娘二人を相手に暮すなんて地獄ですよ」

「だって、兄さんがいるわ」

と、言った麗子の左の薬指には、もうダイヤモンドが光っていた。肌理の細かい長い指は、ハンカチーフも洗ったことがない。

「洋之介だって? あれじゃ話の相手にならないよ。それにこの通りいつも留守だしネェ。昨夜《ゆうべ》もとうとう帰って来ないで、どこに泊まっているのか、心配し始めればきりがないしね」

「……」

「本当に娘持つのは、良し悪しですよ」

と勝は涙ぐんだ。

「ずっと傍にいてくれるならいいが、こうして出て行ってしまうんじゃありませんか。麗子だけは、もう少し家においておきたかったのにネェ」

「まあ、そう言わないで下さいよ」早乙女は勝の肩に手をかけて言った。

「洋之介との話がどうなっているのか、分りませんけど、アタシはまだ正式に返答をしたわけじゃないのだし……」と勝はハンカチーフを眼に当てる。

「ガラス玉でも麗子の指には似合うんですよ」

「ワッハッハ……」

突然、大声で笑った早乙女の声に、勝はハンカチーフを眼から離した。

「こんな白魚のような美しい指にガラス玉じゃ似合いませんよ。お母さん！」

勝は結納の指輪が、どうやら本物のダイヤモンドらしいと分ったので、急須の古い茶を銅《あか》のコボシの中へ捨て、新しい茶と淹《い》れ替えた。長火鉢には炭火が一年中熾《おこ》してあり、鉄瓶の湯が一日中沸いている。お茶を飲んだりお八つを食べたり、そして夕方に突然洋之介がお燗《かん》をたのむと、言い出す時のために火を絶やさなかった。鉄瓶の湯をほどよくさまして急須に注ぐと、香りの良い茶が入った。

早乙女は、太った足を二つに折って正座しながら、美味そうに茶を飲んだ。麗子は背中を向けたまま客に出す菓子箱を選ぶのに懸命だった。勝と二人だけで食べる時はすぐ決まるが、他人が混った時は、決まるまでに数分もかかるのである。ようやく古くなりかかったカステラの箱をあけ、戸棚の中で向うむきで切り分けると、やはり背中を向けたまま皿にのせ、やっと薄い一片を早乙女の前に置いた。

7

麗子が嫁に出てゆくと、与四郎が入れ代りに足繁く家に来るようになっていた。

「おばあちゃまにお唄を歌って聞かせるんだよ」と、ミサヲの頭をなぜると、小さいミサヲは、それが合図みたいに突然大きな甲高い声を張りあげる。

「コウタイシサマオウマレナサッタ」ミサヲが咽喉の中の扁桃腺《へんとうせん》まで見せるように口を大きくあけると、与四郎は可愛くて仕方ないという顔で、

「よしよし。次は軍艦マーチを聞いておもらい」と言う。すると今度は「マモルモセムルモ」と素《す》っ頓狂《とんきょう》な声で唄い出す。ミサヲの声は音程が狂っているのだった。

「お上手だこと。どこかの能なしよりもずっとえらいよ」と勝は私に当てつけを言いながらも、麗子がいなくなってからの不機嫌を少しずつ回復していった。

「お母さん。実はネ」と、与四郎は良い機とばかり言った。ゆっくりと相談をもちかけたい気配であったが、勝はそれより先に先手を打った。今日は仕事をたくさん頼む代り、お礼の金銭も払うつもりで、仏壇の引出しの奥に用意していたのだ。薪割り、ガラス拭き、棚吊《たなつ》り等、器用な与四郎も一日では働き切れない程の仕事を用意してあった。「洋之介は不器用で棚一つ吊

れなくてネ」と、与四郎が手早く片付けてくれることをいつも重宝がった。

「お礼はあとで払うよ」

「礼なんかは……。いや、それよりもお母さん、ミサヲの将来のことで相談したいんだ」と、与四郎は我慢し切れずに切り出した。勝は聞えないのか襷《たすき》をかけ、髪に姉さまかぶりに手拭をかけて甲斐甲斐しく身仕度を始めると、与四郎の動き出すのを促す。勝が働き出す時は、エンジンがかかって始動する機械のようなエネルギーを周囲に播《ま》きちらすのだ。勝は普段着にも縮《ちり》緬《めん》を着ている。毎日着替えても同じような柄に見えて、私には見分けがつかなかった。

与四郎はリュックサックの中から同じカーキ色の働き着を取り出しながら、唇をかみ、「まずいな」と独り言を吐き、白い坊主頭をカリカリと掻いて、仕事にかかった。

早乙女と麗子の祝儀の時に使った箱膳がまだ元の場所に蔵《しま》ってないので、勝は私を呼び、二階の屋根裏部屋に運ばせた。結納金も多く、本物のダイヤモンドの指輪と分ってから勝はすっかり乗り気になり、親類中を招待して、披露宴を家で開いたのであった。

「先に二階で待っているよ」と、ゆっくり階段を上ってゆく勝の足音には力がなかった。この間まで一段一段に大きな足音を立て、踏みしめて上る勝であった。披露宴の疲れが取れないのか機嫌にむらがあり、良いからといって安心出来なかった。時には半病人みたいに元気がなく、私に怒る時だけが唯一の張りの出る機会のように見えた。

箱膳は客の数だけ、納戸の麗子の箪笥の前に積んである。麗子の箪笥は運び切れなくて二棹《さお》も家に置いて行ったのだ。私が両手一杯の箱膳をかかえてゆくと、勝は小声で、「叔父さんは働いているかい？」と念押しした。そして、「今日は魂胆があって来たんだよ。どうせ女房の入れ智恵なのさ。尻に敷かれているんだから」と言いながらもどこか明るく、祝儀の時の賑やかな思い出を箱膳の一つ一つに包み込むかのように、ウコン木綿に丁寧に包んでいった。正子がほめた古九谷の茶碗の十人組みや、古伊万里の大皿等、勝の夫の洋蔵が愛蔵した食器に纏《まつ》わる思い出を懐しんでいるようにも見えた。いつか与四郎が桐の箱を開けて見て、時価どのくらいか鑑定してもらった方が良いと言ったが、勝は器物にはあまり関心がなく、めんどうそうな様子を示しただけだった。

勝の夫の洋蔵が焼物に関心があり、働き盛りの時に、来客用に少しずつ集めたのだが、勝は七人の子持の上に看護婦や人力車の車夫の家族、賄人《まかないにん》、女中等の大家族の中で毎日が忙しく過ぎ、ゆっくり焼物を眺める暇もなかったのだ。

「与四郎叔父さんにも困ったもんだネ」と、勝は古伊万里の大皿を包みながら、独り言を言った。

与四郎は洋蔵の死後、私の一家が上京する話が出た頃から、商売の玩具屋《おもちゃや》を閉めて東京に引き移る決心をしていたのである。分家した時に父親の洋蔵から買ってもらった店であったが、上京してからは仕事を捜すこともなく、売り払った金で居食いしながらミサヲの将来に望みを託し、その日暮しをしているだけだった。与四郎は、全財産をかけてもミサヲを声楽家にしようと考えていたのである。なし崩しに三人の家族が遊んで暮していては、いつかは食べてゆかれなくなると、女房に尻を敲かれ通しであった。

腕が強く大柄で、気も強い女房に、しっかりしろと追い出されては、痩せた与四郎は白い坊主頭をかかえて家を出て来るのだった。

「お母さん。実はネ」

与四郎は勝のうしろから、突然声をかけておどろかせた。足音を立てないくせのある与四郎は「ネコ足」と、勝に嫌がられていた。

勝が、実の息子でありながら与四郎を信じていないところがあるのは、女房という「他人」がいるからなのだ。嫁に去られて一人でいる洋之介なら信じられるが、「他人」がついている息子は、最後の一線は信じられないと思っていた。

「ミサヲを声楽家にさせたいのですよ」

「そんなことお前達夫婦の問題じゃないのかい?」

「そこをお母さんと相談なんです。満鉄の株券を全部点検させてください。まだ沢山残っているでしょ。それによってわたしが名案を考えてあげる。お母さんや兄さんを喜ばせる方法を検討していいるんですよ」

「誰かのさしがねで来たのだネ」勝は相手にしなかった。

勝は、仏壇の下の小さい戸袋の中の信玄袋に重要書類を入れて、鍵をかけていた。誰もいない時に老眼鏡をかけてしらべているが、どうしても分らなくなると洋之介を呼びに二階へ行き、「やっぱりいざという時は男だネ」と、頼り甲斐のあったことを喜んで書類を元の場所へ蔵うのであった。洋之介は事務的なことや、株式などのことはまったく分らないので勝に一任してあるが、聞かれると少しぐらいは答えられるところもあった。勝は麗子と洋之介以外には株券類を見せない。困った時の思案の持ちかけ相手として与四郎を利用しているのだが、蔵う場所は知らせなかった。

「お母さん」

与四郎は何とか説得しようと懸命だった。

「日本も次第に危ない時世ですよ。満洲事変もあの通りで、これから先のことはお先真っ暗な時代だしネ。満鉄の株もいずれ値が下るという噂も流れているからね」

「冗談じゃない！　もっと買うつもりでいるのに。丁度満期が来たものがいくらかあるのでネ、満鉄に買い替えようと考えているところなのさ」

と、絞りの袱紗に桐の箱を包みながら言った。

「それよりお母さん」

与四郎が乗り出して来るのを勝は手を振って制止した。

「お前には分家した時に分けてやったものがあるのだし、お前達のことは夫婦で相談しておくれ」

階下《した》からミサヲの「マモルモセムルモクロガネノォ」と、まだよく廻らない舌で唄う歌が聞えて来た。誰もいなくなったので、安心して唄っているのだろう。幼いミサヲの将来を必死で考えている与四郎が、私は不思議であった。父親というものは洋之介のように子供に無関心なものと思っていたのだが、こんなに子供のことに熱心な父親もいるのだろうか？　相手にされない与四郎は、諦めて階下へ下りて行った。階下でおとなしく待っていたミサヲを抱きあげると与四郎は、坊ちゃん刈りの小さな頭に頬ずりしながら一層固く抱きしめた。

8

「おまえの父親は、何をしているのだ？」

T教師は、言った。三年になっても寄附金が未払いなので、私は呼び出されたのである。職員室ではストーブが燃え盛り、石炭の赤い焔《ほのお》が焚口《たきぐち》から見えていた。暖房の入っていない教室から入ると、驚くほど暖かい別天地だ。

「何度聞いても返事をせんのか！」

三年に進んでから、学校中で最も厳しく、男勝りという点でも一番幅を利かせている中年のT教師が受持であった。私は、T教師に答えるのが恐かった。もし著述業だと答えれば、母親のいないことを知られてしまうだろう。洋之介は著書に妻と離婚した事を記している。或る時、私は勝の老眼鏡の下に拡げてあった頁を何気なく見てしまい、「家庭について」という一文を読んで、父の気持が、おぼろ気ながらも分った。洋之介は父親の洋蔵や母の勝が強制的に勧めた結婚を、半ばやけ気味で、顔もろくに見ないまま一回の見合で結婚した。その相手が私の母親であったのだ。三十歳になっても就職もせず、結婚もせずにぶらぶらしている長男がいては、世間体が悪いと、外見を繕った結果の犠牲であったと述懐してあった。

「家にいるのか？　いないのか？　お前の父親は！」

父はいるにはいても、一家の支配権を握っているのは祖母の勝であることを、どうすれば知らせられるだろうか？　答えられなかった。

「でも、毎晩酔っ払って帰って来るので……」

私は、やっと口を開いて、へんな事を答えてしまった。果して不機嫌になったT教師は家庭調査の紙をひろげて「何だと？　酔っ払いだって？　著述業って書いてあるじゃないか！」と、怒鳴った。

職員室の教師達は聞かないふりでいても緊張している。古参のT教師の雷が落ちる時は、咳《せき》払《ばら》い一つ出来ないのである。うっかり声を出しでもすると、生徒の前でも説教される。一年の時の担任のA教師もいて、私の父親のことを知っている筈なのに黙っていた。

「東堂英樹閣下のお嬢様がこの学校に入って来られたのだ。あんな偉いお方が、父兄会は元より度々我が校に来られ、多額の寄附金を納めてくださる。それに比べて、お前の父親は、入学以来ただの一度たりとも学校に顔を見せない。寄附もしない」

「ごめんなさい」

私は、小さな声であやまった。クラスの生徒は全員払い終っていたのに、私だけまだ一銭も払ってなかった。T教師は、家庭の事情が分らないので、洋之介の故《せい》にしている。

何時《いつ》かの上級生の言葉が心に大きく引っかかっていた私は、寄附金のことよりも母親のことが皆の前に明らかになっては困ると、それが心配で何も言えなかった。国語のH教師をはじめ、ほとんど全部の先生が今度はT教師の言う通りだと頷《うなず》いている。

「この非常時に、毎晩酔っ払って帰る父親なんかは、非国民だ。傷痍《しょうい》軍人の白衣を縫っているお前達は、いま日本がどんな状態におかれているか分っている筈だ。校則を守れない様な生徒は退学してもらうぞ」

T教師が激しい言葉で私を叱責していると、廊下を歩く副校長の姿が窓ガラスに映った。校長の妻であるが、実権は副校長の方にあるのだった。ひっつめの髪に黒の袴をはいた姿の隣りには、一年生に入った東堂英樹の娘が並んで歩いている。教職員達は窓ガラス越に頭を下げて礼をした。私も深く頭を下げた。副校長はT教師よりも更に厳しい人である。ゆっくり十まで数え終るまでは頭を上げてはならない校則になっているが、緊張の余り数えるゆとりなどない。私は、刑務所に入っているような恐ろしさを味わっていた。副校長もT教師も説教よりも手が早く教鞭《きょうべん》で生徒を打つのである。色の白い生徒や唇の赤い生徒に「化粧しているな」と叱り、ちぢれ髪の生徒には、「電髪《パーマネント・ウエーブ》をかけている」と疑惑をかけ、否定すると忽《たちま》ち鞭《むら》が飛ぶ。

いきなり私の頭上に力が加わり、低く頭を押しつけられ、鞭が鳴った。あっと思う間もなく、聞き馴れたひゅんという鞭の音が耳元で鳴ると私の右頬に当り、その勢いで私は床に倒れた。

「待ってください」

声をかけたのは、国語のH教師であった。さっきから見かねていたが止めるきっかけもなかった、というように慌てながら、

「内藤の父親は、わたしも知っています」

一瞬、T教師の鞭の手は休んだ。

男なのにおとなしくて気の小さいH教師は、生徒には信頼されていたが学校内部では実権が

なかった。H教師に限らず、女性教師が居丈高《いたけだか》に君臨するこの学校では、男性教師の方が女性的で影が薄い。H教師は、教室では洋之介を賞め、生徒に詩集を読んで聞かせるなど教科書以外の授業もしているが、必ず、「他の先生には内緒ですよ」と、口止めしていた。

H教師の言葉を無視してT教師の手の鞭が再び鳴った時、突然来客があった。学校の最も大事な父兄の東堂英樹が、護衛もなく単身で来たのだった。

嘘ではないかと、眼を疑うように、棒立ちになった教師達はあわてて身体を二つに折って最敬礼し、緊張の漲《みなぎ》った空気になった。

「お越し頂けること少しも存じあげませんで大変な失礼をいたしました」

T教師は人が変ったように、満面笑顔で軍服姿の東堂を迎えた。東堂は腰に軍刀を下げ、胸には幾つもの勲章をつけている。軍帽を深くかぶった眼元には、まるい眼鏡が光り、鼻の下には黒くて厚い髭が生えていた。その髭が少し動くと、

「いや、いや、いま本校の前を車で丁度通ったので寄ってみたんだが……前ぶれなどして、騒がせるのも気の毒だし、ちょっと娘の顔を見たくなったので……ハハハッハ……」

顔を硬《こわば》らせ身を固くした教師達はようやく我に戻ると、慌てて石炭をストーブに投入する者、湯を沸かして茶を淹れる者、T教師までが、自分用の特大の椅子をすすめて、歓迎した。

T教師は、H教師に命じて副校長と一年生の娘を呼びに走らせ、自分は笑顔で接待につとめ

た。声も顔も、普段の厳しく恐いT教師のものとはまったく別の人間に変っていた。時折、中学生の息子が尋ねて来ると、俄かに眼を細くした笑顔で母親らしく応対するのが私は不思議だったが、その時と同じ顔だ。

生徒の前では決して顔を綻《ほころ》ばせないT教師は「鬼」という渾名で呼ばれている。中には、鞭で打たれた娘の父兄が怒って抗議に来る場合もあるが、即刻休学か退校の処分になるのだった。仕方なく父兄も生徒も泣いて我慢していた。私も我慢する組である。勝に訴えれば、逆に叱られるに決まっているからだ。

「内藤！　帰れ！」

T教師の、再び鬼に戻った声が耳も破れんばかりに響いた時、職員室には東堂英樹の姿はなく、副校長やH教師の影もなかった。終業の鈴《ベル》が鳴り亘り、生徒達の廊下を歩く騒がしい音と声が、打たれた頬の火照《ほて》りに、ひりつくようにひびいてくるのであった。

9

「日本も大変なことになるよ、お母さん」と、与四郎は足にゲートルを巻いて来た。日華事変が始まってからは、目新しいニュースを知らせに来るのが日課のように、いつもゲートルをつけて頻繁にやって来た。町角に千人針の少女が立っていることや、ステープルファイバーという代用布地が出来たことなどを話す。勝は食料の他は与四郎の話には無関心で、ろくに聞かなかった。それより麗子の里帰りが約束の日より三日も遅れたことを、恨むのだった。「洋之介の友達だから、早乙女も心配した通りだらしがないのさ。この頃はまた流行歌でも売り出したので、ラジオでもあの男の名前を聞くし、どうやら洋之介より偉くなったらしいが、約束は約束だよ」と、ぷりぷりしている。

麗子がいた頃、判で押したように母娘二人が連れ立って歩くのを、駅員にまで、「往復葉書の定期便」と噂された程だったが、麗子が嫁に行ってからはトンボが片翅《かたはね》もがれたようにしょんぼりと、たまに一人で出歩く後ろ姿にも力が無かった。疲れると内股《うちまた》の足がいよいよ内に喰い込む歩き方をするのだった。

「今日はミサヲを家内に預けて来たから、どんな仕事でもしますよ、お母さん」と、与四郎はいつものように、カーキ色の軍服みたいな仕事着をリュックサックから出して着替え始めながら、「この頃、もうミサヲは教育勅語を暗誦《あんしょう》できるんですよ」と、自慢した。勝は「変っている子だよ」と相変らず無関心だった。

「今日は薪をたくさん割ってもらおうかネ。麗子が来たらお風呂にゆっくり入れるようにネ。今度来たら、もう一ヶ月は帰さないつもりなのだよ」と、怒った顔をまだ和らげない。

普段は薪や石炭を倹約して一週間に一度しか沸かさないが、麗子が泊りに来た時は毎日沸かすので忽ち薪が足りなくなった。与四郎は馴れている事なのでお安い御用という顔で、それよりまだまともに聞いてもらえないミサヲのことを、話したい様子であった。

「天才なんだよ。あの子は神童なんだ。いまに内藤家の立派な後継ぎになれるよ」と言う。内藤家の後継ぎというのが何を指すのか私には分らなかった。確かに洋之介は父洋蔵の医業を継がなかったが、一代飛ばしてミサヲを医者にさせるつもりなのだろうか。しかし、与四郎はミサヲを歌手にしようとしているのだから、医者と歌手とでは関係がつながらないと、私には思えるのだ。勝は、どの孫にもさして関心がないので、「親馬鹿もいい加減におしよ」と、冷たく言った。それよりも与四郎に嫩《ふたば》の女学校へ行かせ、寄附金は当分払えないと断りを言わせようか、それとも卒業まで知らぬ顔で放っておこうかと、考えていた。

私も、来春は卒業であった。入学の時に約束させられている寄附金をまだ一銭も納めてないことが、通信簿にも影響していた。職員室での事を勝は知らなかったが、学校から勧告書が来ていたのである。寄附金は洋之介に頼んで払ってもらおうと考えていた。

与四郎が薪を割り始める音を耳にすると、やはり薪割りの方が大事だと思い、嫩の学校へ行かせるのを止めた。「うちの方だって事情があるんだから」と、勝は怒って言った。

与四郎の手早く割った薪が、五右衛門風呂の焚口の前に高く山積みされてゆく音が、辺りに響いていた。鉈《なた》の音が聞えると与四郎が来ていることを近所にも知られるほどで、御主人の弟さんは働き者ですネ、と噂されていた。洋之介は、学校ばかりでなく近所の人にも理解されなかった。新聞などで大胆に自由な考えを発表したりして、息子の教育に悪くて困ると苦情が出ているほどである。

「遠くの方から、薪割りの音が聞えていたので、与四郎が来ていると分っていたわ」と、裏口の方で麗子の高い声がしている。耳ざとく聞きつけると、勝は素早く走って玄関へ行った。やっぱり与四郎を嫩の学校へなど使いにやらなくてよかったと、上機嫌で迎えた。

玄関には、牡丹《ぼたん》の花が咲いたように絵羽錦紗《きんしや》を美しく着飾った麗子が、「ようやく来られたの」と、笑っていた。

「ウチの人、とっても忙しくなってレコード会社で引っ張りダコなのよ」と、暫く来られなかったわけを話した。

「そうのかい。心配していたんだよ。あんまり来ないのでネェ」勝はうれしさの余りハンカチーフで眼頭を押さえている。この頃は押さえる力がなくなったように涙っぽくなっていた。

「この間高島屋で誂《あつら》えたウルシの羽織が染め上って来ているし、麗子によく似合いそうな総絞りの矢羽の反物を疋《ひき》で買ってあるから、それも見せたいしネ。山のように話がたまっているよ」

麗子はひさしの張った島田に結い、若奥様らしく装っているが、相変らず亀甲つなぎの金糸の丸帯を胸高に締めている。

「いま与四郎に割らせて薪がたくさん出来たから、早速お風呂沸かそうネ」と、勝はヤエを大声で呼び、「気が利かないネ、まだ燃しつけてなかったのかネ！」と、叱った。いつもは、入る人の顔を見てから火を焚かなくてはいけないと叱っているのに、麗子の時だけは来る前から火を入れておくのである。

「ウチの人が作詞した、『男の涙』というのがヒットしたお祝いにこれ買ってくれたのよ」と、麗子は赤いコートの袖を引っぱってみせた。夫となった早乙女をウチの人と呼ぶのも、ちょっとおかしかった。

「さっきから聞こうと思っていたけど、朱色の道行《みちゆき》を作ってくれるなんか、早乙女さんもなかなかの粋人だね」勝は言った。

「あたしのためなら、どんな嫌な仕事でも引き受けてくれるのよ。この間もいままでは渋っていたレコード会社の人や流行歌の作曲家を招待してご馳走したのよ。近頃は何でもコネをつけておかなくては、良い仕事が来ないらしいの」

「そうのかい」とようやく、安堵の胸をなでおろしたように勝は大きく息をついた。そうのかいと言うのは勝の癖であった。

麗子は風呂敷包みを開いて大切そうに丸いものを私に見せた。私に土産物を見せてくれるなど初めてであった。いつか戸棚に山のようにかくしてある菓子箱をそっと覗いて見た時、箱の中に産れたばかりの仔ネズミが三匹も入っていたのにびっくりしたが、次の日、ネズミの仔を取り出したあとの菓子箱をそのまま私に土産だと言って持って来たのだった。あの時の驚きと不気味さは、まだ忘れられるものではなかった。

今、麗子が私に渡したものが、菓子箱でないことは分るが、私が持ったままで突っ立っていると、「ウチの人の作ったレコードだからポータブルで聞いてごらん」と優しい笑顔で言った。勝は麗子の新調の道行を衣紋掛けに吊るしながら、「なにぐずぐずしているのかい？」と、怒り声で催促する。一分も早く聞きたいので、私がポータブルのネジを廻しているのが、待遠しいのである。

ラジオで聞いたことのある愛川三郎の声がポータブルから流れた。独白と唄とが交互に混る渡世物であった。

麗子は独白《せりふ》の入るところを口三味線で一緒に唄いながら、「とても注文がむずかしいのよ。もっと色っぽくと言われて柔かくすれば今度は検閲に引っかかるし、表面は固い文句でも、どこかに色っぽさがなくては売れないしネ」と、説明した。

洋之介が、晩酌のあと、「蘭蝶」や「黒髪」をかけてくれ、と私にポータブルのネジ廻しをたのむ時も、「色っぽい」と言う言葉を使うことがあったが、その意味がよく分らなかった私である。

「姉さん、おめでとう！」と、与四郎が薪割りをやめて家に入って来た。妙に真剣な顔である。「ミサヲを連れてくるんだったよ。失敗したナ。今度姉さんの家へ遊びに連れて行くよ。ミサヲに聞かせてやりたいんだ」

「あら！　おめでとうなんて言うから何かと思ったら……。このレコードならば、置いてゆくから、ここで聞けばいいわよ」と、麗子は言った。姉妹同士は仲が良く、遠くの県まで一年に何度も行ったり来たり、互いの家に遊びに行くが、与四郎だけは別扱いで、家族同士の交際はしていないのである。

廊下の床に座ったヤエが、「どうもお待たせしました」と、三つ指ついて湯の沸いたことを知らせたので、麗子は与四郎との会話を打ち切るよいきっかけとばかり、レコードを元の風呂敷にしまうと帯を解いた。勝はその背後に廻り手伝いながら、

「近頃の学校ときたら、泥棒と同じだネ。寄附金を払え払えとうるさく催促して来て、あんまりめんどうだから、卒業なんかさせなくてもいいよ」

と言った。勝は急に、機嫌の悪い顔となっていた。

「どうせ嫁に出してしまうのに学問なんか不要さ。アタシは初めから女学校なんか反対だった

のに、洋之介が黙っているから奴が勝手に入ってしまった」

麗子は同感よという顔を勝に見せながら、解いた帯をヤエに畳ませ、贅沢な美しい着物や長襦袢も脱いだ後は他人まかせで風呂へ入った。

風呂場は二人だけの自由な話題が弾んでいた。久しぶりの母娘の入浴なので、背中を流し合い上機嫌な声をひびかせている。

「嫁にやるといっても、あの顔ではネ」

麗子の声だ。さっきの続きであった。

「あの顔はおっかさんゆずりなのさ。洋之介には似ない不器量で……あの女のインランな顔そっくりになってきたネ」

風呂場の中の声は、壁のタイルに反響してよく聞えた。ポータブルを片付けている私の耳にも、麗子の着物を畳んでいるヤエの耳にも臆面もなく入って来るのであった。

第二章

1

卒業式の日であった。卒業免状を抱えて家に帰ると、新しい母が家の中にいた。いつもは家にいない父が、

「ふたば、今日から信子さんが家に来てくれる。お友達になったつもりで仲良くしなさい」と、私に言った。

この頃、父の身辺に再婚の話が起っていることを私は感づいていた。何人かの人と見合をしたことも知っていた。信子の話題も耳に入っていたのである。私は、継母《ままはは》の来る不安よりも、父を一人の男性として考えてみようとするゆとりも出ていたので、この日の来るのも覚悟していた。

信子という人は瘦身で色白、細面の人であった。どこかに病みあがりのような脆《もろ》さがあり、

細い首が痛々しい。私は羞恥で赤くなりながら、素直に信子という人におじぎを返すことができた。信子は私を不思議そうに見て、

「あら！　卒業式だったんでしょ？」と、言った。あとで分ったのだが、紫紺の袴を穿いた改まった服装で、明るく華やいで卒業式から帰ると想像していたのに、色褪せ、型崩れした普段の制服のままだったので驚いたそうだった。

最初の信子の言葉が気さくな質問だったので私は出鼻を挫《くじ》かれる思いだったが、かえって気づまりから解放された。

信子は洋之介の友人の妹であったが、一目見た時から彼女の気取らないところが気に入り、熱心に頼んで家に来て貰ったのだ。信子は、伝統ある葡萄酒工場主の娘である。身体が弱いので、結婚を諦めて家にいるつもりだったが、洋之介の熱意にほだされて嫁に来たという。

私は、弱々しい信子がこの家で無事に暮してゆけるだろうかと、案じた。足繁く里帰りして来る麗子という人がいる。その上勝は信子の話が決まった時から、「この家にどんな女が来ても籍は絶対に入れさせない」と、洋之介のいない陰で言っている。勝は他人を信用しない人である。信子を喜んで迎える筈はなかった。

私の心配をよそに、信子が来て一ヶ月位は無事だった。晩酌の時も勝は二人に任せて、「洋之介もこれでやっと一人前になれた」と喜んだ。信子相手の晩酌が習慣になれば、毎晩遅く酔

い潰れて帰る洋之介を案じて待つ気苦労から解放されるのである。洋之介は酔いが廻ると、私の前でも信子の肩を抱いてみたり、白い足の指にひょいと触ったりするほど明るかった。

「アタシは信子が処女でないことをちゃんと見抜いているよ」

勝は、麗子が里帰りするのを待ち受けるように言った。

「二十六歳まで無疵《むきず》の筈はないわ。身体が弱いなんてのは嘘でしょ。何かあったのよ！　わたし、女の直感で分るわよ」と麗子も言った。麗子は、二人が新婚の旅に出ると入れ替りに来た。早乙女が講演旅行に行き、留守になるので暫く泊まってゆく予定だった。

勝は、開封した信子宛の母親からの手紙を、ごはん粒をねりながらうまく元通りに貼っていた。誰宛の手紙でも開封して、元のように封をしてから渡すのが習慣だった。私やヤエへの手紙も同じで、決してそのままでは渡されたことがなかった。洋之介に来る手紙も女名前のものは必ず開封していた。

信子はまだ何も知らずに呑気であった。悪びれる様子もなく洋之介の傍に座って甘えてみたりしている。洋之介が茶の間にいる時は茶の間に、書斎にいる時は書斎と、いつも傍に座りきりであった。

信子が来て、女一人の部屋がなくては困るので、洋之介は書斎を仕切って四畳半の部屋を大工に造らせた。急拵《きゅうごしら》えの、丁度能の舞台のように囲いだけの部屋で、上部には天井がないというおかしな恰好の部屋であった。そこへ信子が手持ち無沙汰に座ると、色白の顔が浮きあがって見え、能面をかぶった能役者が座って、自分の出番を待っているように見えるのだった。それも、どこか寂しい陰のある信子は、「隅田川」の梅若丸の母の役を演じるのにふさわしく見えた。

信子の部屋が出来て、狭く外にはみ出した恰好になった書斎は、洋之介の大きめの座蒲団をおくのがようやくであった。

新婚旅行から帰ると洋之介は、溜《たま》った仕事を抱えて毎日Gペンを走らせていた。

「せんせい! まだ終らないんですか?」と信子はすぐ隣りの部屋から声をかけた。年齢にかなりの開きのある洋之介を先生と呼ぶのが信子の甘えなのだろうか。先生と呼ばれることを嫌う父も、信子には黙っていた。

信子の声が聞えないらしく、洋之介の返事がない。仕事を始めると、誰が何を言っても聞えなくなるのだ。私の幼い時も、父の背後で姉妹喧嘩をして泣きわめいても耳に入らないほどであった。

「早く仕事をすませて銀座へ連れていって頂戴。ねえ、連れて行ってくれるんでしょ?」

信子は華奢な身体つきに似合わず声がひびき、階下まで聞える。

勝は朝から一日中、二階にいる信子から眼を離さないで監視していた。信子の声が聞えると、

「娼婦のように洋之介にべったりくっつきっきりだ」と言って階段の中途で盗み聞きしたり、隣りの寝室に入り、掃除や片付けものを装いながら聞き耳を立てた。「やっぱり処女じゃないんだよ。あの声が処女の声かい?」と、呟いている。

信子には、洋之介の肌身につけるものや着物の類は「アタシが洗濯するからさわっては困るよ」と言いつけ、一切手をふれさせない。その上、寝室の掃除や蒲団干しもさせなかった。今まで通りに勝が自分でした。

勝は、寝室の掃除を口実に、次第に露骨に夫婦を監視するようになっていった。敷布の敷き方が曲っていたこと、寝巻のノリが落ちすぎていたこと、昨夜は何時何分まで話声が聞えていた等と、細部に亘って麗子に報告した。麗子は報告を聞きに来るのが仕事のように、早乙女の留守を狙っては尋ねて来るのだった。初めのように幾日も尋ねて来なくて勝を苛々させることは無くなっていた。

「ねえ、せんせ」

信子は、勝が踊り場のところで聞き耳を立てているとは知らず、まだ新婚気分でいた。

「ねえったら! センセはキライだわ」と、信子は拗《す》ねた声で幾度も言う。勝は「ぷうっ」と吹き出した。一度机に向うと、もう現実のことは一切眼に入らなくなる洋之介を信子はまだ分らないのである。

勝は、ぬき足さし足二階からおりて来ると、「あの女、娼婦だよ」と独り言を言いながらヤエに茶を淹れさせ、盆にのせて再び二階へ行った。洋之介に茶を持ってゆきながら、書斎を開けて信子の様子を見ることが目的である。折角父に新しい妻が来たというのに、間に入って邪魔ばかりしている勝に、私は反感を抱いた。

もう女学校も卒業し、B学院の生徒として、少し成長した私は、思い切って「みっともないわ」と、言った。自分でもきっぱりした声だった。すると祖母は持っていた盆を庭へ放り出した。「畜生！」と言う声と同時に、庭先で昼寝していた犬に盆が飛んだ。熱い茶を浴びて犬はギャン！ と跳びのいた。黒と白の仔猫は勝に投げ飛ばされたのが元で死んだが、懲《こ》りずに迷い犬を私が飼ったのは、犬なら番犬として多少は役に立つと、勝が漏らしたからである。

「畜生！」今度は少し声をおとして言ったかと思うと、ハンカチーフで目頭を拭いた。

「お前までが……あの女の味方になって組んでいるのかい？」

勝は、目が悪く、癖のように目頭にハンカチーフを当てるので、泣いているのか目を拭いているのか見分けがつかなかった。

「ふたばは、いったいどっちの味方なのだい？」

ハンカチーフを懐の中へしまうと、勝は言った。

「今日はお前の本当の気持を白状させるよ！ アタシの敵か味方か白状しなくては小遣いも中

止だよ」

敵だの味方だのとすぐに考える勝の気性が、嫌いだった。まだ来て間もない信子なのに何故そんな言い方をするのか？　小遣いをもらえなくても味方とは答えないと私は決心していた。私は庭に散った盆と茶碗を拾って勝に返しながら、まだ始まったばかりの洋之介と信子の先きゆきを案じるのであった。

2

洋之助と信子が二度目の新婚旅行に出掛ける前の晩から、麗子はゆっくり滞在する予定で泊まりに来た。勝と二人で夜中に階段の中途や洋之介の寝室の前に行っては、耳を押しつけて室内の様子を窺っていた。

「明日は、たのしみだワネ」

「どうせ人絹入りの着物ばかりでしらべ甲斐もないけどネ」と、親子は一日中信子の話題でもち切りだった。私が勝の敵か味方かの判定も二人には大事な話題となっていた。「あ奴、スパイよ」と麗子が勝に忠告するのを、私は自分のことを指しているとは思わなかったのである。

洋之介達が朝早く食事もしないで出て行った後、蒲団の中で眼だけ開けた麗子は、もう一度寝直すわと、眼をつぶった。昨夜遅くまで噂をしていてろくに眠っていなかったのだ。勝も暫くは、眼を瞑《つむ》っていたが、そっと起き上ると厠へゆき、その足で二階へ上った。勝は眠れない時は厠が近くなる癖がある。

「ヤエ！　ヤエ！」

勝がただならない気配で女中を呼ぶ気ぜわしい声がする。呼ばれたと同時に「ハイ」と、大きな声で返事をさせられているヤエは、駆け上るように二階へ行った。

食事の仕度の最中のヤエは、春になったのに、まだ霜焼けの崩れた跡が固まらないままの醜い手を、固く糊《のり》のついた割烹着《かっぽうぎ》で拭きながら上って行ったが、今度は重いものを持って一段ずつ降りて来た。

「納戸に置いてすぐまた来ておくれ」と勝に言われて、急いで引き返して階段を上った。納戸には麗子の置いて行った古い箪笥が二棹《さお》並んでいる。何を二階から降ろすのかと私は心配した。まさか信子の箪笥ではないだろうと、二階へ上ってみると勝の不機嫌な顔は、輝いた。「ふたばも手伝ってくれるのかい？」と言う。ヤエの手のひび割れに引っかけて、血が滲むのを心配し、「ひっかけないでおくれ」と、忙しく私に渡したものは、和紙に「御誂へ」と、書いてある信子の衣装包みであった。私は反抗した。私の部屋にも入り、日記やノートを読まれている不服が爆発したように私は衣装包みを受け取らなかった。信子の留守に無断で箪笥を開ける行為をうしろめたいと思わないのか？　開けてどうするのか？　衣装のことに病的なほど執着する勝が、私にはブラウス一枚買ってくれない。女学校の五年間、遂に一枚のブラウスで通したのである。Ｂ学院へ入ってもまだ女学校の制服を着ている生徒は私一人であった。スリ切れて光った紺サージの制服を着ているために、友達から後ろ指を指されていることを勝に言い出すのを今日か明日かと思い悩んでいたのだった。「だからアタシはあんな派手な学校は大反対だった。自由主義なんてろくなことはないよ」と批難されるのが分っていた。女学校の寄附金も遂に、規定の三分の一しか出してくれなかったのである。

勝は夢中でヤエに運ばせているので、私が受け取らないことにも気がつかないでいた。代りにヤエがかいがいしく働き、気を利かせてくれたのである。

「なんだ！　これっぽっちで終りかネ」

勝は、空になった箪笥の引出しを覗き込み、ヤエにまだ残っていないか？　と引出しを確めさせた。叔母さんの言う通りろくな着物を持って来てないことは分っていたが、これじゃ女中のシキセに毛の生えたものしか持っていないよ、と、私に言った。

「ねえ。おねがいがあるの」と、私は思い切って言った。

私は祖母の機嫌を害《そこな》うことを恐れて、信子の「御誂へ」と書いてある衣装包みを眺めるふりをした。せっかく一所懸命に信子の着物を階下におろしているのに、見もしないではことわられることは決まっていた。

「新しい洋服一枚買ってほしいの。特売の安いのでいいの」

「……」

「だって皆に笑われるのよ。内藤洋之介の娘にしては、貧乏くさい服装だって……」

勝は急に不機嫌になり、夢中だった信子の衣装への関心から眼が醒めたように、「だから、アタシはあの学校へ入れるのは大反対したんだよ」と、案の定切り出した。「裁縫の塾へでも通って早く嫁にゆけばいいのに。男女共学の学校なんか、ろくなことはないに決まっている。洋服着てめかし込んでもサルはサルだよ」

私は、その次の言葉を恐れて、頼むのをやめた。「鏡をごらん、麗子のような美人に生れ変っておいで」と、言うからだった。

ヤエの、食事の用意は出来てますと、言う声をあとに飛び出すように私は家を出た。食事は出来ていたところで、勝が済んだあとでなければ食べられないし、麗子がいる時は麗子の残した味噌汁を鍋にあけてから、私を呼ぶ。私は鍋の中に沈んでいるゴハン粒が気持悪くて食欲もなくなるのだ。小遣いの少ない私は、クラス・メートのようにレストランに入ることもできないし、こんな日は一日中空腹のままだった。休講の多いこの学校は、教室にいる時よりも、レストランで喋っている方が多く、小遣いをたくさん持っている女生徒にだけ人気が集中した。

校長は自由主義者として知られているN氏で、洋之介の友人でもある。彼の主義に賛成している洋之介の勧めで私は入った。勝は女が学問をすることは売れ残ってトウが立つことだと、女学校へ入る時にも言ったことをまた言った。

私は、勝の大反対を押してむりに入ったのであったが、派手な校風には馴染めなかった。人気絶頂の小説家や評論家が講師達の顔ぶれで、生徒はスターを迎えるように人気のある講師に集った。おしゃれをして、喫茶店で文学論を交わし、サインをたのみ、そのついでに時には銀座へ出てぶらぶら歩く。それは私の想像もしなかったB学院の風景だった。

女学校の束縛された軍国主義の習慣に馴れてしまっていた私には、いきなり正反対な自由な校風も空漠とした捉えどころのない空しいものに映った。女学校が冷ややかな黒の世界とすればここは白い不安な世界であった。時には、あんなに恐れ嫌った女学校の、暗く厳しい校風の方がよいとさえ思える程、私の心は不安定な状態だった。ここでも友達は相変らずできないし、誰か近寄って来れば、「アナタのコスチューム、悪いわ」と、はっきり言われた。

私は教室の隅で講義を聞いていても家の中の光景が頭から離れなかった。あの衣装包みは今頃納戸の衣紋掛けや衣桁《いこう》に拡げてあるのだろう。信子の留守に拡げた衣装。赤や黄色の大柄な着物を前に、勝と麗子は軽蔑の色を表に出し、ある限りの悪口を言う。本人の留守に無断で持ち出して点検するなど、疚《やま》しいと思わないのだろうか。私は勝を母親に代る人として慕ってはいるが、性格のどこかに感じられる異常さのために、耐えられない思いになるのだった。

他人の留守に持物を見る時の勝の生き生きした眼の色には、性格の異常さだけとは言えない、何かに憑《つ》かれた人間のような歓喜の表情があった。勝の身体に、悪魔が乗り移ったかに見え、私には不気味に思えた。暗い気持で家に帰ると、まだ朝の続きであった。

「人絹入りばかりじゃないか」と、信子を批難する勝の声がひびいていた。

「これじゃ奴さんが着ても似合うようなひどい柄ネ」と、麗子の声である。

「葡萄酒工場の娘だというのにネ」

「落ち目なのかネ。いまは酒類が統制されているし……」

「アタシはとっくに見ぬいていたわ。うっかりしていると、あの女にこの家乗っ取られるワヨ」

二人の会話は終らなかった。納戸の前をよけて南の縁側へ廻り、私はそっと自分の部屋に入ろうとした時、勝に呼ばれた。悪い予感が走った。

納戸の戸の前に立つと、急に小声になりひそひそ声で何か囁いていたが、クスリと笑う麗子の声が聞えた。

「手を洗っておいで」

勝は私に声をかけた。外出から帰った時は、必ず手を洗わせるのが、勝の習慣であったが、二度も洗わせるのはまた納戸で何か食べているのを、分けてでもくれるのかと思った。ネズミの食べかけではないか？　私は反射的に警戒した。

しかしそんなふうに考えるのは、心の穢れた娘になった証拠ではないかと我ながら嫌になるのだった。私は、素直な気持にかえりながら納戸を開けた。

赤、黄、緑、色とりどりの信子の衣装を拡げた前に勝と麗子は座っていた。まるで歌舞伎の舞台で、何か始まりそうな華やかさであった。

勝は、この間誂えたばかりの一番気に入りの灰色の小紋縮緬《ちりめん》を着ているし、麗子も高島屋が持って来たばかりの本大島の仕立て上りを着ている。座っている膝の重なり目から、赤いゆもじが覗いていた。二人は信子の衣装の前でやはり菓子を食べていたのである。見ると菓子箱の中には、栗まんじゅうがぎっしりつまり、空腹の私は思わず唾をのみこんでしまった。いつもは、あわててかくすのに私が来ても化粧箱の蓋を開けたままである。

「信子には内緒だよ」

勝は言った。

「ふたばは分っているわよ。だってこんな安っぽい着物など、欲しがらないし着たって似合わないしネェ」

麗子は言った。さっきの奴さん云々《うんぬん》の言葉とはちがう。

私は二人の空々しさが嫌であった。栗まんじゅうを覗かせて、私に口止めをしようとするつもりだ。私は、女学校の卒業試験のためにやっと買ってくれた裁縫の教材の、錦紗の着物のことを思った。あのペラペラした人絹入りの反物は、赤い牡丹の花のもようであった。私が赤い牡丹の柄が嫌いなことが分っていながら、特売場で麗子が選んだ反物だ。比べてみるのもおかしいほど、信子の着物の方が品も良く、柄もよい。

私は、お預けをくった犬のようにいつまでも、もらえない栗まんじゅうの前で空言を聞かされていた。「信子には内緒だよ」と、乾いた恩着せがましい二人の声が何度も繰返されていた。

3

しゃあ、しゃあとよくも新婚気分で、いられるネ。と、勝は朝から毎日繰返して信子に当っていた。麗子の里帰りの居続けが、一ヶ月にも及び、しびれを切らした早乙女が迎えに来て連れ帰ったので、勝の不機嫌は、輪をかけてつのった。もう信子の衣装も見あきたし、信子の持物の中身は、肌着の類から日記メモに至るまで一つ残らず点検したので、見るものがない。

信子の衣類を拡げた時の気の張りを失くした勝は、毎日朝から肩凝りを訴え、登校前の私に肩揉みをさせた。

勝は、気が抜けたのか怒る元気もなく、すぐにハンカチーフを目に当て、涙っぽかった。麗子がいなくなった時にいつも見せる気弱さであるが、そんな時の勝の方が私は好きだった。食物と買物、お金に関する他は私の頼むことを聞いてくれるのだ。勝は、気が向くと昔のことを話した。「おばあさんの若い時は」というのが、話の糸口であった。

勝は十五歳で内藤洋蔵の嫁になってから今日まで、一日として自分の思い通りにならない日はなかった。祖父《おじい》さんは厳しい人であったが、アタシには何でも許してくれた。我儘一杯、思う存分に生きて来たのだ。だが一つだけ思い通りにならなかったことがあった。それは洋之介が二人の孫を連れて帰って来た事件であった。孫というものは、自分の生んだ子でなく、憎い嫁の生んだ子だ。この年になって孫という中途半端な他人の子を二人も育てなくてはならないとは、前世によほどの悪縁があったのかも知れない。と、ここまで来てハンカチーフで涙を拭くのだった。

「ミサヲちゃんも憎いの？」と、私は悪びれることもなく、言った。

突然の質問に困ったように勝は、何故だい？　と言い、私の顔を振り返って見た。振り返ったとたんに、答えが決まったように勝は、はっきりと言った。

「男の子だけど色白で、誰かの顔よりは器量よしだからネ」

突然、勝は手の裏を返すように冷たい人になるのだった。私は顔のことを言われる度、谷間へ突き落される気持を覚えるのだが、黙ったまま肩揉みをつづけていた。涙がこみあげて来て頬に流れた。勝のまるい背中、赤ん坊の時はこの背中に負ぶさったこともある私だ。八歳の時から母に代って育てられたので、懐き、慕っている祖母である。その祖母の勝は決して私を受け入れてくれないのだ。嫁という他人が生んだという理由で私を憎んでいるのである。「器量が悪い」と言う時の冷淡な顔、「インランな嫁の顔に似てきた」と言う時の、痙攣《けいれん》まで走るコメカミの辺り。私は見馴れたその勝の顔には、いつも絶望していた。勝は、娘達の生んだ孫達にもあまり温かくはなかった。

それなら、誰が？　と考えれば洋之介を筆頭に五人の娘達と与四郎とが、勝の信用できる範囲に入る人間だろうか。しかしその自分の生んだ娘や息子たちにも、他人の嫁や婿がついていることを思えば、麗子以外は信用できないらしかった。

独身の時の洋之介は、気を許してもよい唯一の人と頼るところもあったが、信子という他人の嫁が入ってからは、「気を許せない」と、言うようになった。

「ふたば、覚えておき」

勝は、よく言った。

「他人を信用してはいけない」

「……」

「他人はおそろしい。ふたばみたいな世間知らずの娘にはまだ分らないが、他人は皆悪魔だよ。ふたばのおっかさんは一番ひどい大悪魔だった。女の中の悪魔だった。その悪魔の子がふたばなのだよ！」「だがお前には罪はないと思うよ。罪がないから教えておくが他人は皆悪い人だということを、ようく覚えておおき！」

何故別れた母がインランなのか？　この機会に私はそれを教えてもらいたい。教えてくれれば、ブラウス一枚買ってくれないことも我慢出来ると思った。

私は母の事を聞きたかった。

いまどこにいるのか？　いつか上級生が母のことをほのめかした時、本当に母を知っているのかと、悩んだが、その後はあの上級生と会う事もなく卒業してしまったのである。

母の縞子は父洋之介と別れて以来一度も音沙汰がなかった。しかし洋之介だけは縞子の居所を知っているのではないかと、ひそかに想像していたが、母のことを口に出すことなど到底出来ず、かたくななほど、私は口をつぐんでいた。

まだ母と一緒の頃、寝苦しさに眼を覚ますと、母の蒲団に誰か人がいた。私の七歳の時であった。二階を寝室にしている父はもう眠っているのか、静かな夜であった。いつも留守勝ちの母が、今夜は傍に寝ていてくれることがうれしかった。私は水疱瘡《みずぼうそう》にかかり、発熱していて、毎晩、帰って来ない母を求めては、泣きつづけていたのだ。

「お母さま！」と、苦痛を訴えようとした時、私の鼻に強い力が加わり、息が出来なくなった。顔を押さえられたのだ。

「しっ！　やかましい」

顔を押さえていた手で、今度は頬っぺたをつまみあげられた。母はいつも私を敲くので馴れていたが、身体中がかゆく、汗でねっとりと気持が悪い。

涙と汗でぐちゃぐちゃになったまま、私は母の叱責が恐くて眠ってしまった。あの夜から時折母の蒲団には、男の人が眠っていた。そして私と妹の病気が次々と起り、妹の朋子と枕を並べて泣き通しの夜が続いた。母は「二人の病気の子供の看病なぞまっぴらよ」と、夕方から厚化粧をし、当時流行のタイトなワンピースを着て出掛けてゆくのであった。

十七歳になっても私は、そのことが何を意味するのか、具体的には何も分らなかった。ただ父母が別れた原因があのことだろうということは察していたのだった。

「ふたば！　信子を信用してはならないよ。あの女は悪魔なんだから。ほんとにどの女を見ても悪魔だよ。インランだよ。信子だって処女でないのさ。あの女の男好きの顔をごらん！」と言った。信子の少女っぽい顔のどこに勝の言う言葉が当て嵌《は》まるのか、私には分らなかった。

勝は鼈甲の簪を抜いて頭の頂天を掻いた。むしゃくしゃしてくる時にみせる癖であった。鬢《びん》付《つけ》油の匂いのする日本髪の勝の髪は、最近めっきり薄く地肌がすけてきたようだ。それでもアンコを入れれば大きな日本髪が結えるだけの髪がある。勝は毎日髪結いに通い、髪結いから帰ると着物と帯を合わせ、気のすむまで鏡の前で、考えた。天気や季候、その日の気分によって、着るものと帯の組み合わせ、長襦袢、履きもの、帯止めまで細かく気を配る。最後に簪を決めて、やっとのことで鏡の前から離れる。麗子がいなくなってからは、一人で考えるので時間がかかった。時には私を呼んで相談する事もあった。

昨日と今日、一昨日と明日は決して同じ着物を着ない、毎日着物を替え、細かく気を配って組み合わせを替えた。毎日取り替えても、まだ簞笥の引出しの衣装は着切れなかった。納戸に三棹、居間に二棹、離れ座敷には四棹、それに二階の屋根裏には、麗子と二人分の簞笥が、幾棹あったか、数え切れなかった。洋之介の本棚を押しのけてもむりに入れた簞笥の群であった。

この家は簞笥屋敷だネと与四郎が言うと「アタシは衣装だけが道楽なんだから」と言い、それでもまだ足りないと麗子と二人でデパートに行っては誂えた。めったに出来合いは買わなかったのである。

勝は、普段着にも腰の強い縮緬を着ているのであるが、今日は何故か手織りの濃紺の紬を着ていた。それが、いかにも他人に気を許さない勝の気性を見せているように見えるのであった。

4

二学期の終り頃、私は学校で蘭子という生徒と友達になることが出来た。私が女学生の時の制服しか着ていないために誰も相手にしてくれなかった中で、蘭子だけは喫茶店や銀座にも誘ってくれた。文学部と演劇部に籍をおく彼女は派手で目立つ存在だった。

私は、軍国主義の校風の女学校から急に自由すぎる学校へ移った戸惑いを、二学期になってもまだ消化しきれないままであった。

どこを見ても空漠としていて捉えどころがなく、授業にも身が入らなかった。授業中にクラスの生徒の喫っているタバコの煙がゆらゆらとゆらめいているのを、ぼんやりと眺めているだけの授業が多かった。窓の外はアカシアの葉が散り始め、その下を赤い自転車に乗った女学部の生徒が走っている。生徒はのびのびと明るかった。

しかし、私の心は暗かった。相変らず友達を作れないほど内向性の強い私は、女学校の時と同じに校庭の隅にかくれているよりほかなかったからだった。それに派手な校風に合う洋服を持たず、女学校の制服のままだったことが、一層の気おくれの原因だった。

「あなたみたいに無表情で無口の人、いま時、稀少《きしよう》価値かも知れないわよ」と、蘭子は皮肉っぽく言った。戸惑いと困惑に赤くなっている私に今度は、「そんな服装している生徒もウチの学校じゃ稀少価値よ」と、突いてきた。本当はそれを言いたかったのだろう。私は羞恥で身体を固くした。顔のことと服装のことを言われるのが死ぬほど嫌だったのだ。だが不思議なことに、それからは蘭子だけは何故か安心できる相手と思う気になった。私の一番気にしている服装のことを指摘されたことでかえって、引け目や劣等感のしこりが薄れてしまったようだった。

蘭子は文学少女であった。私の父に会わせてほしいと臆面もなく言うのである。アナタに近づいたのも実は洋之介さんに会いたいからだと本心を言って笑った。私はどんな目的でも近づいてくれる人をありがたいと思い、蘭子の欲することは勇気を持って実行するつもりだった。はっきりものを言う娘だったが、私の読んだ本も読んでいて、解説や批評もした。私の感じたことと似たようなことを言う時がある。女学生の頃から読書だけが唯一の慰めでありながら、洋之介は話相手になってくれなかったし、誰とも本を話題に話したことのなかった私は訳もなく嬉しく、胸のときめきさえ覚えるのだった。

三つ年上の蘭子は、姉のように私には思えた。友達というより信頼の出来る相談相手という気がして、私は急速に蘭子に打ちとけた。いままで素直に自分の心の中を開いてみせたことのなかった私が、蘭子の前では素直になれた。

信子が家に来て、良い友達ができたと思ったより以上に、蘭子の出現によって人と交わるたのしさを知った。包み隠さずに他人と触れ合う人間らしい性格が漸く私にも芽生え始めてきたのである。

蘭子は、口紅くらいつけなさいと、化粧のしかたを教えてくれた。化粧と聞くだけで、私の耳元には「鏡をごらん！」という勝の声がひびく。蘭子から言われた時も、初めは羞恥と恐れで逃げたが、蘭子は強引に自分のコンパクトで私の顔に化粧を施してくれた。「ほら、こんなに色白のきれいな顔になるのに」と言われると、耳まで火照らせながらこっそりと鏡に映してみたりした。蘭子は横浜の女学校を卒業の時に「カルメン」の主役になったそうで、メーキャップの研究もしているのだと言った。

蘭子が家に遊びに来たのは、洋之介が信子と二人で三度めの旅行に出掛けたあとだった。勝も外出していた。「いなければ書斎でも見せてもらうわ。書き損じの原稿があったらちょうだい」と言った。

応接間の灰皿に赤い口紅のあとのついたタバコを何本も揉みけしながら、

「このお家、ヨーロッパ風でステキねえ。今度学院祭でまたカルメンの主役をやるの。舞台装置にこのカーテン借りようかな！」と、蘭子は洋之介の好みで取りつけた臙脂色《えんじいろ》のカーテンを引っぱって身体に巻きつけ、「わたし、どうしてカルメンばかり演るのかしら？　そのくせメリメはあまり好きでないのよ。わたしの生地でいってしまうらしいのネ」と、赤い口紅の唇を大きくあけて笑ってみせた。

「洋之介さんの書斎見せてよ」と、蘭子は困っている私を無視し勝手に応接間を出て階段を上ってゆく。蘭子は少しも家の事情を知ろうとしなかった。

「叱られるからだめ」と、必死になって頼んでも、自分の家のようにどんどん上って行く。書斎は二階、と言ったのを覚えていたのである。流行の尖端をゆく蘭子は、ズボンをはいていた。女がズボンをはくなど宝塚ではあるまいしと、世間の人が振り返り、眉を寄せる時代であったが、B学院の生徒は、「自由」をモットーとした校風の特権をふりかざすようにズボンをはいた。ズボンの上に派手なブラウスを着、髪には花柄のマフラーを巻きつけ、銀座を歩けばすれちがう人達に「B学院よ」と、いかがわしい眼つきをされることも珍しくなかった。

蘭子は、洋之介の机の前の座蒲団にズボンの足を投げ出して座ると「ここがかの有名な内藤洋之介の机であるのか」と、少しおどけて言った。「ああ、いいなぁ。ここでわたしの胸をゆすった『蒼《あお》い月』の詩を生み出したの？」

と、投げ出した足を今度はあぐらに組み直した。

蘭子のもの怖《お》じしない自由さは一体何なのだろう？　私は、あっけに取られていた。私はまだ一度も父の机の前などに座ったことはないし、座蒲団にもさわったことがない。勝に書斎に入ることを固く禁じられているため、用事以外は入れなかったのだ。

「蘭子さん、お願いなのよ」

私は、階下へ行くことをうながした。いつ、勝が帰って来るかわからない。見つかれば大変である。早く階下へ連れ出さなくてはと、そればかり考えていた。

「ねえ、ふたば!」

いきなり私の名が呼び捨てにされた。学校では皆呼び捨てだったが私だけは誰も呼び捨てにしてくれなかったのだ。私は眼を輝かせて蘭子を見た。しかし蘭子は、更に私のおどろくことを言った。

「わたし、洋之介と恋愛するわ」

私は聞き違えたのかと思った。

「だって、恋ってしてみたいのヨ。いまわたし恋に憧れているの」

突拍子もないことばかり言う蘭子が、今度は少し恐くなった。父と恋愛など、考えの外である。蘭子の気ままはこの間活動写真で見た石坂洋太郎の「若い人」の女主人公、恵子に似ていると思った。

「わたしに洋之介をちょうだい! ね、くれるでしょ? ふたば?」

蘭子をお姉さんのようだと、頼っていたのが、急に逆転した。駄々ッ子のように、現実離れのしたことばかり言う我儘娘になっていた。私は何とかして勝に見つからないうちに早く階下へ連れ戻さなくてはとあせるのだった。

5

「洋之介の着物や肌身につけるものは、一切アタシが世話すると言っただろう?」

勝の叱声が、朝から台所でひびいた。信子のすすり泣きの声が聞える。

「この家にひょいと来た者が、これまでのしきたりを破ろうとする魂胆が憎らしいヨ。洋之介を主人だなんて、いい気なものさ。女房気取りでいるから、こうなるんだよ」

信子は、声を出して泣いた。三度めの旅行から帰ってから信子は、旅行中の汚れものをタライで洗濯していたのである。井戸端へ出て来た勝は、背後からいきなり叱った。赤い襷《たすき》をかけ、着物の裾をはしょっていた信子は、裾をおろしてあわてて赤い腰巻をかくした。

「いい気になって旅行なんかばかりのうのうとしてきて、留守の間、何があったか心配もしないで、よくものんきに洗濯なんかしていられるよ」

勝は、勢いよくタライの中から信子の肌着だけを取り出し、洗い場に敲きつけた。

「汚れた女と一緒にされてはたまらない。よくお聞き! この木のタライは、アタシと洋之介と麗子のものだけを洗うタライなんだよ」

綺麗好きで潔癖な勝は、ことに風呂とタライにはやかましい。朋子の初潮の時から私と朋子の下着は金物のタライで洗わせたが、信子も金物のタライで洗うように言われていたのを忘れたのである。

「このタライを熱湯でよく洗っておくれ。女の下着が入った不潔なタライだからネ。洗ったあとは南の縁側の方へ持ってお行き。よく陽に干して日光消毒だよ」とヤエに言いつけた。急に本性を現わしたように勝は露骨に信子に厭《いや》がらせをする。

「ハイ」

ヤエは、答えた。ヤエは代りの金物の桶に洗濯物を入れ替えると、木のタライの水を捨て、洋之介の肌着だけをゆすいでは、入れる。水は冷たく、北側の井戸端は、冬の早足がしのびより、氷の張る日も間近くなって来ていた。

ヤエは二つのタライで洗い分ける二度手間が習慣となっていた。北風が吹くと、ヤエのふくらみ出している霜焼けの手は一度に崩れて血を噴く。滲んだ血が白い洗濯物を汚さないように気を配りながら、ヤエは痛さに耐えていた。痛むことを勝に知られてもまた叱責の材料になるからであった。

信子は、前掛けを顔に当てて泣いている。私は何も言えなかった。うかつに口出しすれば、かえって悪い結果になるからだ。眉が薄く、色白で細面の信子は、生れながらに薄倖《はっこう》を背負って生きているように見えるのである。蘭子の自由奔放さに比べて何という差だろう。信子に同情している私は、心の中で代りにあやまっていた。信子は、留守の間に勝が納戸でひろげて見た衣類の中で、勝と麗子が一番悪口を言っていた赤・黄・緑の抽象模様の着物を着ていた。麗子は顔の現代的なのに比べ、古風な矢羽根や亀甲柄等、昔ながらの柄を好んで着るが、信子は顔の古風さに比して逆に現代的な模様を着る。勝の気に入らないところは、そこだった。

「こんなにペラペラの人絹入りをよくも家の嫁入りに持って来られたものだ。スフじゃないかい」と、勝と麗子は幾度も繰返して笑いごとにしている。

ヤエの下洗いがすんだあと、勝は洋之介の肌着を一枚ずつ固形石鹸をぬりつけては洗濯板の上でゴシゴシと音を立てて洗った。その間にも信子を叱っていた。勝は清潔好きで洗濯と掃除はヤエと一緒にたのしみのようにしていた。肌着の取り替えを面倒がる洋之介が入浴する時は、ガラス戸の外に立って待ち、シャツやパンツを大事そうに抱えて来る。そして納戸の簞笥から替りの下着を一揃い持ってゆき、みだれ籠の中にきちんと入れておく。勝はまるで小さい子供の世話をやくように小まめに、ヤエの手も借りずに始末していた。信子の手にそのたのしみが渡ってしまうことは、勝にとって許しがたい憎しみのタネとなった。

「軍吉さんに来てもらうよ。アタシはもう信子という女には我慢ならない」

干した洗濯物の竿《さお》を見つめて勝は言った。何か起った時には、軍吉を呼んで相談することになっていたのである。

裏の北側に当る物干し場で、信子は先刻勝に敲きつけられた自分の下着類を泣く泣く洗い終ると二階に駆け上って行った。私と朋子、女中のための金物のタライに信子も今日から加わったのだ。家の陰になって陽当りが悪く、一日干しても乾かない物干し場に、金物のタライから出した干し物は寒々とゆれていた。

二階からは、信子の引き攣《つ》った泣き声が次第に大きくなって聞えてくる。信子は何のために来たのか？　苦労するために来たのではないか？　新婚旅行に長い間、しかも三度もつづけて行ったのは、勝から少しでも離そうとする洋之介の配慮に他ならない。信子は旅行から帰ると早々に、まだ整理もしていないカバンの前で泣き崩れているのだった。

朝から洋之介はペンを止めて、信子の言い分を聞いていた。「おっかさんはしょうがない」と、目まぐるしくタバコを喫《の》みつづけるので、書斎は煙が一杯にたちこめている。淀んだ空気にむせるように、洋之介は時々咳をした。

「あたし、こんな家とは知らずに来てしまったワ。ひどいです」

「……」

「ひどいわ！　あんまりです」

信子は同じことばかり叫んでは泣きつづけていた。

6

私は信子に借りて着た着物を畳みながら、秘かに胸が躍っているのを感じていた。大胆に図案化された花模様の着物を私に着せてくれながら、信子が「あら！　きれいよ。やっぱり馬子にも衣装って言う通りネエ。ゴメンナサイ。あなたが馬子というんじゃなく、着るものによってこんなに見違えるような美しさになったということなの」と言ったことも、うれしかったが、それに重ねて、信子の弟のことを秘かに想っていたからだった。信子の気分を変えようと洋之介は珍しく私も一緒に連れて外出したのである。銀座四丁目から五丁目あたりを歩いていた時、向うから背の高い学生風の若い男が来たと思う間もなく、「姉さん！」と近づいて来た。弟の泰男だと信子に紹介された。信子に弟がいることは私も知っていたが、会うのは洋之介も初めてであった。文学好きの弟だそうで、洋之介に会いたいとかねがね信子にも頼んであったのだと、照れながら言った。

資宝堂近くの喫茶店へ入り、コーヒーを喫んだ時、私はコーヒーの茶碗を持つ手がふるえて、危うく借り着の膝にこぼすところだった。初対面の泰男の顔がまばゆくて、恥ずかしくてならなかったのだ。姉の顔立ちには似ずに彫りの深い、目鼻立ちのはっきりした顔は、私の好きな映画俳優ゲーリー・クーパーにどこか似ていた。私は一目見た時から、雷に打たれたように、強い反応を身内に覚えたのだった。こんな経験は生れて初めてであった。

「うしろから三人で出てゆくところを見たけどネ」突然勝の声がした。私は夢から醒めた。勝は、私が畳んだ信子の着物を眺めていたのである。

「娘のおまえが中年増《ちゆうどしま》の短い袖を着て、中年増のあの女が娘のような中振袖を着て、みっともなくて笑ったヨ」と言った。麗子より若い信子なのに、中振袖を着ると勝は不機嫌なのだった。

いつもは祖母の声に心を曇らせる私だったが、その時だけは動じなかった。言われても傷つかなかったからである。私は黙って借りた友禅の着物と名古屋帯をたたみ、拡げた畳紙《たとう》に一枚ずつ思い出の着物をたたんだ。生れて初めて着た和服と、生れて初めて男性を意識した二つの新しいことが私の心に拡がった。

信子は、娘盛りの私が振袖の一枚も買ってもらえなくて可哀想だと言ったが、私は着物への欲はなかった。ただこの着物だけは、信子に返してしまうのが惜しく思われた。泰男と一緒にすごした何分かの満たされた思い。あの思いをこの着物の中に秘めたまま、畳むことが精一杯だった。

「なにぐずぐずしているんだネ！　さっさと畳んで返しておしまい！　こんな安物ほしがるん

じゃないよ」

勝は、信子の着物に唾をかけんばかりに言った。

「この頃、おまえは不良になったよ。少しいい気になりすぎてやしないかネ？　信子が来てから味方が出来たとばっかりに、着物なんか借りてしゃあ、しゃあと出てゆく。それに黙っていたけどなんだネ？　あの蘭子とかいう友達は！　女だてらにタバコなんか喫んで、洋之介の書斎に上り込んだのを、かくしているネ？」

驚いた私は、せっかく畳んだ着物をまた拡げてしまっていた。どうして見つかったのか？

「かくしたつもりでいても、ちゃんと証拠はあがっている。洋之介の書斎の火鉢に口紅のついたタバコが三本も捨ててあった。信子の留守の時だから信子が内緒に喫ったのじゃない。たしかに蘭子だ。それも西洋のタバコだった」

もう弁解しても無駄だった。私は黙っていた。蘭子はいつ火鉢の中へ捨てたのか？　灰皿の方は始末しておいたのだったが、火鉢までは気がつかなかった。蘭子は横浜に住んでいるので、外国タバコが手に入り易いのだろう。そういえば洋之介のタバコの匂いと違うと思ったが、私は自分が喫わないので分らなかったのだ。

入学して間もなく、校長のN氏が教室で生徒にタバコの喫みかた、火のつけ方を教えたことがあった。幼い時から洋之介のタバコの匂いに馴れているのに、私は一口喫って咳込んでしまったのである。女学校の厳格さと、勝の眼の恐ろしさが私の心の中にあり、喫煙は悪い行為だという自戒があったためだった。

「不良になったと思ったら、お前も一緒にタバコを喫んだのだネ！」

勝は、口紅のついたタバコの喫いかけを、包《くる》んだ古い新聞紙の中から拡げて見せた。

「恐ろしい学生になったもんだ。だから男のいるような学校へゆかせるのは反対だったのだよ」

いつもは、身に覚えのないことで叱られると、泣きながら弁解する私だったが、今日は何を言われても黙っていた。ゆとりがあったのだ。

勝のきつい声を聞くと、自分が罪人になって追われるみたいで、穴の中に落ちこんだような気持になる。穴の中に身をこごめて、息をひそめ、ひがみっぽい眼で地上の人間である勝や麗子、そして、与四郎達を見る。家族や親類の人間は、全部私の敵であった。

唯一人、父の洋之介だけが私の味方だと思っているが、同じ家でも滅多に会えなかったし、たまに会えても話しかけてくれるでもなし、私の気持など通ずる筈もないと思っていた。

しかしいまは、ゆとりのある気持で、着物をもう一度畳み直して、二階の信子の部屋に行った。泰男という弟と直接話をしたわけでもなく、信子や洋之介と話しているのを傍で聞いていただけだったのに、私の胸は豊かな思いに包まれているのだった。

信子は一人で手紙を書いていた。

「いま実家に書いていたの。おばあさまのこと、あんまりひどいでしょ。タライまで別で、籍にも入れてくれないなんて。メカケに来たんじゃないのに！　お父さまがもう少し強くなって、おばあさまを黙らせればいいのに、じれったいわ。人がよいからだめネェ」と、赤い眼を伏せた。

信子を妻として正式に入籍することは、どんなに戦っても通らないに決まっていた。私が年頃になるにつれて、私を嫁に出して内藤家の籍から抜くことを与四郎や麗子、軍吉や正子達とこっそり勝が相談しているのを私は知っていた。長女である私に万一好きな相手でもできて、婿養子を迎える形になれば、内藤家の財産はすべて持ってゆかれると、考えていたからである。アタシの眼の黒いうちは縁の下のチリ一つも嫩にやるものかと言っている勝だ。勝をはじめ親類の人間は、「この家に養子や他人は鬼門」と決め、洋之介にも、信子の入籍を激しく反対していたのだった。長女の私を嫁に出せば、あとは智恵遅れの妹朋子は問題ない。いや、上手に朋子を囮《おとり》に使ってこの家や満鉄の株券、それに国債等の分け前にありつけると親類中が考えていた。

勝一人では不安だと、いままでは、親類中の者が智恵を絞り合っては実家のために頭を悩ませているのだった。私が幼い頃から感じていた叔父叔母達の眼の中にある冷たさの正体が、今頃になってようやく私の目にも見えてきていた。こんな砦《とりで》の中で信子の入籍が不可能なことは分り切っている。信子は、どんなに訴えてもむだな手紙を、細い指に持ったペンで細々《こまごま》と書いていた。

7

私が学校から帰ると、家の中の空気が違っていた。信子の姿がないのである。

二階の信子の部屋にも、厠にもいない。勝は素知らぬふうに、麗子の長襦袢を縫っていた。老眼鏡を鼻の中途におろし、眼鏡の上から私を見て、

「あの女ならば捜してもいないよ」と、聞きもしないのに、教えた。機嫌の良い顔なのであるが眼鏡越しに見られると、私はうろたえる。

「さっき、泰男とか言う大学生の弟が来て荷物を運んで行ったけど、行先は言わないから知らないネ」勝は、妙に戦闘的な構えを見せて言った。私に非難されないように先手を打っているところがあるのだろう。私は、すぐに了解した。こうなることは予想していた。

だが、折角泰男が家に来る機会を、信子は教えてくれなかった。これで泰男とも縁が無くなってしまうということなのか。信子は私の気持を察している筈なのに、わざと泰男とは顔を合

わせないようにしたのだろうか。私は、不意にゴム風船が割れたように張合いが抜けて、気落ちした。

「お父さまは？」と、袖付の部分に針を動かしている勝に言った。

「さあネ。こっちが聞きたいくらいなんだよ。洋之介の気持もアタシャもう分らなくなったよ。あんな女に騙されていい気になっているんだから」

なんでも騙すとか騙されるとしか考えない勝が、私は今更にうとましかった。勝さえ意地悪く信子を見なければ、こんなことにはならなかったのだ。素知らぬ顔で縫物の針を動かしている勝が「他人は皆悪魔だ」と考えているのがよく分る。勝こそ悪魔ではないのかと、私は思った。泣きながら手紙を書いていた信子のか細い肩の辺りが思い出された。

「籍を入れろと言うなら出て行っておくれ」と、勝は信子の実家から来た入籍願いの要求を退けた。びりびりと破いた手紙を庭先で焼き、「処女で嫁にやったなんて、大嘘つきだ。二十六歳まで疵もつかない生娘で育ったなど、ある筈ないよ。あのべとべとと洋之介にくっつくところなんぞ、男をよく知った女でなくて、出来るもんかネ」と、言った。

信子宛に来る手紙も一通残らず開封し検閲しなくては気が済まない勝であった。開封のあとは麗子と処女を否定する話に花を咲かせ、終るところがないのである。ついでに私の母親も処女で嫁に来たのかどうか疑わしいと言い、洋之介は二人もの女に騙されているのだと決めた。

勝は、麗子が早乙女と結婚する時は、戸籍謄本の送付を厳しく申しつけ、前妻との「前科」の結末を、厳重にしらべあげた。ついでに本当の前科まで、「ないんだろうネ」と、冗談まじりとはいえ疑ったほどの要心深さだった。信子が嫁に来るに際し、洋之介の初めの結婚について、除籍の有無を遠慮っぽく問い合わせた手紙が来た時、怒った勝は、「まるで刑事だネ。何様のお姫様のお輿《こし》入れじゃあるまいし、たかだか洋酒問屋のオールドミスが、洋之介に拾われて来るのに思いあがっているよ」と、罵倒したのだった。

私は、いなくなった信子の身の上を思い、わずか一年足らずの間のいざこざばかりの毎日を回想した。信子は急にどこへ行ってしまったのか？　泰男も泰男だ。連絡先位教えていってくれればよいのに、本当に黙っていたのだろうか。姉弟は洋之介にも行先を隠して出て行ってしまったのか。それとも洋之介の捜したアパートへでも引っ越したのか？　いまになって思いあたることもあった。洋之介宛の郵便物を読んでいた勝が、「例のこと承知しました」とだけあるのを見つけ、洋之介に問いつめたのである。勝の郵便物の取りしらべはいよいよきびしく、麗子宛を除き、すべてを開封した。洋之介に「やめてくれ」と苦々しく注意されても、一通残らずハサミで開封しなくては、本人に渡さない。

「例のこととはなんのことだネ？」と問いつめられた時、洋之介は、「いや」とだけ答え、逃げるように二階へ行ってしまい、そのあとすぐ外出してしまった。嘘のつけない洋之介なので、何か隠しているらしいことが、素振りで読み取れるのだった。

洋之介が自分でアパートを捜すなど、到底できないことなので、友人に頼んだのかも知れない。もしそうであれば、私も勝と一緒に置き去りにされた立場になるのだった。洋之介も、信子も泰男も私を置き去ったのか？　腑に落ちない気持で私は二階の階段を上った。昨日まで、軽い気持で登った階段が、今日は急によそよそしく私を阻むものに感じられ、足が重かった。

書斎の奥の、信子のために急拵えしたおかしな恰好の部屋は、荷物が消え去っていて、隅の方にハンカチーフが一枚忘れてあった。泣きながら実家へ手紙を書いていた小さな机もなく、勝が留守の時に開けて見た箪笥もなかった。妙にがらんとした空しさが、私の胸にも空洞のように拡がった。

信子とは格別、心の中を割って話し合ったこともない。私の孤独を察して「母親」らしい気持を見せてくれたとも言えない人だったが、初めに洋之介が言ったように「友達と思って仲良く」つき合えたのであった。察しの良いところがあり、いつの間にか私の泰男へのほのかな慕情を、気づかれてしまった。羞恥心の強い私が初めて覚えた異性への恋心など、死んでも他人に知られたくない私の性格なのである。否定すれば良かったと後悔したが、「あたしが何とかしてあげるわ」と、言ってくれたのである。信子は無欲の性格そのままに、ただ勝に苛められては泣き、洋之介に訴えるだけの繰返しであった。泰男にも手紙を書いて訴えていたようで、泰男から来た手紙を開封した勝が怒ってびりびり破いているのを見かけたこともあった。教室の窓から校庭を眺めると、綻《ほころ》び始めた桜の花が早春の色どりを見せ、信子が来てから再び同じ季節が廻って来たことを思うのだった。たとえ洋之介がどのように対処するにしろ、私にとってこれで一つのことが終ったのだという感慨は、消せなかった。

第三章

1

蘭子は、突然尋ねた私にどこか狼狽《ろうばい》気味であった。誘ってもめったに行かなかった私が、自分から訪れたことに驚いたのか、と私は思った。

「どうしたの？　暫くだわネ」

いつもの屈託のない彼女だったが、私の顔を見る眼にやはり戸惑いがあった。開校十周年を記念する演劇祭の催しに、念願の「カルメン」の主役を演じたあと次第に学校には姿を見せなくなっていたのである。あの時、私は泰男を誘って舞台の蘭子を見ていた。台詞《せりふ》の声もよく通り日頃の自由奔放な蘭子の柄にぴったりで、演技のうまさに泰男も感心していた。

「わたし。話があるのよ。一身上のことであなたと」

相変らず唇には、赤い口紅が外側にまで、はみ出るほど一杯に塗られていた。指にも桃色のマニキュアが施されている。彼女の行動や化粧を家族の人が許し、咎めないのは、不思議なことであった。私ならば、売笑婦と勝に言われるところである。

「ここを触ってみてよ。わたしのお腹をネ。ハッハハ」

彼女は何を考えているのか、いきなり私の手を引っ張ると、無理に自分の腹部の上に当てさせ、上から強く私の手が逃げないように押さえつけた。そして彼女は椅子のクッションが揺れるほど笑ってみせるのだ。

「このお腹の中には、何が入っていると思う?」

蘭子は情熱的な眼で、私を凝視した。祖父に外国人の血が混っている彼女は眼の色が青味がかり、素顔もカルメンのようだった。

彼女の顔が魔女のように見え、私は椅子から飛び上り押さえつけられた手首を振り払った。まるい地球儀のような感触の腹部が、固くはね返った。他人の身体に触れることなど初めての私は、羞恥で一杯だった。

「教えてあげるから、そこへ座るのよ。赤ん坊のパパは誰かということを!」

私は、その瞬間緊張した。何故か嫌な予感がひらめいた。

蘭子は、唇を大きく開きもう一度笑ってみせた。濡れた唇が光っている。赤ん坊のパパといっても、結婚しなければ赤ん坊は産れないのに、何故お腹に赤ん坊が入っているのか? 私は分らない。きょとんとした顔で私は突っ立ったままでいた。私はまったく性の知識がなかったのである。結婚式の時、三三九度の盃《さかずき》で産れるのか、それとも他に何かあるのか？　と、ぼんやり考えるくらいであった。

「赤ん坊のパパは、あなたの知っている人よ」と、赤い唇にタバコを咥《くわ》えた。私より三歳年上の彼女は時としてとても大人に見えるのだった。私は、知っている人の顔を、ナゾ当てのパズルを解くように、思い出そうとしたが、誰の顔も浮ばない。知っている男の人といえば、校長のN氏か講師の先生達か……たとえパズルが解けてみたところで、私とは少しも関係のない人達で、蘭子のお腹とは、かけ離れた距離を思った。

「そんな間のぬけた顔をして！　ふたばちゃんは！　だから取られたのよ。わたしに」

「え？」と、やっとのことで私は質問した。

「教えるわ。赤ん坊のパパの名前を」

その時まで、まだパズル解きの気持で蘭子の教えてくれるのを待っていた私の耳に唇を当て、

「その人は、あなたの好きな泰男よ」と、言ったのだ。

蘭子の赤い唇からタバコの煙がふうっと吹き出されるのを見ても、私はまだ具体的に泰男がどうして蘭子の赤ん坊と関係があるのか結びつかないのだった。

「ハッハハ……おどろいたでしょ？　ふたばの初恋の人だもんネ！　でもわたし、取っちゃっ

たのよ」

私は、頭の中が激しく混乱して蘭子の顔が見えなかった。無理にさわらせられた掌の感触と合わせて、不気味さが稲光のように素早く身体の中を走りぬけた。

私がここへ来た目的は、久しぶりに蘭子に会いたかったからである。彼女に会って、私の悩みを聞いてもらいたかったのである。私の悩みは他でもない、泰男のことであった。開校記念の催しの時、泰男と学校で会ったのを最後に、ぱったりと連絡が跡絶え、私は暗い不安を覚えていたのだった。

信子が行先を教えないまま去ったあと、私はめったに学校へも行く気になれなかった。桜の花びらが春風に吹かれて舞う校庭を、窓から眺めながら、人生の空しさを想い、会うことと、別れることの意味が何なのか、春霞《はるがすみ》のように捉えどころのない悲哀を胸裏に痛く感じていた。

私は、何をする気も起らないほど、虚ろであった。洋之介は家に帰って来ない日が続き、久しぶりで帰って来ても書斎に朝から座っていて、夕方には書斎から一直線に外に飲みに出てしまうのである。その早さは格別で、勝が今日こそ摑まえて、どこを泊まり歩いているのか追及すると、階下で待ち受けていても、見逃がしてしまうのだった。人生ということを少しずつ考えてみる年頃になっていた私が、大学ノートに書いたものや読んだ本についての感想を父親に見せたり、話したいと思っていても、到底希《のぞ》めないことだった。

そんな私に思いもよらないことが起った。泰男がふと私の眼前に現われたのだ。桜の花びらが円を描いて舞い寄せられた校庭の一隅に、春風に乗って来たように、泰男が長身の身体を心もち折り曲げる姿勢で、立っていたのだ。一瞬私は白昼夢を見ているのではないかと眼を疑ったほど驚き、天の川から星の使者が訪れてくれたかのように思えたのだった。

泰男は信子に頼まれて来たと言うのであった。この学校なら勝に知られることもなかろうと、アパートの地図を記した脇に、話したいことがあるから遊びに来てくれるように、と添え書きした手紙を託して、泰男を使いによこしたのだ。まぎれもなく信子の筆蹟である。たったいままで空しく映っていた桜の花びらが、俄かに生き生きと見え、泰男の立っている背後を走っている赤い自転車に乗る派手な服装の女生徒までも、甲斐甲斐しく見えるのだった。信子の気持がうれしかったことに重ねて、一日も忘れられない泰男に思いがけなく再会できた私は、有頂天になってしまっていた。

その後、私は泰男に誘われるにまかせ、二人だけで銀座へ出て、喫茶店に入ったことが数回あるのだった。そんな時、私はすりきれている紺サージの女学校の時の制服のままであったが、勝には女学校時代の友達と会うのだと嘘を言っていたので、新調をねだることも出来なかった。それでも私はかつてない幸福感を覚え、希望に胸を躍らせるのだった。泰男は、一度は親類の関係になった故《せい》か、どこか兄のような暖かさを感じさせる人で、兄弟のいない私は相談相手が出来たような充足感を覚えていた。私は、会うと口が重くて言葉にならないので、書いたものを渡しては泰男に自分の気持を伝えようとしていた。洋之介には見てもらえない気持を泰男に見てもらうことが出来たのだ。

私の書いたものを初めのうちは熱心に見てくれていた泰男だが、次第に話題をそらすようになり、自分の好きな山の話ばかりすることが多くなっていた。そして遂に姿を見せなくなったのは、秋も終りに来てからであった。校庭にポプラの病葉《わくらば》が風に吹かれて舞うのを眺めては、そのうちに泰男が姿を現わしてくれるのではないかという、密かな希みを抱いていた。或る時蘭子は、柳の下にドジョウはいつもいないわよと、屈託のない彼女にしては意地悪く、揶揄《やゆ》してみせたことがあったが、それきり蘭子もぱったりと姿を見せなくなっていたのだった。

「バカだわねえ。ふたばは！　涙なんか流してさ」

「……」

「こんなわたしと知っていて、泰男を紹介するからよ。男はあなたみたいな煮え切らない娘より、わたしみたいな奔放な女の方に惹かれるもんよ」

芝居の終ったあと、泰男と楽屋を訪ねた時、蘭子はどぎつくメーキャップした顔で、いきなり泰男の背中にとびつき「ダーリン！　よく来てくれたわ」と、肩に接吻までして言ったのである。初対面なので、驚きあわてた泰男だった。帰りに喫茶店でコーヒーを飲みながら「あんな変っている人初めてだ」と、泰男はむしろ苦々しく、飛びつかれた首の辺りをさすっていたが、それがいつ、こんなことに進展したのか？

私は、過ぎ去った時間の早さと、眼前の彼女の変化とを、頭の中で整理することが出来なかった。初対面の人にも平気で飛びつく癖のある彼女なので、本当に一目惚れで泰男をダーリンと言ったのだとは私は夢にも考えなかった。それにクラスでも蘭子の奔放さを見倣って、初対面であろうとなかろうと、ハンサムな男の人を見さえすれば、オーバーな表現で媚びてみせるのが、流行《はや》っていたのだ。学校の男子学生は誰も相手にしないのに、他の大学生や男の人には魅力を感じるのだった。

しかし、これは一体なんのことなのか？　まさかカルメンの芝居の続きを演じているわけではないだろう。私が煮え切らないからだと言ったが、たしかに私は書いて渡す紙片にも話すことにも、泰男への一途な気持を見せることを避けていた。好きだなどとは、羞恥のためにとても意思表示ができないのであった。連れ立って出歩く時も、切羽つまるほど好もしく思っているのに、逆な態度しかとれなかったのだ。わざと泰男から離れて歩いたり、帰っても仕方のない家に急いで帰ったりした。それが、泰男の気持を私から遠ざからせたのか？

「さあ、これから幸福になってよ。ふたばの赤ちゃん」

蘭子は、自分の掌を腹部の上に当て、中に入っているという泰男の胎児を確めでもするように、ゆっくりとさすっていた。

2

「鏡を見てお言いのかい？」

勝は言った。

「そんな鬼ガワラみたいな顔で、よくも男が本気で相手になると思っている！　あの悪党女の弟がお前をだまして、信子の復讐をしようとするのが、おちだよ」

「泰男さんと結婚させてください」と私は、今更言い出したところでどうにもならないことを、何かに憑《つ》かれたみたいに口走っていたのである。

「そんな顔でうぬぼれもいい加減におしよ。やっと寝ついたところなのに。サカリのついた猫みたいに遅くまでほっつき歩いて帰って来て、夜眼にも鬼ガワラだよ。その顔は！　嫁入り前の大事な身体の娘が男のことを口に出すなど、ご近所に聞えたら『家』の恥じゃないか」

私は、自分でも何を勝に訴えているのか、分らなかった。私は錯乱状態になっていたようであった。蘭子の家から夢中で走って帰ると、いきなり勝の寝ている部屋に飛び込んでしまったのだ。起して何を訴えようとしたのか？　泰男のことを好きだなどと、勝が非難するに決まっている話題を自分から言ってしまうほど、理性を失っていたのだ。

勝は起き上って電気をつけると足袋を履いた。いつも真白の足袋を履く勝である。疲れているのか、額の皺が目立った。

「いいかい！　泰男がお前に結婚を申し込むなど、ありうる筈がないよ。信子を追い出したこのアタシのいる家に入って来られると思うのかい？」勝はやっぱり自分が信子を追い出したと白状した。芝居の「『婦系図《おんなけいず》』じゃあるまいしネ……お蔦《つた》のような美人ならばともかくも、もう一度鏡を見て出直して来てから、お言いよ」

「……」

「それにつけても、あの女奴！　泰男とぐるになっているんだよ。信子が籍を入れてもらえないので、今度は弟を囮《おとり》に使ってこの家に乗り込んで来る算段なのさ。お前と何の関係があったのかネ、あの弟は！」と、問いつめた。

私は、勝に隠していたことがあった。泰男と会うようになったこともそうであるが、或る夜私を送ってくれた時、泰男は門前で愛していると言い、私を抱き締め、接吻しようとしたのである。驚いた私は反射的に泰男の腕から逃がれようともがいたが、もがくほどに強い力が加わり、悲鳴を挙げた私の唇に、一瞬泰男の唇が触れたのである。私はあまりの衝撃で気を失うばかりであった。しかし羞恥心と同時に幸福感が身体の中に充満した。私は勝に見つからなくて良かったと、思った。勝は、男の人と口を利く娘はすべて売笑婦だと言っていたのである。嫁入り前の生娘が男と接吻したなど、売笑婦とののしられるに決まっている。

「答えられないんだネ！　悪いことをしたからだネ」

「……」

「この頃はべとべとクリームを顔につけたり、麗子の真似して京紅つけたり、麗子と二人で嘲笑《わら》っていたのさ。そんな大口女は口紅なんかつけたって、人喰ったようにしか見えないんだよ」

泰男と初めて逢引きする日のことだった。小遣いを集めてやっと京紅を買うことのできた私は、麗子の鏡台の前に座った。冒険で胸が躍った。口紅をつけるなど秘密なことだと思っていたからだった。いつも血色の良くない頬に血の色が浮き、かつて見たこともないほど輝いた顔が綻んでいた。

私は小指の先に京紅をつけると唇に当て、ためらいながら内側に紅をひいた。麗子の真似をして下唇を少し開け、小指の先の紅をひくと、見違えるような生き生きとした顔になった。蘭子のつけている赤い棒紅でなく、京紅を選んだのは目立たないためだった。

「お前のような醜女《しこめ》娘が唇を赤く塗ったって黒豚のサカリがついたようにしか見えないんだよ」

こんな時にもひどいことしか言わない勝から逃げて、私はベッドの中で蒲団をかぶって、泣きつづけた。勝は、私の心を悲しませるだけであった。冷たいと分っていながら、悲しい時はすぐに勝に訴えようとする私だった。やっぱり、勝と麗子の二人から嘲笑されるような間抜けなことだったのか？　三日も泣きつづけた私は、眼が腫れてしまい、食事にも出られなかった。勝には腹痛だと言ったが、朋子が覗きに来て「ヤーイ。赤鬼」と、赤い眼のことをからかうので、かぶった蒲団から顔を出せなかった。蒲団の中で今日までにも私はよく泣いた。母が恋しい時、初潮が来た時、勝や麗子に冷たくされた時等々、しかしその時とは違うつらさで、涙は押さえようもなかった。

幾日も泣きつづけたあと、私は行く当てもなく、外に出た。行っても仕方のない蘭子の家へ行きたい気持を押さえて、家の前を流れている川縁《かわべり》を歩いていた。初潮が来るまでは毎日乗ったブランコが、ぽつんと乗り手のいない空地に遊んでいて、高圧線の高い鉄塔がその裏に立っている。泰男を好きになってから、ブランコの代りのように川縁を散歩した私だった。昨夜降った雨で、水量を増した川は、音を立てて流れていた。

泰男と会わなくなってからの数ヶ月、卒業試験や就職のために忙しく暮しているのかと察し、私はあまり心配はしなかった。こんな時代に一日も就職が決定しないでいれば、強制的に軍需工場へ出動させられるからだ。

あの時、蘭子がまだ何か言いたそうだったのを、振り切って逃げて来たが、泰男はいまどうしているのか。彼女の家で一緒に暮しているのだろうか知りたい思いにかられた。やっぱり蘭子の家へ行ってみたいと、私は川縁に沿って、次の駅から電車に乗り、終点で乗り換えるとT駅に着いた。地下道の人混みを歩いていると、不意に涙が頰を伝わり、人に振り返られた。人混みに揉まれると恋しい思いが強く身にしみるのだった。駅の脇の公衆便所へ飛び込み、思い切り泣くと、四つ辻のタバコ屋でタバコを一箱求めた。

タバコなど何故買ったのか？　喫う真似さえしたことのない私が自分でも分らない気持であった。大人の真似をして、蘭子と競ってみたかったのか？　そしてこの時のタバコ一個が、私の一生を狂わす罠になろうとは、誰が想像できたであろう。タバコは洋之介愛用の口つきの大箱よりも、小さい箱の「ゴールデンバット」を選んだ。タバコも統制の枠の中に入っていたことに初めて私は気がついた。

私は、そのバットを喫ってみるために、それもまた生れて初めて一人で喫茶店へ入ってみた。映画館の横丁を入った右側の「純喫茶」と書いてある紫色の扉に眼を止めると、吸い込まれるように扉を押していたのである。その店が何故私に入りやすく見えたのか分らない。不潔な公衆便所の中から出た私には、明るく清潔な店に見えたのかも知れなかった。薄暗い店内には、人影は少なく早乙女一郎の作詞の曲が流れていた。いつか麗子が土産に持って来たレコードであった。こういう店で聞くと家で聞いている時の感じと違いヤクザっぽい流行歌に思えた。頼んだコーヒーと一緒にウエイトレスが灰皿にマッチを置いて行ったのを幸い、私はタバコを箱から一本出して火を点けた。唇に咥えて火を点けるのが気恥ずかしく、指先に持ったままでマッチを近づけて火を点けようとした。B学院に入学したばかりの頃、校長のN氏が、教室に居合わせた学生に、無理にタバコを喫うことを強いた時、私は思わず咽喉の奥まで飲み込み、煙にむせた。子供の時から洋之介の喫むタバコの煙と、着物にまで染みこんでいるタバコくさい匂いに馴れている筈なのに、真似ごとにさえ喫ったことがなかったのだった。蘭子のようにマニキュアの指に軽く浮かせた恰好よい喫煙など到底私には出来なかった。

「未成年じゃないのか！」

男の大声が挙がり、背後に誰か人の近寄る気配を感じた。私は驚いた。女学校の教師に見つかったのか？　と、慌ててタバコを床に捨てた。眼の前に男の一人が立ち、警察手帳を拡げて見せた。

「署へ来い！　この非常時に女学生が喫煙するとは何事か！」

私は、突然に一体何事が起ったのか、判断できなかった。うろたえながら、S女学校の生徒と間違えられたのか？　と思った。この時もまだ制服を着ていた私だった。B学院の自由な校風の中にいた私は、法律上はまだ喫煙を許されていない未成年者だということなど忘れていたのだ。

「幾つだ？」

「二十歳です」私は、咄嗟に一歳上の齢《とし》を口走った。

「お前が二十歳だと？」眼のするどい男は、私を軽蔑し刺すような眼で睨んだ。

「じゃ何年生れだ？　言ってみろ！」

女学校の時、S教師から私の髪の癖毛を「お前は電髪をかけている」と、鞭《むち》で折檻《せつかん》されたことを不意に思い出しながら、一歳上は何年生れになるかと、あわただしく考えた。そして逆の一歳下の生れ年を、口走ったのである。「署へ来い！」と眼のするどい男が言った。「さあ来るんだ！　コーヒー代は払ってやるから、ついて来るんだ。それとも家や学校へ連絡してやろうか？」もう一人の男が言った。

私は手錠をかけられたのかと思ったほど、右の手首を強く引っ張られていた。ハンドバッグも、タバコもテーブルの上に置いたままである。

「おばあさま！」

思わず私は勝を呼んでいた。こんな時にも口走るのは、やはり父でなく祖母なのだった。勝にすねて黙って家を出て来たから、罰が当ったのだと思った。数日もベッドに入って泣き暮し、その挙句に家を出て来たので勝は私がここに来ていることを知らないのである。「署へ来いと言うのが聞えないのか！　この非常時に大陸で戦っている兵隊さん達を何と思っとるか！」男達は代る代る言った。その時である。

「ムショには連れて行かないでくださいよ。この娘《こ》はわたしが保護します」

と、言う男の声がかかった。その声は聞いたことのない中年の男の声であった。こんなところで私をかばってくれる人は、誰だろうか？

声の方を見ると黒眼鏡をかけた痩せ型の背の高い男が近づいて来た。背の高いところは泰男と似ているが見たことのない人である。刑事達はこの男の人と知り合いなのか、不承不承という顔で私の手首を離してくれたのだ。急に不用になったものを突っ返すような感じであった。

「このサテン、どうして来たの？」

黒眼鏡の男は馴れ馴れしく私のテーブルの向いに来て座ると、シガレットケースからタバコを出して火を点けた。まるで私の前の椅子に座るのが、前からの約束でもあるようにもの馴れた態度であった。私は、男の手にバトン・タッチされるような恰好で、見逃がしてもらえたのである。刑事は私の手を男にバトン・タッチしたあと紫の扉を押して出て行ってくれたので、礼を言わなくてはと、あせったが言葉が出ない。まだ恐怖が去らないのである。サテンとは何のことか？　私は困った。知らない男の人と口を利くことなどできないが、この見知らぬ人のおかげで助かったのであれば、返事をしなくてはならない。私はふるえの止らない唇を嚙《か》み合わせ、何とか返事をしようとあせった。

突然、中年の男は笑い出した。「ここはアンタみたいなネンネの来るサテンじゃない。お嬢さん、家はどこ？　名前はなんていうの？」

私は、夢中でハンドバッグを開け、手帳に住所と名前を書いて男の前に差し出した。

「ここはデカに睨まれている者の出入りするサテンだ。わたしみたいな軟派はかえってあいつ等に信用されてるからいいがネ。もう来ない方がよさそうだ。ところでお嬢さんの名前は？」と、私の書いた紙片をゆっくりと見た。「内藤嫩ちゃんか？　ぶっきら棒なお嬢さんだなあ。ハハハ」

男は、ズボンのポケットに紙片をねじこむと、タバコの煙を私の顔へ向けて吹きつけてみせた。

吐き出した煙がふわふわと上の方へなびいてゆくのについて、男は眼を上に向けると、「この階上は賭場《とば》になっているんだよ。いつかお見せしてもいい。お嬢さんの社会見学にはもってこいの場所だからネ」と言った。

3

「今日は隣組の寄り合いがあるんだけど、アタシは耳鳴りがひどいから、出ておくれ」

と、勝はいつもの命令口調で言った。

家長の権力を持つ勝の命令には、絶対に逆らえない。私は困惑した。今日にかぎって隣組には出られない理由がある私なのだ。本当は麗子の里帰りの日なので、私に行かせるのである。私はあの黒眼鏡の男を思い出しながら、返答につまった。

この間は逃げて帰って来たが、家に帰ると早速電話で呼び出され、来ないのなら家へ行くとまで言われて、あの時は感じなかった恐ろしさを覚えていたのだった。あの時夢中で前後のわきまえもなく書いてしまった住所で、電話番号をしらべたらしかった。まだ電話が開通して間もないので、局に問い合わせたのだろう。今日会う約束を電話口でさせられたのだった。鈴《ベル》が鳴る度、私は緊張した。今日は、もう一度あの喫茶店へ行き、礼を言って、もう電話など掛けないでもらいたいと頼んでこなくてはならなかった。

「隣組には出るんだろう？　嫌だとは言わせないよ」

勝が言った時、果して電話の鈴《ベル》がけたたましく鳴り響いた。泰男と会う時は連絡に困り、女名前にして、勝に読まれてもよい文面にして貰う苦労をしたのに、会わなくなってから、電話が開通したのは皮肉なことだった。

私は、階段裏の柱に取りつけてある電話機へと走った。長方形の板の上部に丸い金属の鈴《ベル》が二個つけてあり、鈴《ベル》が鳴ると人間の眼玉のように動いて見え、私を睨んでいた。交換手が番号を確めたあと暫く待つと「もし、もし」と、低めの声の主は、果してあの男のものであった。私の声が小さくて聞えないのか、何度も「もし、もし」と言った。

「話がある。すぐ来てくれ。おたくの家からここまで一時間で来られる筈だ。待っているよ」

おたくと言ったことが、私の不安をつのらせた。初めて聞く大人の言葉使いだったのである。男は、あの喫茶店でもう待っているらしかった。この間の電話で約束した時間はまだ二時間もあとなのにと、私は困惑した。

「いまのは誰からの電話だネ？　おかしな電話がこの頃は時々かかってくるけど、泰男からならば許してはおけないさ。あの男はお前を誘《おび》き寄せてお金でもせびろうと企んでいるんだからね」

勝の非難を聞きながら、ひと思いに、私は家を飛び出した。ともかく喫茶店へ行かなくてはならないと思った。

「お嬢さん。ようやく来ましたネ」

あの時の男はテーブルに数個のサイコロを転がしていた。今日は黒眼鏡をかけていない。素顔のためか、思ったよりも優しい小父さんに見えた。

「この間はどうもありがとうございました」

私は、ぴょこんと頭を下げた。

「まあ、コーヒーでも飲みなさい。話はそれからだ」

男はウエイトレスにコーヒー二つを注文すると、私の顔をしげしげと見つめた。私は羞恥で赤くなる顔のやり場に困り、掌で包みかくした。私は自分で自分の顔を鏡の中にまじまじと見ることも出来ない。他人にまともに顔を見られるのは嫌だった。必死に顔を覆いながら、勝にいつも言われるように醜女と言われないかとびくびくした。

男の眼を外すためにもう一度タバコを喫ってみようか？　と、あんなに懲りた気持とは反対の突拍子もない想いに捉われながら、心持ち指をひらいて隙間から覗き見た。男はまだ、じっと見つめている。若者の軽妙なウインクでもなく、中年男の媚びでもない。不敵な闖入者のように、胸の中まで喰い入る表情が私の眼に飛び込んだ。そして、顔に当てていた掌を素早く男の手で剝《は》ぎ取られていたのである。

コーヒー二人分が来ると、男は砂糖もミルクも入れないブラックという私の知らない飲み方をしながら、

「お嬢さん。今日は逃がさない。覚悟してください」と、言った。

醜女と言われなかった安堵と、恐いもの見たさの混った気持で、私はコーヒーの中へ砂糖とミルクを入れた。男は今見つめたことなど忘れたように、今度は素知らぬ態度でコーヒーを飲むのであった。

こんな人は初めてだった。学院の教師達にも勿論男子学生の中にもいない。親類の中にも、似たような人は誰もいなかった。一体どういう人なのだろうか？　私は、立ち上る機会を失って落着かずにいると、

「お嬢さん。まだ女学生じゃ恋愛の経験はないでしょうネ」と、思いがけないことを聞いた。

男は、もう私の顔を見つめなかった。その代りサイコロを皮のコップみたいなものから、面白くなさそうに振ってはテーブルに転がしてばかりいる。私を無視している仕種に見えた。

「あります」

「え？　あるんですか！　そりゃおもしろい」

男の言う恋愛という意味を知る筈もない私である。小説や映画で知るかぎりの浅い知識を踏まえ、淡い泰男への慕情を、恋愛経験として答えていたのだ。

「じゃ、あの方《ほう》はベテランなんですね！　子供みたいな顔をしているのに、ハッハ……」

「あのう……インランって、どんな女の人のことを言うのですか？」

私は、突然口走った。男は怪訝な顔で私を見ながら、ゆっくりと黒眼鏡を掛けた。眼鏡を掛けると男の顔は恐くなるのだった。私は言ったことを悔いた。女性の恥ずべき言葉であることは、勝の態度から察してはいたが、突然聞いてみたくなったのは、急場を救ってくれた親切な小父さんという安心感があったからだ。怖くはあっても、こんなに親切に私のことを救ってくれた人も、呼び出して話してくれる人もいなかったからだった。

「さあ、行きましょう」

黒眼鏡の縁に沿って耳の後ろに長い髪を揃えていた男は言った。サイコロばかり振って、時々、向うのテーブルに座っている二人の男達に何かの合図か信号みたいなものを眼で送っていた。

男は、扉の外に私を引っ張って、タクシーを呼び止めようとしていた。

「どこへ行くのですか？」

「ハハハ……現地で教えてあげますよ。さっきのことを」

さっきのこととは？　私は考える間もなく、車の中へ連れ込まれていた。まるで魔法使の馬車が現われたような早さでタクシーが来て扉が開いたのである。現地とは何のことか？　私の質問とどんな関係があるのか？　まだ名前も知らない男の人と車の中に入ってしまい、私は不安になった。新聞の三面記事でよく見る誘拐事件のように、誘われて閉じこめられたりしたら、と、私は怯《ひる》み、同時にいま無線電信で勝に救《たす》けを求めたとしても「醜女娘をさらってゆく男はいないよ」と、嘲笑されるだろうと、思った。男は運転手にしきりにトキワホマレとかベンジャミンとか聞き慣れない名前を言いながら、ダービーの大穴を狙わなくてはと、親しそうな会話を始めていた。気がつくと運転手がバックミラーで私の方を覗き込んでいるのが、気味悪かった。

「お客さん、良い穴場をご案内しましょう」いきなりハンドルを右へぐるぐる廻し、急カーブすると、いま走っていた方角を逆にもどり、広い道路を一直線に走り出した。そういえば、男は行先を言わなかったようである。それに初めからタクシーの運転手を知っている親しげな口調で話し出したのも、やはり不思議なことだった。

急カーブで、身体を私の方へ倒した男は、

「穴は穴でもこちらの穴はネ、フフ……そうそうお嬢さん、さっきの質問の答えを教えてあげますよ」

と、いまやっと私の存在に気がついたように、自分の手を膝においた私の手に重ねてきた。私は、他人の身体に触れることは、毛虫に刺されるよりも嫌いである。子供の時から母親にも父親にも抱かれたことがないためであろう。泰男に握手を求められた時も、どうしても手が出せなかったのだった。

バックミラー越しに、運転手のにやにやした顔が、男の手を振りほどいた私を面白そうに見ている。

「わたしもなりさがったもんだなあ！　こんなネンネとシケこむなんざあネ。でも、ちょっと家庭教師を頼まれましてネ」

「はあ？」

「近頃の若い娘は、無知だよ。統制が厳しくなったので、むりもないがネ。親も教えなければ、学校でも教えない。無学文盲さ。だからわたしが手を取り足を取り教えてやらなけりゃネ。生徒のご質問を現地で実地教育でさあネ」

男はまた〈現地〉と言った。運転手が良い穴場と言う時、へんな顔でバックミラーから覗くのだ。やはり誘拐されているのかも知れないと、私は本当に恐くなってきた。ドアを開けて、逃げ出そうか？　私は緊張して扉のハンドルを見つめた。左へ廻せば開けられることが、小さな文字で説明してある。今ならまだそれほど走っていない。手持の小遣いで帰れる距離にいることは分っていた。

息をつめてハンドルを見つめていると、麗子と勝が茶の間の長火鉢の前で羊羹《ようかん》や最中《もなか》を食べている姿が浮んできた。私の帰る足音に、あわててかくす紙包みのパリパリする音が茶の間にひろがる。私はあの音を聞くと心が傷だらけになるのだった。いま帰れば傷を受けに帰るようなものである。

「さあ、わたしに従いて歩くのだ」

不意に車が止ったところは、ひっそりとした家並の中の、暗く小さな露路の入口である。誰の家なのか？　怯えて後ずさりする私を男は苛々とした様子で「みっともない」と投げ捨てるような眼で叱った。

4

何故ここが穴場なのか。女中の案内した部屋には真ん中にテーブルがあり、両側に赤い座蒲団がおいてあった。

「何も恐がることはない。さっきの質問を教えてあげるからネ」と、今度は優しくガウンみたいな長めの上衣を脱いで言った。

「ここは誰の家なのですか？」

私は立ったままで言った。男は眼の周囲に皺を寄せ、怒った顔で「座りなさい！」と命じた。その顔はお爺さんのように年寄りに見えた。私は来ない方がよかったと思い、軽率について来てしまったことを悔いた。

女中が二個の茶碗を盆にのせてきた。男は急にくつろいだ笑いを見せると、「ダービーはどうだろう?」と、女中に持ちかけた。ここもまた知っている家らしい馴れた会話のやり取りに、私は親類の家なのか? と考え直してみたが、玄関ではたしかに「いらっしゃいませ」と、初めて会う人のように言ったのだ。それに運転手も良い穴場を教えると言っていた。

「お客さん、お達者なんでしょう?」

「いやいや、この頃は勘も狂ってきた。やっぱり齢《とし》かね」

「そんなことおっしゃって。ところでお食事は何をお持ちしましょうか?」と言った。

食事と聞いて私は我にかえった。熱があると言い、ずっと部屋に閉じ籠り続けていた私は、ヤエがこっそり運んでくれるお粥だけで過してきた。空腹だったのだ。

私は思わず男の顔を見た。まだ会ってから二度目のよくも知らない男の人が、本当に他人の私に何か食べさせてくれるのか? 私は眼を輝かせて食事の出て来るのを待った。男は小型の競馬の新聞紙を熱心に見ていた。いつ新聞が男の手に入ったのか。女中が持って来たのかもしれなかった。赤鉛筆でまるく印をつけたり、×印をつけるのに気を取られている。間もなく女中が来て勝が歌舞伎座へ行く時に持って行くような赤い重箱二つを男と私の前に置いて帰った。私は驚いた。麗子が重箱につめている時に私が茶の間に入ってしまうと、いままで動いていいた箸がぱったりと止る。止った箸は天井の方を指し、蓋がぶつかり合って鳴る。あわてて閉めるので蓋がずれて合わないのである。そんな時、甘露煮の栗がころりと膳の下へ転げおちる時がある。麗子は、天井に向けた箸を今度は急いで下に向けて、拾おうとする。が、その前に私の視線を確める。私は見て見ぬふりをしているのに、おかしいほどに一人であわてているのだ。私が見ていないことに安心すると、転んだ甘露煮の栗を箸で拾って、口の中へ入れてしまうのだった。そのあわてぶりは、美しい人の仕種とは思えない不様なものであった。

黄金色の、一粒でも食べてみたいと思っていた栗の甘露煮が弁当の真ん中に輝き、クワイやカボチャの甘煮もある。それに牛肉の煮つけもある。私は、夢のような気がした。

「どうしたんだネ？　眼が輝いているよ。若い娘ってのは、皆食いしん坊なんだネ。こんなものでもありがたがってしまうなんぞは」

男は、弁当を膳の上の中央の方へ押しやった。見るのも飽きたという感じだった。私には宝のように見えるのに、男は屑でも捨てるような恰好である。「さあ。腹が減っては戦《いくさ》は出来ない」と一度捨てた弁当を男は傍へ寄せ食べ始めた。戦とは何だろうとふと思ったが、それより、私は生唾を呑みおろしながら、弁当の中身を見つめることに気持が集中していた。こんな立派な弁当を私が食べてもよいのだろうか？　罰が当らないか？　勝や麗子がいまここへ来て、「居候のくせに身のほど知らず！」と攫《さら》って行かないか。

私は割箸を握ったまま怯えていた。身についた食事に対するひがみ根性から、素直に箸をおろすことが出来ないのだ。

「ネンネさん！　弁当箱の中に涙が流れているよ。お母さんが恋しいのかい？　さあ早くお食べ。そのインランっていうのを教えてやるからネ。面白いことなんだよ。涙を拭いて、さあ、さあ」

男は、涙を拭いてくれようとするのか、ズボンのポケットの、ハンカチーフを捜していた。

5

脂臭いベッドの中で、私は泣きながら夜を明かした。窓のない部屋と思った暗い部屋に小さな高窓があったのか、朝の光が射し込んで来た。白々しい朝であった。

「チェッ！　処女がなんだというのだ！　処女なんて糞喰《くそくら》えだよ」

岡は背中を見せたまま言った。朝陽が射し込んで来るまで私が泣き明かしたのも、知らないようだった。

男の名前が岡だと知ったのは、女中が「岡さんちょっと」と、隣りの襖越《ふすまご》しに男を呼んだ時であった。私はうかつにも隣りに部屋があるとは、この時まで気がつかなかった。食べることに気を取られていたのである。女中の声に私が驚いて振り返ったのを、男は手をあげて制し「振り向かないで、早くお食べ」と、言った。女中は矢張りこの男と顔見知りだったのだ。隣りの部屋に入った岡は女中と馴れ馴れしい声で喋っていた。私は、その間に急いで弁当を食べようとした。お預けされた犬みたいに、涎《よだ》れをたらし唾をのみ込みながらも、思うようには食べられなかったのだ。岡のいない間にと、私は一所懸命に食べた。

やっと食べ終った時、

「こっちへおいで！」と、嗄《しやが》れたお爺さんの声が、隣りの部屋から聞えた。その声は子供の時童話で聞いた赤頭巾の狼の声のようだと思った。岡の齢は幾つなのか？　と私は考えた。随分年寄りに見えるが、洋之介よりは若いのだろう。

「早くおいで！」

本能的に、隣りの部屋にいる男が毛の生えた狼になっているように感じられ、私は逃げ出そうとした。だが弁当を馳走になったまま逃げるのは、悪いと逡巡《しゆんじゆん》した。

「なにぐずぐずしてるのだネ」

三度めの声は怒りを含み、いまにも猫みたいに背中を摑《つか》んで連れて行かれそうだった。男が血相変えているのではないかと心配で、一瞬声の聞える隣りの部屋を振り向いた。

女中が少し開けておいたのか、襖の隙間越しに展開された光景に私は息が止るほど驚いた。

広いベッドの上に、上半身裸になった男が寝ながら、新聞を眺めていたのだ。私は無我夢中で廊下に走り出て、階段を駆けおりた。玄関の三和土《たたき》に靴が一足もないのに戸惑い、息を呑んだその時、私は女中に手を握られていた。握られた手には強力な力が加わり、いつかの刑事に今度こそ手錠をかけられたのかと、思ったほどであった。引きずられて部屋に連れ戻された私は、そのまま強引に男の待っているベッドに押し倒された。女中と男とはぐるになっていたのだと、私はこの時やっと気がついた。

「さあさあ、おとなしくするんだよ。あとであんたの家のことを聞いてあげるからネ」

岡は私が抵抗するほどに強力な力で、洋服をもぎとっていった。私は幼い頃、母に服を着せて貰うのも嫌で一人で着ようとしたのであった。手伝ってくれる母の手さえ強く拒んだのだ。最後の一枚を、脱がせられた時、「裸じゃ逃げられないだろうよ。なんならもう一度逃げてもいい」と落着いた声で本当の狼のような、恐い顔で言った。

朝になるのを待ってこの家から逃げようと、明るくなるのを待っていた私は、ベッドから這《は》い出て髪を梳《と》かし、洋服を着た。裸にされた時の服があちこちに散り、空になった幕の内弁当の上にも、最後に脱がされた下着がかぶさっていた。

「ハハハ……もうキミは昨日までのキミじゃないいんだ。ぼくの焼印が焼きついた身体なんだよ。逃げようたってだめだ」

男はベッドから声をかけた。冷たい声であった。

私は、身も心も泥だらけになった自分にもう涙も出なかった。これが勝のいうインランなことだったのか。どうして昨日までの私にその言葉があてつけられていたのか？　私はいま初めてその真相を知った。その言葉が分らなかったために、こんなことになってしまったのだ。

「ハハハお前さんみたいな田舎娘を相手にしたわたしも随分なりさがったものさ。一盗、二婢《ひ》、三妾《しょう》といってね、処女なんて問題じゃないんだ。だけどわたしゃ、処女も久しぶりだったまでよ」

私は、一言も口を利くことが出来なかった。

「うぬぼれるんじゃない！　キミが好きで連れて来たんじゃないんだからネ」

岡は、押しの強い言葉で私の胸の傷をえぐり続けていた。

「いくら代用品の時代だって、サメ皮のハンドバッグは頂けない。女中に恥ずかしかったよ。それについでに言うが、女学校の制服だけはもう脱いでくれ！　今日からはあんたも立派な大人になったのだからネ、ハハ……」と言った。

私は、明るい早朝の太陽の下を、暗い気持で歩いた。朝のヨロイ戸を勢いよく開けている男が私の顔を見た。気の故《せい》か嘲笑されているように見え、私は顔を伏せて通りすぎた。くたびれた制服を着た姿がショウ・ウインドウに映っていた。岡に言われてみると、いつもひけめに思っていた紺サージの制服がひどく型崩れして、みすぼらしかった。こんなみじめなことがあって、娘は大人になるのか？

淫乱にならなくては、大人になれないのか。醜悪さに、私の心は傷ついた。昨日までの清潔な穢れのない身体を泰男に愛されたのであれば、どんなに幸福であったろう。泰男を裏切って悪かったという激しい後悔が身を責めた。もう泰男を愛せない身体になったのだと思うと、苦痛が胸をしめつけた。蘭子が「男は皆狼よ」と、言ったことがあったが、何故狼なのかは考えなかった。私は、無知故に自分をあっけなく葬ったのだ。裏道を歩いて家の近くの墓地に来た。いつもは昼間でも恐くて寄りつけなかったが、ここへ来て気持が落着けた。雨も降っていないのに墓石が濡れていた。どこの家の墓か野菊が竹筒にさしてあり、線香が煙をくゆらせている。人影はない。不吉な前途が私を待ちうけている予感に私の足は重く竦《すく》んだ。

ふと、ハンドバッグを持った右の手首が痛むのに、気がついた。女中に手を引っ張られた時、喫茶店の刑事に手錠を嵌められたような気がしたことを思い出し、今になって悲しみがこみあげてきた。屈辱をうけることには馴れていた私だったが、取り返しのつかない屈辱であると思った。

ハンドバッグから手鏡を出して恐る恐る覗いて見た。かつて見たこともない暗い顔が涙で汚れていた。

嫌な顔であった。と、私は遠い記憶に残る母親の顔を思い出した。インランな嫁と、勝が言う時の母への侮辱の顔だった。いまこそ勝が口癖に私を揶揄する通りのインランな女になったのだった。

私は、いまわしい気持で手鏡をしまい、もうすべて終りだと思った。だが心の片隅ではこれで勝に復讐できたのだとも思った。子供の時から邪魔に思われていた悲しさは、自分でも気がつかない間に暗いしこりと化していた。こんなことにでもならなければ、勝には復讐できなかったのだ。裏門は運良く開いていた。足音をしのばせて裏木戸から庭へ入り、裏玄関の鍵を外から開けた。手をまわすと容易に開けられた。

「のら猫みたいにネコ足で、こそこそ帰って来たネ」

勝は、怒った声をかけた。いつものきつい声だった。私はかまわずに自分の部屋に急いだ。部屋の鍵を内からかけてベッドの中へもぐり込み、眼の上まで蒲団をかぶると、激しい嗚咽がこみあげてきた。

蘭子の家から帰った時と同じに、ベッドから起き上る力も失っていたのである。

「嫁入り前の娘がどこへ泊まってきたのかお言い！」

戸口を敲き勝は大声でわめいていた。「夜鷹《よたか》みたいに夜っぴて遊び歩いたんだネ」与四郎が傍で「母さん、まあまあ」と止めている声が聞えている。昨夜から来ていたのだろう。帰って来ない私に与四郎を呼んで、今朝まで大さわぎになっていた様子がそれと分る。

「嫁入り前の生娘が、外泊するなどよくもそんな大胆なことが出来たよ。醜女のお前をさそった男は一体どこの男だネ？　泰男だネ？」と言い続けるのを「お母さん。若い娘は誰も一晩ぐらい帰って来ないことあるよ。心配いらない。友達の家に泊めてもらったんだよ。ネ、そうでしょう？　ふたばちゃん？」と言った。与四郎の声は優しく、俄かのつけ焼刃のようで空々しかった。いつもはちゃんなどつけないのに、急にちゃんづけで呼んだ。しかし、いまは私の急場を救ってくれたありがたい人である。私は、おかげで勝の来襲から逃がれることができたのだった。

6

私は岡に指定された競馬場の正門の右側の広場へ行くまでに、人の波に押しのけられ、足を踏まれ、人々に怒鳴られた。駅からN競馬場へ行く長い行列に気おされながら私はうろうろと、落ち合う所を捜した。あの日車の中で運転手と、穴場とか競馬場とか話していたのはここだったのかと、初めて分った。穴場といえばこの間のあの恐ろしい家もそうであるらしいし、この競馬場にもまた凶事が潜んでいるのではないか？　殺気立った男達が赤エンピツを耳にはさみ、手に握りしめた競馬の新聞紙に何かしきりにチェックしている。私は何故、岡からの誘いの電話に応じてここまで来てしまったのか？　怖ろしいことをされた恐怖がまだ生ま生ましく残り、私の身体の中の焼痕《やけあと》の傷口も癒《い》えないままであるのに、私は来てしまったのだ。

私は、岡に笑われたサメ皮のハンドバッグを持ち、二度と着て来ないでくれと頼まれた制服を着ていた。セーター一枚もまだ買ってもらえなかったのだ。

競馬場正門の右側の、広場の前で岡が待っている筈であった。垣根越しに馬場が覗けるところがあり、わっと沸き立つ声と同時に馬が走る蹄《ひづめ》の音が聞える。馬の首に伏せて鞭打つ小柄な騎手の黄色や赤の服が、こちらへ飛んで来る弾丸のようであった。

トキワホマレが勝ったというアナウンスの声と着順表示板が私に見えた。トキワホマレとは岡があの日に言った馬の名だった。私は、それでもぼんやりと他のことを考えていた。自分のいまの気持を慰めてはくれない違和感のある競馬場の風景だったが、家にいるよりは面白かった。外泊してからの私は勝から罪人扱いされていたのだった。

垣根越しに捨てられた馬券が風で飛んで来た。私の足元が吹きだまりになっているのか、周囲にたくさん端片《はしきれ》が集って来ている。再び歓声が挙がり、大地を駆って走る蹄の音が、激しく身体に伝わった。

その時、向うから背の高い岡が人混みの中を走って来るのが見えた。歪んだ顔が引き攣っている。私は緊張した。怒っている男の顔だったのだ。

「間抜けな女だ！　大馬鹿奴が！」

と、同時に耳の後ろに強い痛みを感じ、鼻血が噴き出していた。

「お前のおかげでかんじんのトキワホマレの馬券が買えなかったじゃないか！　いまのは大穴だったのだ！」

あまりに大声の怒声に驚き、振り返って眺めてゆく人がいた。岡は新聞紙を荒々しく引き千切ると、私の顔めがけてぶつけた。千切れた端片に鼻血がついて、私の顔にへばりついた。

「安あがりの娘《スケ》だと思ったが、これじゃかえって高くつくよ。いまスッた分をどうしてくれるんだ！」

私はいきなり強打されたショックで、何を岡が怒っているのかまだ考えるゆとりもなかった。頭部と耳が痛み、まるで肉片のような鼻血の塊が口からも噴き出た。かくしていたサメ皮のハンドバッグから、ちり紙を出して鼻の中へ押し込んだが、すぐにぐっしょりになった。

「安あがりの女は頭の中まで安く出来ている。こんな所で待っていろと、誰が言ったのだ！」

今度は更に強い打撲を眉間に受けた。眼がくらみ視野が暗闇になった。私を捜してレースに遅刻したのか？　と気がついた瞬間、岡にあお向けに倒されすべてが分らなくなった。赤いぬめぬめした鼻血が、勢いにまかせて溢《あふ》れ、通り合わせた人が置いて行ってくれたらしいちり紙と脱脂綿とで処置することが出来たのは、倒されてから暫く経ってからのことである。ブラウスと紺サージのスカートには大量の血の塊がへばりついていた。

待ち合わす指定の場所を間違えたので岡が怒ったのだと、はっきり気がついたのは、意識を回復し、馬の蹄の音も聞えなくなってからだった。ちり紙の血が夕陽に染まり、こんなに沢山自分の身体に血があるのかと驚いた。眼がくらんでしゃがみ込み、意識が遠のいていた時に「大丈夫ですか?」と、言ってくれた知らない人の声が優しく耳に残っている。血だらけの手や顔を拭いてくれた人もいた。

家にたどりついた時は、夜になっていた。裏木戸から隠れて家に入り、ベッドに身を休めた時、岡をひどい人だと思った。場所を間違えたくらいで、あんなひどい仕打をしなくてもよいのにと思うと、暗い涙が溢れて来るのだった。岡の言ったように、私は間抜けな顔をして初めての競馬場に圧倒されながら、場所も確めないで突っ立っていたのだ。

馬の蹄の激しい音と、岡にぶつけられた新聞の破片、夥しい鼻血が私の意識の中で繰返し私を苦しめていた。

高圧線のジジジという鉄の焼けるような音が、聞えている。窓を開けると、雨が降っていた。初めて竹藪の空地を見に来た時と同じような細かい雨であった。

死ねるものなら死にたい。生きていても仕方ないと私は夜通し考えていた。夜が明けてヤエが起きて水を汲《く》むポンプの音、米をとぐ音、七輪の口元をパタパタ敲いて火を起す団扇《うちわ》の音が、平和で安らぎのある、懐しい音として今朝は感じられるのだった。

あの高い鉄塔に登り、感電死するのが私の運命のような気がした。この土地を洋之介と見に来た時、私はまだ小学生だったのに何となく暗い予感のようなものが、私の頭をかすめたのを覚えている。いまはその予感の正体が何であったのか分ったのだ。

7

私は高圧線の鉄塔の中途で足を押さえられた。日暮れを待って、頂上目がけて夢遊病者みたいに登った私は与四郎に見つけられ、引きずりおろされたのである。

リュックを背負ったままの与四郎が真剣な顔で、「降りるんだ！」と近くまで登って来た時、私は初めて自分の行動の危険さに、気がついた。足の下の与四郎を見て、鉄塔の高さを更《あらた》めて身震いする程に高く感じたのだった。私の部屋の窓から見ている時とは、倍もちがう高さだった。

——生きていても仕方ない——私は鉄塔の脚下にもどって泣いた。嗚咽の度に岡に強打された頭部が鈍痛を伴って、こめかみから全身にひびいた。

「わたしは聞かない。ふたばちゃんに何があったとしてもおばあさんやお父さんにも言っちゃだめだ」

と、与四郎は言った。

与四郎は、私の名前に再びちゃんをつけた。あの岡とのことが起った翌朝も、勝をなだめ、私をかばってくれた。まるで私の行動を見通しているようだった。私が、岡とのことで泥だらけになった身も心も、もう見ぬいているにちがいない。それならば何故聞いてくれないのか？何故こんなに優しいのか？

「さあ、小遣いあげるから、元気を出すんだよ」カーキ色の憲兵みたいな服のズボンのポケットから、十円札を一枚出して私に渡そうとしていた。

私は、恐怖があとから来たのか、唇が、小刻みにふるえ歯が合わなかった。何か言いたいと思うと稲光が走るように、頭の深部がチカチカと痛む。涙のたまった眼に与四郎の差し出した十円札が、白くかすんで見えていた。

「誰にも秘密を守ってあげるよ。このことはこれきりだ」

言葉は優しい与四郎であるが、ミサヲを抱く時のあの子煩悩の父親の感じとは遠く、言葉の端に他人行儀の冷たい隔てがある。十円札も欲しくはなかった。

「これ、お祝いよ」

私は、蘭子の家に来て、与四郎が私の掌に握らせた十円札をいきなり、差し出していた。

「あら！　恋人取られたわたしにお祝いをよこすの？　お人好しネ！」と、いつものように赤い唇を開けて笑ったが、ふと私の顔の痣《あざ》に気がついたのか、

「いま頃来るなんて何かあったのネ」と言った。私は、その瞬間蘭子の足元に縋るようにくずおれた。もう夜も更けて人の寝る時間であった。与四郎の冷たさから逃がれるように一目散に今度は、蘭子の家に走ったのである。

「どうしたの？　おばあさんに叱られたの？」

蘭子が、まるで子供をあやすように私の髪をなでて言った。年上の彼女がいまはなおさら姉のように思えた。この間お腹に赤ちゃんが入っていると言ったことの証拠のように、いまはふくらみの分る蘭子の腹部が、私の髪のあたりに感じられる。

「あ、そうだわ。ちょっと待ってネ」

蘭子は、私を置いて奥へ入って行った。歩き方もどこか重そうである。私は、涙を拭いて気持を鎮めようとした。高圧線に登った時からの興奮状態がまだ続いていた。何故与四郎は私を助けに来たのだろう。本当は私が死んでしまった方が勝への孝行になるのにと、思った。

華やいだ蘭子の声が戻って来ると、

「ダーリン！　こっちよ」

と、誰かを無理に連れて来ようとしている気配だった。その相手はこっちへ来たがらない様子で、揉めているのが分る。ダーリンとは彼女の口癖であるが、誰のことか？　「泰男だ！」と、気がついたのと同時に扉を開けて泰男が入って来た。

私は、切羽つまった気持で泰男を見た。いままで私は不思議に泰男にここで会えるかもしれないということを忘れていた。久しぶりに会ってみると懐しい泰男である。泰男との、恋愛とも言えないようなわずかな月日の間の幸福感が甦《よみがえ》ってきた。この満たされた思いこそが本当のものだったのだと、私は哀しい思いに打たれた。やっぱり泰男は好きであった。

「ダーリン！　何か言ってあげないの？　せっかくお祝いもらったのに。あんたも、初恋の人なんだから何か言ってあげるのよ」

私はもう泰男の前に出られない身体なのだと思った。何も知らず、無垢《むく》であった時の私と、大学生時代の泰男の詰襟《つめえり》の姿が、いまは遠い過去の風景として浮んできた。泰男との逢瀬は子供の遊びよりも、もっと単純で儚《はかな》いものだったが、私にはかけがえのない貴重な経験であった。

「どうもわざわざすみません」

礼儀正しく頭を下げた泰男は言った。そんな大人っぽい泰男の姿を見るのは、初めてであった。人が違ったように落着いている。礼など言ってもらいに来たのではないのにと、私は恨めしかった。

「みなさん。お元気ですか？」

泰男の乾いた声が皮肉に聞えた。それとも大学生から、社会人になったための変化なのだろうか？

私が、泰男から言ってもらいたいのは、そんな言葉ではない。一言「ごめん」と言ってくれることを待っていた。泰男の「ごめん」の一言が聞ければ、私はこれから泰男を忘れて、再出発することが出来るのだ。

「ダーリン！　また赤チャンが動いたわ。ほら、ここ触ってみてよ」

蘭子はこの間無理に私の掌を自分の腹部に当てさせたと同じように、泰男の手を取り腹部に持っていった。彼女は私の前でも少しも気にしない。それどころか、かえって見せつけている。泰男は、照れながらも蘭子にされるままになっている。そうすることで、私との会話のぎこちなさから解放されたいようなところが見えた。蘭子も今日は化粧が薄く、落着いた暮しをしていることを物語っていた。泰男は医者が聴診器を当てるような仕種で、あちこち手を当て直し、私の前でも恥ずかしげもなく、満足の色を隠さない。

「ふたばも、良い人みつけて可愛い赤チャンを産むのよ。あ！　また蹴ったわ……いたいじゃないの」

「あたし……」

と、私は自分でも思いがけず口走っていた。暗く、思いつめた私の態度は、平和なひとときを破った。蘭子と泰男は、驚いていままで向き合っていた身体を離し、並んで私を見た。その顔には、明らかに迷惑の色が隠されていた。

「あたし、もう泰男さんを愛せない身体に……」

自分でも意外な言葉が飛び出してしまい、収拾がつかない気持を覚えた。

たとえ私の一方的な片想いであったにしても、これまでの泰男との交誼《こうぎ》の終ったことの区切りに、泰男の言葉が欲しかった。泰男が言ってくれなければ私が言うよりほかない気持であったのだ。しかし、泰男は迷惑そうな顔を次第に露《あら》わにするばかりで、黙っていた。蘭子まで黙っている。何故何か言ってくれないのか？

かつては兄のように優しく労《いた》わってくれた泰男だったのに、いま初めて会う人を見るような冷たい眼をしている。その冷たさは与四郎の眼と似ていた。私が、結婚できない身体になろうとなるまいと、自分の知ったことではないと、言っている眼だ。

「ふたば！　まさか！」

と、蘭子の声が突然大きく挙がった時、私は、再び逃げるように外へ出て、深夜の道をさまよっていた。うしろから泰男が何か言って追って来る声が聞えたが、その声は私にとっては既に過去の人の声なのであった。

8

岡と一緒に来たところは、ビルの中の事務所のような部屋だった。仲間と一緒に借りている部屋だが、男の言うサテンから歩いて五分位のところにあった。サツに睨《にら》まれているから博打も出来ないので空いていると言った。男物と女物の洋服やネグリジェが、隅の壁や狭いシャワー室の入口に吊るしてあった。汚れたカーテンで室内は二つに区切られ、カーテンの奥は寝室になり、入口は事務室になっていた。ペンキの剝げた古い事務机の上には、喫茶店でこの間見た皮の筒やサイコロが幾つも置かれ、競馬の新聞や馬の名前をずらりと書いた紙が、べたべたと染みのある壁に貼ってあった。

「これからは、ここでお前さんと遊ぶんだ。いろいろ教えてやるよ」と、岡は言った。

私は、蘭子の家で泰男と会ってから、岡に自分の気持を聞いてもらいたい気持になっていたのである。もう相手にしてくれる人は岡しかいないのだと思うように変っていた。餓えた狼のように話相手が欲しかった私は、この間のひどい屈辱も忘れて、あの紫の扉の喫茶店へ自分から入って行ったのだった。

「遊びが嫌なら本気でゆこう。いや本気でつき合おう。わたしはお前さんと結婚してもいいと思っていたのさ。最初からそう考えていたのに、あんたがあんまり間抜けなので顔を打ったりして悪かったよ」

岡の思いもよらない言葉は、私の気持を一層接近させた。再び優しい小父さんのように思えたのである。

「さあ、今夜は結婚の前夜祭だ！　乾杯しよう」

事務机の上に無造作に転がしてあったウイスキーの瓶を、それもまた転んでいたようなコップに空けた。

本当に結婚してくれるなら、泰男を忘れることが出来るだろう。そして勝への復讐も反抗も、勝利と変るのだ。そう思うと岡が頼りになる唯一の人のような気がするのであった。

口の中が燃えるようなウォッカを、岡に勧められて飲まされた。洋之介の晩酌の時の日本酒とは匂いが違うとは思ったが、魔物のような強さであった。

「さあ、ここならば未成年でつかまることもないから、心配は不要だ。もっと飲みなさい。デカが来たら愛し合って結婚するんだと言えばいいさ。わたしが保護すると言ったんだしネ」私は泰男への釈然としない思いと、初めて飲んだアルコールで、意識も薄れて岡にされるままになっていた。もうどうでもよかった。

岡は明日も会おうと言いながらそれきり連絡して来なかったり、何を考えているのか一向に不明で、例の喫茶店《サテン》にも顔を出さず、仲間に聞くとムショ入りかそれとも女とシケ込んでいるのだろうと、笑うだけだった。岡は、会社にも行かないで、どうして暮せるのか？　競馬や博打では負ける方が多いらしいことは、話の様子で分っていた。

私が心配していると、突然例の喫茶店からウエイトレスの声で電話があり、私を呼び出した。岡はくたびれ切っている様子で、「お前さんと本当に結婚したいよ。わたしも齢だからネ」と嗄れた声で言ったりした。岡の為体《えたい》の知れない暮しぶりを見馴れてくると、いま私がいなくればこの人はもっとすさんだ生活に入るだろうと、私は年齢不相応に母性本能を眼覚めさせもするのだった。私の相手になってくれる岡を頼りに思い始め、泰男に似て背の高いことに好もしさを見出したりした。

岡が、また暫くどこかへ消え、夏も終りに入った頃であった。ヤエが御飯を炊いている匂いに吐き気を覚え、洗面所に駆け込んだ。水様の苦い液が出て、胸が苦しく押しつぶされそうな感じがした。白米の配給が統制され、外米入りとなった故《せい》ではないかと、思った。外米の異臭に悩まされ、朝毎に私は、鼻につく匂いに苦しんだのだった。空腹がすぎてのあまり嘔吐《おうと》することも珍しくなかったが、その時の感じとは様子がちがうのである。

蘭子が学校のトイレで嘔吐したあと、「わたし、もしかすると赤チャンが出来たかもしれないわ」と、言ったことがあるのを思い出し、あるいは私も蘭子のようなお腹になるのではないか、と思った。あの部屋で月に一度くらいは岡に会い、引きとめられては一泊したが、友達の家に泊まると上手に嘘をつけるようになっていた。こんなことはやめなくてはと思っても、話相手は岡よりない私は誘われると会いに出て行った。岡は必ず店屋物を取って馳走してくれた。私の嘘の外泊を何故か勝が追及しなかったのは、与四郎によほどうまく言い含められていたのだろう。

暫くは嘔吐も止り何の異常もない日が続いたが、今度は味噌汁の匂いに激しい嘔吐を覚えた。私が、洗面所へ駆け込んでゆくと、洋之介が髭を剃っているところだった。石鹸の泡を頬につけたところへジレットで上から下へ剃りすすむ。さして濃くないので、髭剃りはいつも早く終った。待っていようと思ったが、私はもう水様の苦い液を洗面所の中へ吐瀉《としゃ》してしまったのである。

私は、ジレットを持って待っている洋之介に、すべてを打ち明けたいと思った。嘔吐の原因が岡の赤ん坊を宿したためだとすれば、話さなくてはならない時が、今度こそ来たのだ。洋之介は今日は友人の若い文芸評論家の結婚式に出席するのであった。前にその評論家の出版記念会が催された時、私の結婚相手にどうか？と、笑いながら言ったこともあった。その時「まだ早すぎるね」と言い、それ以上は考えてくれなかったが、洋之介は私をいまも、幼い子供のようにしか見ていないのだった。

洋之介の友人に、年頃になった私のことを話すこともなく、娘のことを聞かれると「母親に一切任せてある」と、鷹揚《おうよう》に笑って言うだけであった。朋子のことには心配が絶えないようでも、私には何の危惧も抱かない。

「お父さま」

私は、思い切って言った。だが出したつもりの声が蚊の鳴くほどにも出ないのである。

洗面所へ注ぐ水の音で、消されてしまい、何事もなかったように、ジレットの刃は動いている。

「あのう……」もう一度思い切って口の中で言った時、今度は聞えたように私を振り返った。

私は、自分の口の中へ手を突っ込んで、黒い塊の恐ろしいものを、吐き出したかった。そうでもしなくては、洋之介は、私の胸の中の悪いものを見つけてはくれないだろう。

驚いたように見張る眼は大きくても、眼前の、愚かしい問題につまずいている娘に向ける眼ではないのだった。もっと別の、計り知れない世界を見つめている眼なのであった。私は、その眼を見ると、自分の行為の愚かしさがあまりにもみすぼらしくて、結局は苦しみに蓋をするしかない気持に捉われるのであった。

9

岡は突然家に来た。私との関係を洋之介に知らせ、結婚を許可してもらうために交渉するのだと言った。岡は一度結婚すると言ってから、その言葉が嘘でないかのように会う度に言ってみせ、私を安心させてもいた。だが、よりによって家に養子に来るのだと言うようになっていたのである。養子に来るなど法外な相談であった。

職業もはっきりしない岡との結婚が許されないことは明白な上に、重ねて養子になど受け入れられる筈もなかった。家の事情を岡には何度も話してあったが、岡はそんなことは自分とは無関係のことだと言い、聞こうとしなかった。何様のお姫様をもらうのでもあるまいし、たかだか少しばかり名の知れた父親の家に養子に入るのが、どこが悪いのかと、怒ってみせた。それほど値打のある娘ならば、何故サメ皮のハンドバッグや裾からぼろの下りそうな安っぽい洋服を着させているのか？　年頃の娘が振り袖一枚も持っていないで、わたしは連れて歩くのに冷や汗ものだ。山出しの女中を連れているみたいで恥ずかしくてしょうがないよと、怒り出し、分ってくれようとしなかった。岡は私が母代りの祖母に愛されているものと思い込み、岡の訪問を恐れるのは、自分を信じないからだと腹立てた。

遂に来る時が来たと、私は思うのだった。本当に家まで来たことは、結婚すると言ったのが嘘でないことを証明してはいたが、私は洋之介には知られたくない気持を拭えなかった。岡を良い小父さんのように思い、相手になってくれる人と頼ってはいても、どこかに疚《やま》しさが残っていたのだった。疚しさを覚える納得のゆかない相手とすでに妊娠という現実を迎えていることが明るみに出てしまっては、もうこの家にいられなくなる。しかし、このままでいるわけにはゆかない。どんなに叱られようと、岡を洋之介に引き合わせなくてはならなかった。

岡は、前に関係していた娘が私と同じ症状を呈し、気がついた時は堕胎もできず、思い余って鉄道に飛び込み自殺したので万一、娘二人も殺すことになっては寝覚めが悪いと言った。

岡は開いていた裏門の木戸から入り、玄関で私の名を呼んだのだ。幸い、勝は離れ座敷にいたので、岡の声が聞えなかったようである。

「待たせてもらうよ」と、岡は大きな咳払いをして、応接間に座り込んだ。

私は、洋之介を呼びに行くのは、あまりにも気が重かった。このまま岡に帰ってもらい、ノートにこうなった事情を書いて洋之介の机の上に置いた方が、まだよいと思った。それからあとはどうであれ、放っておいて、なるようになればよいと自棄の気持でもあった。しかし、私の身体のことを思うと、いまはやっぱり事実を打ち明けなくてはならない時に直面したのだと、思った。

二階の階段が高圧線の鉄塔のように高くそびえていた。一段登るのに、私は何分もかかっていた。娘の身の私が結婚前に妊娠してしまったことなど、どうして今更言えようか。あの悪阻《つわり》で嘔吐した時、私の父を呼ぶ蚊の鳴くような声を何故聞き取ってもらえなかったのか？　いや、洋之介は、いつも私の苦悩など何一つ気がつかないのだ。たとえ大声で呼んだとしても聞えはしない。

私の足は鉛の靴を履いているようだった。一段登ると、もう次の段が高く、足を進めるのに時間がかかる。岡の大きな咳払いが聞えていた。眼を瞑《つぶ》って、やっと数段上った。まだ中途である。

「岡さんが来ているの」やっとのことで踊り場の手前に来て、言った。

喉から腸を引きずり出すような覚悟で言ったが、相変らず蚊の鳴くほどの声しか出ない。見ると、書斎の机の前で洋之介は毅然として机に向っていた。晩酌の時の気やすさはどこにもなく、近寄りがたい遠くの人に見えた。

洋之介の魂は、書斎の中の空間と、うつむき加減の背中にもない。第四次元の世界を遊泳しているのだった。いま私が舌をかんで自殺を計り、血にまみれたところで、赤い色さえ洋之介の眼には見えないにちがいない。

「あのう……岡さんが来ているの」

洋之介の背中が少し動いた。私は、父の背中を見た時から嗚咽にむせんでいたので、涙が床にぽたり、ぽたりと音を立てて落ち、水洟《みずばな》が流れ、いつか朋子が、屋根裏で泣いていた時のような不様な姿であった。洋之介の痩せて骨しかない背中に向って、私のいま言おうとしていることは、突飛な暴言であった。

背中が少し動いた。

「岡って誰のことだ?」

聞えていたのか? 私は一瞬緊張した。

「競馬をする人です。……応接間に来ているの」私は、競馬など博打の嫌いな洋之介に不利なことを言ってしまった。

洋之介は、驚いて座蒲団から身体をずらし机から離れた。初めての人を見るような顔で、私の顔を恐ろしそうに見て、じりじりと後ずさりした。知らない来客が突然来た時の洋之介の癖であった。怯えてうしろへさがってゆくのである。どんどんさがってゆく背後は信子のために改造した一段高くなった四角な部屋の敷居の角である。いまは本の置き場になっていたが、あとから無理に変えた変則的な急拵《きゅうごしら》えの部屋のためか、二階全体が陰の部分を増し、私は昼間でもここへ入るのが恐かった。

「博打打ちじゃないのか? そんな男とふたばがどうして知り合ったのか?」

「ごめんなさい」

私は、嗚咽しながら更に蚊の鳴くような声で言った。洋之介は額に深い皺を寄せた暗い顔で、尚も怯えてじりじりと後ろにさがり、背後の信子の部屋の敷居に背中の方からあがり込んでしまった。

「だめじゃないか！」

洋之介は暗い顔で吐き捨てるように言った。私を恐ろしそうに見つめて一杯に開いた眼は、尚も後ろの方へいざりよってゆき、悪霊から遠ざかろうとでもしているようだった。こんなに怯えた父を見るのは、初めてであった。私を叱る顔を見たのも初めてである。

私は、これ以上は一言も言えなかった。私は岡に帰ってもらおうと思った。

階下から、待ちくたびれた岡が我慢ならないとばかり、咳払いをわざと何回もしているのが聞えていた。いまにも二階へ上って来るのではないかと、私は夢中で階段を下りていた。いまは洋之介を守りたい一心であった。登る時の足の重さに比べ、急いでいる私の足は滑るように早い。しかも力がぬけおちて、骨のないタコの足のように、宙に浮いている。

「何様のお偉い方か知らないが、娘の一身上の始末をつけに来てやったというのに、勿体つけて顔見せねえのかい？」

岡は、予想を越えて大いに腹を立てていた。私は、洋之介に会ってもらうことに疚しさを覚えるような岡と、のっぴきならない事態になったことをこの時初めて悔いた。岡が忌わしい男として眼に映るのだった。

「へん！　娘の腹がデッカクなったのも知らぬが仏とは、いい気なもんヨ。いくら偉い面《ツラ》して世間を歩いたって、てめえの娘のことも知らないとは、お笑い種《ぐさ》よ」

岡は、ありたけの悪態をついて洋之介をののしり出した。競馬場で私を打った時の岡に戻っていた。

「洋之介が出て来ねえならばこの家の女家長でいい。早く会わせろ！」私は唇がふるえ、カチカチ歯が鳴るほど岡が恐かった。

勝は、厠《かわや》にも湯殿にも姿がなく、離れ座敷にも見えない。庭の方から朋子が、駆けて来た。朋子までが興奮して吊り上った眼だ。見ると勝は掘りかけの防空壕の入口で私を睨んでいた。警察に知らせに行こうかと、ここで様子を見ていたのだと言った。あの不良男《ヤクザ》とお前はどんな関係があるのだ？　この頃外泊もするし様子がおかしいと思っていたが、与四郎が心配いらないと言うから安心していたのに、やっぱり淫乱な母親ゆずりなのだと、言った。「ヤーイ、お姉のインラン！」朋子は訳も分らないのに、早速にも得意気で尻馬に乗るのだ。気の早い与四郎が掘り始めた防空壕は、掘り起した土が周囲にあふれていた。その土を踏みつけて勝は、「軍吉さんに至急来てもらい、親族会議を開かなくちゃならない！　あの男との処置はそれから決める。ともかく帰ってもらわなくては、警察に知らせるよ！」と言った。

10

軍吉は身体が明けられないからと、代りに妻の正子が駆けつけて来たのにつづき、次々と勝の娘達が来たのは、それから間もなくのことであった。家の中は女だけの島が海面に突然隆起したように異様な空気が漂い、白い首が寄り合い、日本髪の鬢付《びんつけ》油の匂いが振りまかれ、時ならぬ賑わいに湧き立った。

「やっぱり血筋なのよ」

「この間も信子の弟と結婚したいとか、『婦系図』のお蔦にでもなった気で泣いたっていうけど、サカリのついたお蔦もどきよ」

「あの顔でネェ、よくも男がつくもんよ」

「そりゃあ当りまえよ。目的があれば男はどんなことだってするものよ」

「あの顔でお蔦ネェ！　一体どこで寝たのかしら？　お蔦現代版ってところね」

「たいしたもんよ。いまの若い娘は！　結婚前に男を知って家まで連れて乗り込んで来るとは。あたしなんぞ、ウチの人以外一人も男なんか知らないのに、妊娠までするとは鉄面皮よ」

女の客達は、露骨な言葉でわざと私に聞えよがしに、嫌味を言った。日頃の美しい容姿も言葉の内容の猥雑《わいざつ》さに、品の良くない商売を営む女将のように見えた。女達の中でも主役は麗子であることは、いつもと変りなかった。実家の大事件ともあれば、早乙女の許可を待たずに駆けつけ、女護ヶ島の音頭を取った。

麗子は自分の娘時代に親類の若者と噂にのぼるほどの事件があったことは、都合よく忘れていた。もっともそういう事件は勝がうまく処理して闇に葬るので、幾つかの噂も人はもう忘れている。そしていまは早乙女の貞淑な妻である。

「内藤家の家名に大きな疵をつけてシャアシャアしているのネ！」

「家系に淫乱の泥を塗られて！　あたしはもう帰って来る実家もなくなったようなもんですわよ」等々、どうすれば私を救えるかと考えてくれる女達はいなかった。口々に私を非難し、当てつけ、淫靡《いんび》なひそひそ話に花を咲かせた。

そんな姉妹達の集合の中で、いつも疎外されて、黙々と働いているのは、与四郎だった。全員が姉なので頭があがらないのであるが、それより法律の本を読んで勉強し、女達の弱点とする個所からこの問題を解決した方が良さそうだと思っていた。

「二宮金次郎みたいに何を勉強しているの」と、姉達は、焚口にうずくまり風呂の薪を燃しながらも、本を読んでいる弟をからかったが、或る日与四郎は姉達の前に改まった顔を見せると、

「わたしは、朋子の後見人になるよ」と、言い出した。白い首を集めた姉達は、日頃一風変っている与四郎を、警戒して眺めていたので、何を言い出すのかといぶかしげだった。

「ふたばちゃんが可哀想だしネ……」

与四郎が姉達の前で、私をちゃんづけで呼ぶのも初めてである。

「とんでもないじゃありませんか！　可哀想なのは、あたし達の方ですよ」正子は怒った。

「朋子という困った妹がいては、嫁にもゆかれないし」

与四郎は、本当に私が可哀想という顔で、しょんぼり肩をおとした。

姉達は、与四郎が朋子の問題を突然言い出したり、私に同情している態度に呆れ、眼と眼を交じえ合ったあと、ハンカチーフで口を押さえて、突然苦しそうに笑い合った。

「お腹の皮がよじれるじゃないの？　与四郎！　やめてくださいよ」

「冗談はやめてもらいたいわ。嫁にゆくなんて一体誰がゆくのよ？　疵者が打掛けに角かくしで三三九度の盃なんて、お笑いよ！」

「疵者の上にごていねいに『インハラ・ベービー』とやらの、大胆不敵な淫乱娘じゃないの！」

「与四郎も近頃少しどうかしているわ」

与四郎は姉達の非難を浴びて、白髪の三分刈りの頭を掻いてみせた。その恰好があまりに滑稽なので、今度は爆笑となった。

「ミサヲは男だから、妊娠もしないしネ」

突然おかしなことを言い出す与四郎に、今度はもう我慢が出来ない、本当の腹の底を早く吐き出させなくては油断がならないと、女達は笑いながら思った。弟には質《たち》の良くない女房がついているのだからと、五人の白い首と大きな日本髪が寄り合ってひそひそと話しはじめた。弟の考えていることぐらい、前から察している姉妹達である。せっせと実家へ入って働き、勝を買収してミサヲを養子に入らせる算段はすでに勝からも聞いていたし、智恵遅れの朋子を囮《おとり》に策を練っていることも、見抜いている。今更に男のミサヲが妊娠しないと言ったことなど、あまり飛躍しすぎていて、怒る気にも笑う気にもならなかった。

洋之介は、二階の寝室で横になっていた。風邪をこじらせてから微熱が続き、それに岡の来訪の恐怖がまだ去らないので、静かに休みたかったところへ勝が急いで呼び寄せた妹達の賑わいに、迷惑していた。洋之介は、いまは少し考えたいことがあるから泊まり客を控えてほしいと言ったが、勝は「お前の背負い込んだ居候のおかげで、こんな騒ぎになったんじゃないのかい」と、聞き入れなかったのである。

「可哀想なのは、兄さまよ」

「そうよ。悪い娘を二人も背負い込まされ、揃いも揃って智恵遅れや疵もの、淫乱娘の極めつきですものネェ」

「いえ可哀想なのはあの、淫乱女の捨てて行った屑を拾ったお母さんよ」

「恩を仇で返すとはこのことよ。飼犬に手を咬まれたなんて……」

勝は、娘達の集った賑わいに上機嫌であった。ヤエを相手に馳走作りに大わらわである。さっきから二階の洋之介が空腹を訴えていたのを忘れ、台所と茶の間をしきりに往復している。

洋之介のこじらせていた風邪は、岡が来てから一層不調になり、あまり飲みに出ることもなく殆ど二階で寝ている日が続いていた。与四郎の焚いた風呂が沸いたので、夕飯前に誰か入るように勧めても、誰も入る者はいない。集った白い首は離れようとしなかった。

「しかし、この際、兄さんの万一のことも考えておきたいのだよ」

与四郎は、座り直して言った。何を言っても姉達にからかわれるので、今度は大まじめに申し出た。

「兄さまがどうかしたの？」

女達は、顔を見合った。

「別にいまどうというのじゃないが、事件以来どうも様子がおかしいしネ。万一の時はわたしが朋子の後見人になるつもりだ」

「で、どうだというの？」

「法律的にも準禁治産者の手続きをして、わたしが後見人になれば、以後兄さんと同じ父親の実権が生ずる。いや、朋子には勿論《もちろん》三度の飯も食べさせるよ」

与四郎が、朋子の問題を持ち出すのに良い折が来たのだとは察してはいたが、おいそれと朋子を渡してしまいたくないと、女達は考えた。長女の私を除籍するまたとない良い機会が来たついでに、残りは朋子の始末だった。兄の死後は当然起る問題なので姉妹達は、めいめいの有利な処置を考えていたが、あの智恵遅れの子を引き取り、世間体の悪さに耐えることと引き替えに手に入る実家の財産が、実際どのくらいあるのか？　問題はその点であった。こんな時は母親であっても、あからさまに聞くのもためらわれ、そこで足踏み状態だったのだ。

「まだ兄さまがどうのこうのって言うほどの齢でも病状でもないのに、早すぎるわ。それに与四郎が朋子の父親代りじゃ、心細いわ」

と、長姉の正子が言ったのをきっかけに、忽ち五人の姉妹達は「家の方が静かで良い環境だわ」「家は空いている部屋が一つだけあるから、そこへあの子を入らせることも出来るわ」等々、言い出した。夏休みなどに朋子を泊まりに行かせることを頼んでも、家が狭いとか環境がよくないと断った女達が、急に朋子思いの叔母に変ってしまった。

果しのない会談は、内容の暗さに反比例して、花が咲いたような賑わいを呈していた。

11

女達の賑わいも結論の出ないまま、帰ったあとは、再び重苦しい空気が家の中に漂った。与四郎だけが足繁く来ていたが、朋子の後見人の問題も未解決であるし、ミサヲの養子問題と私の除籍のことも、決定は下されなかった。親族会議で一応まとまったものの、洋之介が最後の決定を出さないためだった。

「洋之介！　どうしてくれるんだネ！　もうそろそろ近所の人の眼につく頃だよ。アタシゃもうどうすりゃいいのか分らないよ」と、時たま階下の厠へ降りて来る洋之介の後ろ姿に縋りつくように、勝は追いかけてゆくが、そんな母親の声が聞えないかのように、早足で階段を上ってゆく。仕事中だろうが寝ていようが構わず何度も二階に行き、家の雑事や私の悪口を言いつける勝に、洋之介は近頃は二階へは来ないように固く頼んでいた。

「おまえの背負い込んだ居候のためにアタシはこんなに苦しんでいるのだよ！　何とか答えたらいいだろう」

と、勝は何度も大声で繰返した。近所へもまる聞えの声で露骨な卑猥《ひわい》なことを言うこともあった。

しかし、洋之介は神経の病気が重くなったのか顔色が蒼白《そうはく》で痩せてゆくばかりである。不眠症が昂《こう》じ、アダリンや、ノクテナールの空瓶を枕元へころがし、その量は次第に増えた。一晩中かかって飲んでも眠れないのか、深酒をする時の、陶器のぶつかり合う音が明方まで続き、昼過ぎ頃勝が覗きに行っては、「洋之介は死んでいるようだったよ」と、恐そうな顔で階下へ下りて来るのだった。

洋之介の病状が親しい友人や知人にも知れ、見舞客が来ると、洋之介は眼球が飛び出してしまうほど怖れ戦《おのの》き、眼を見開いた。勝が客を取りつがないで帰してしまう時など、真剣な顔で苦情を言った洋之介も、いまは玄関のブザーが鳴り、電話がかかると、階段を登って取次ぎに来る家の者の顔を恐怖の余り震えながら待った。少し気分の楽な時には親しい友人達に、話のついでに「娘が悪い恋愛をしている」と、もらすのである。

廊下で私とすれちがいになる時があっても、怒ったように無表情な顔で過ぎ去った。岡が来たことがこんなひどい神経症を患う発端になった、と私は、洋之介の衰弱が我が身のようにこたえた。

幸い、岡からはその後は何の連絡もなく、あの喫茶店へ行ってみても、消息も不明だった。しかしいまこそ岡だけが相談相手の私だった。何を考えているのか捉えどころがなく、いつ恐ろしい人間になるか分らないが岡には優しいところもある。親類の人と違い、うるさく言わないことに私は安堵の気持を覚えていたのだ。こんなひどい家の中の事情を岡にも分ってもらいたかったのである。

岡と私の事件で洋之介の受けた衝撃は、昔私の母が大学生と愛し合っている場面を、故郷のG県から帰宅した晩に見てしまった時と同じ質のものであったのか。娘の不祥事は、あの時自分を驚倒させた母親の淫乱な血を受けているからだと、解釈するより理解できなかった。私が思春期に勝の傍で、どんな心の疵を受けて過していたか、その疵が如何に深く暗いものであるか、同じ家の中に暮しても、洋之介は一度も覗いてはみないのだった。洋之介がもらした、娘の悪い恋愛ということが巷の噂にものぼり始め、新聞社からも「お噂の内容をくわしく話して頂けませんか」と、私の名宛で記者達が来るようになった。時折来る知人の中にも洋之介を訪ねて来たのか、私の噂をたしかめに来たのか分らない妙な態度で、遠慮もなく私を玄関先に呼び出し、じろじろ見て帰る人もあった。

「堕胎をしてください」

私は、たまりかねて勝にたのんだ。丁度有名な女優が堕胎罪で入獄したことが毎日のように新聞の三面記事を賑わしていたのである。お腹の中の赤ん坊を手術で堕胎するということは、たとえ二ヶ月でも罪になるので、容易に施術してくれる医者のいないことは知っていた。むりに頼めば法外な料金を払うことになり、勝が承知する筈はなかった。

「よくも、しゃあ、しゃあと言えたもんだネ。そんな恥ずかしいことを！　新聞の女優の真似するつもりだネ！」

と、勝は案の定受けつけてくれなかった。

「それに美人女優のすることを、その顔でよくも真似が出来るよ。生れ変ってからお言い。闇医者に頼んで手術すれば、いくら取られるか分ったもんじゃない。それにあの岡が堕胎を根に脅迫して来たら、新聞にでも出てアタシャもうこの家に暮せなくなるじゃないか。ヤクザの男でなく、泰男のような男ならば、まだよかったがネ」と言った。今頃になって泰男ならよいなど、勝の言うことはすべて私には、疵を深めるだけなのであった。

「それにあんな男を連れて来て、この家を乗っ取るつもりだったのか、先に妊娠という実績を作って有無を言わせない算段なんか相当悪玉だと、叔母さん達は感心して帰ったヨ」と、それも何度も言ったことを、改めて言ってみせた。

「おまえが丸裸で、戸籍を抹殺して出てゆくなら、あの男のところへ行こうが、堕胎をしようが勝手だが、まだ籍が入っている以上は勝手な真似はさせない」

と、強い意志を見せるのであった。勝は、老眼鏡を外すと、いま手に持っていた女優の記事を忌わしいものを捨てるように縁側の方へ放り、「そろそろ軍吉さんから決着の手紙が来る筈だが」と言った。

12

朝刊を拡げていつものように老眼鏡をかけて読んでいた勝は「赤ちゃんのことでお困りの方は当産院へ」と、声に出して読んでみせた。その声は私を揶揄していた。勝の揶揄はもう沢山だった。私の困惑を確めるのが面白いというように勝はもう一度声に出して読み、今度は節をつけ浪曲でも唸るような調子で繰返してみせた。家長の実権を握ってはいても、降って湧いた厄介事に対しては何の妙案も浮ばず、苛々し通しの勝は、私へのあてつけも一層毒を増すのである。

見なくてもその広告が、私のような不始末を起した娘が相談に行く産院であると察しられた。どんなに揶揄されようと、私は自分の身を何とかしなくてはならなかった。

どことない身の変化は、日が経つほどに分るようになっていたし、入浴の時も身体の変化は見逃がせなかった。世間体を恐れて医者にも診てもらえない身体であれば、新聞広告に頼るよりなかった。

「きっと闇の産院だネ？　いったい幾らで処分してくれるのだろう。値段が分ったらあの不良《ヤクザ》男に出させるよ。まさかこのまま逃げるつもりじゃないだろうからネ」

岡のことを言った。さっきまで堕胎は岡の脅迫を受けるかも知れないからだめだと言ったのに、もうひっくり返っている。

勝が私の膝へ放ってよこした新聞を見ると「墓場産院」とあり産婆の名前が墓場ノエと書いてあった。墓場など不吉な名前を見るのが苦痛である。

「娘の分際でこんな所へおせわになるお前は、淫乱という字がよくお似合いなのだネ。叔母さん達は何と言って笑っているか、分っているかい？　洋之介だって恐がっているさ。よくもまあ、しゃあ、しゃあと博打男と結婚したいなど、それもこの家に入り込んで来させようなどと……」

と、繰返し聞かされ何度となく言われたことを、また言うのであった。私は勝の言葉を聞きながら墓場ノエという産婆の名前を、息をつめて見ていた。

私は、そのおかしな字を見た時、ここへ入ることは、死を意味していると思った。希《のぞ》まない赤ん坊を生ませたあとは、産婆が赤ん坊の息の根を止めて……新聞紙に包《くる》んでどこかへ捨てる……そんな暗く不吉な妄想が湧くのであった。

私は、新聞を見るのが苦痛になり、畳んで勝の方へ返した。まだ何かと嫌味を言っている勝は一体私をどうしようと考えているのか？　集った叔母達に、私の身体を預けたいがとそれとなく持ちかけようとしても、先手を打たれて巧妙に勝の申出は阻止されてしまい、初めから相談にもならなかった。ここへゆくしか道はないのかも知れないと、私が一人重苦しい決意をしている時、軍吉から親類を代表して勘当を強調した勧告の手紙が届いていた。

私はなるようになれと自棄の気持を抱き、皆が決める通りに従いたいと思う一方、堕胎だけが残る唯一の頼みの綱であると思った。こうなっては、やっぱり岡を捜して相談し、堕胎を果したい。いまは岡が私のことを本気で考えてくれる唯一の人である。岡と相談したい気持で一杯であった。産んでも仕方のない赤ん坊をこのまま産むことの罪が、身にしみて考えられてきたのである。堕胎さえ出来れば、あとは勘当されようと、勝の言うように岡に脅迫されることになろうと、その後の始末は自分でつけよう。しかし、それも叶えられなければ、ひそかに考えていたことは、今度こそ失敗のない方法で高圧線に登って感電死することであった。雨の強く降り始めた夜を見計らい、頂上まで登り、電圧の強い電線に手を触れる。落ちた焼死体は、斜面の土地の利を生かした恰好で転がりおちて、川へ落ちれば好都合だと考えた。

初めて敷地を見に来た時から高圧線の唸る音が耳についていたのも、自分の運命を暗示していたのかも知れない。私の部屋がこの家で一番良い方角の東南の角にあり、長女が住めば繁栄すると、洋之介は言った。家相に凝り、研究を重ねた結果建築した家が、私に凶事を暗示する家相だったのか。

岡は捜しても居場所が分らなかった。例の紫の扉の中には仲間さえめったに姿を見せなくなっていたが、赤紙が来て戦地へ狩り出されたのではないかと、ウエイトレスが話した。仲間は何故か岡のことを話したがらない様子で「年貢の納め時なのだよ。さんざん悪いことして女を泣かせたからな」と、笑ってみせるだけだった。まだ兵役の残る年齢なのかと、随分年寄りに見えた岡がいよいよ正体不明であった。遊びが嫌なら本気でゆこうと、私にウォッカを飲ませて裸にしたあの事務所みたいなアパートへ行ってみても、ドアは埃で汚れ、敲いても、内に人のいる気配はなかった。

13

勝に連れられて私は産院に行った。下町の外れの低地で工場の煙突が何本も並び、煙と煙の谷間になっている所に目的の産院があった。

入口に人目を憚るような小さな看板がかけてあり、見ると「幕場産院」となっていた。だが、ふと眼を離して見るとやはり瞬間墓の字に見える。表玄関脇の、バケツの中にはどす黒い血のついた脱脂綿が突っ込まれ、膿盆《のうぼん》の中に血の塊が沈んでいる。想像以上の貧しい産院であった。

格子戸を開けると、下駄箱の上にも血のついた脱脂綿がころがっている。応対に出た太った産婆に事情を話す勝は、私の気持を無視して既にここへ入らせることに決めている。

「費用はどのくらいかかりますか?」と、先に心配そうに質問した。

私は自殺も出来ないで、遂にこんな場末のみすぼらしい産院に放りこまれるのか。解決の道のつかないまま、ずるずるとここまで来てしまった甲斐のなさが、今更に情ない気持だった。入口の破れた椅子からは藁が飛び出し、周囲のベニヤ板にはベタベタと新聞紙が貼られ、剝がれた端がヒラヒラしている。

勝が思わぬことを言った。

「こ奴を堕胎してください。おねがいしますよ」

私は本当なのか? と耳を疑った。

「それならもっと早く何故うちへ来なかったのかネェ!」

産婆は、嫌な顔で私のお腹と顔を見て答えた。

「こ奴が不良男《ヤクザ》のことを隠していたし、突然その男が脅迫に来て、慌てて親族会議を開いたりして、決まらなかったのですよ」

「ふうん」

「なにしろ親類中があきれて、勘当を一刻も早くと言うのですがネ。身二つになってからでないと勘当も可哀想だと父親が言うもんですからネ」と、勝はくやしくてたまらないという語調で家の事情を話した。話している間も、赤ん坊の泣き声や、母親のあやし声が賑やかに聞えている。奥や二階に産婦が幾人もいるようだった。

「どんな事情かは知らないが、無事に身二つになることが先決ですネ」

「身二つになるといっても、あとがめんどうだから、それより堕胎の方が始末がいいですよ」

勝の頼みに、産婆は私を連れて別室へ入った。高めのベッドが一つあるだけの、暗く不潔な部屋で、窓もなく消毒液も置いてなかった。初めて診察を受けた私は、ベッドの上で羞恥に耐えながら、勝の言うように堕胎が可能であることを願った。

「だめだネ」

産婆は、あっさり言った。

「何故もっと早く、せめてあと十日も早く来れば良かったのに。遅いよ。もう人間の形もちゃんと出来ているし、胎盤を流すようにはゆかないよ」と、言った。さっき玄関の脇で見た膿盆の血は、胎盤なのか？　と気がついた。女が妊娠すると、あのような血の塊が出るのか？　私は恐ろしさを感じた。

「かまやしませんよ。ドブか便所にでも流してくれれば、堕胎罪にはならないでしょ」

「冗談言っちゃ困るよ！」

産婆は、怒った口調で言った。

「こう見えてもわたしはこの道二十五年も商売している。よそさんの娘を預かって無事に産ませ、生れた赤ん坊を子供の欲しい家に養子縁組させるのが、仕事ですよ。生れた赤ん坊が要らないからって、ドブや便所に捨てるようなイカサマはしていない。死んで生れた赤ん坊はちゃんと葬儀屋に金を渡して持って行ってもらい、しかるべく処分するのだからネ！」

「葬儀屋に、一体いくら渡すのです？」

勝も負けずに、怒った顔で言った。二人ともすごみを見せていた。

「この娘《こ》の場合は、いまも言った通りもう遅いから話にならないよ」

「でも養子にやるよりは、お金もかからないでしょうからネ。男を捜して堕胎の費用は払わせる。なんとか……たのみますよ」

二人は押し問答を始めることになった。勝が今頃になって堕胎を勧める気持は分らなかった。それならもっと早く私が頼んだ時に、何故考えてくれなかったのか？　女優の入獄事件のように、美人ならば良いがそんな顔でよく真似が出来ると、揶揄した勝だった。

「この娘の母親はどう考えているんです？」

「母親なんかいたら、アタシはこの年になってまでこんな苦労はしませんよ。こ奴と同じ淫乱な嫁で男を作ってさっさと出て行ってしまった。アタシは二人の居候を背負い込まされて、この通り苦労の連続なんです。頼みの綱の長男がちっとも頼りにならなくて、全部アタシ一人が禍の神を背負い込まされているので、もう死にたいですよ」

勝は、次第に愚痴を言い始めた。不思議なことに話を聞く人は、皆勝に同情し始め、隣組の寄り合いなどでは、いつも勝の身の上話が先になり肝心の防空の相談は、あとまわしになるのであった。

「金取り婆あ奴が！」と、玄関の格子戸を出るとすぐに勝は言い、痰《たん》を吐き捨てた。出産を終って、養子先を見つけるまでの費用と、食費や部屋代を計算した用紙を見せられた時から、勝は再び腹立てていたのであった。

14

風呂敷包みを玄関に出した私は、与四郎が迎えに来てくれるのを待っていた。

持物を整理しながら私は、日記やノートの類、泰男から来た手紙等一切を惜しげもなく風呂の焚口で燃やしたのだった。

部屋には、蒲団を畳んだベッドと、愛読書を並べた本立ての他は何もなかった。蒲団の中から悪阻《つわり》の時にかくれて食べた梅干の干からびたタネが出て来て、あの時の苦痛が甦ってきた。

持って行く下着を風呂敷に包むと、柳行李《ごうり》の中にはわずかな下着類だけが残った。勝がデパートの安売りで、今日のために買ってくれた安物の銘仙の着物に三尺を締め、勝の着古した灰色のコートを着た。勝の初めてのプレゼントだったが、あれほど嘲笑った信子の着物よりはるかに安物である。黄色の三尺帯まで人絹のため、きちんと締らなかった。岡ならば、「山出しの女中を連れて歩いているようで恥ずかしい」と言うだろうと、私は思ってみたりした。

茶の間では、勝がラジオのダイヤルを廻し、重大なことをアナウンサーが言っているらしいと、騒いでいた。

勝は、洋之介を呼びに二階へ上ったり、階下でヤエを呼んだりして、私のことを忘れていた。こんな日に重大な放送があることに、私は一層の不安を覚えた。身二つになっても再びこの家に帰って来るような気はしなかった。身のまわりの始末を済ませた私は、留守の間に何が起って帰れなくなっても仕方がない、もともと高圧線によじ登った身ではないか、と、不安に対してもよそよそしい気持であった。

国の大事を告げるアナウンサーの高揚した張りのある声に、勝までが興奮していた。

小型の古いラジオは、ピーピーという雑音が入っていた。

「臨時ニュースを申し上げます。大本営陸海軍部発表。帝国陸海軍は本八日未明西太平洋に於《おい》て、米英軍と戦闘状態に入れり」アナウンサーの声は、勝の合わせたダイヤルから、確かに聞えて来た。

国民服を着た与四郎が、いつものようにリュックサックを背負って入って来るなり「いま途中で重大ニュースを聞いたよ」と言った。

「やっぱり早めに防空壕を掘っておいてよかったじゃないか！　アメリカが空から爆弾落としに来たら、飛び込めばいいんだよ。あとの心配は食料だけど闇の食料品をわたしが買い出しに行って仕入れてくるからネ」

と、リュックの口紐《くちひも》を解いた。勝はまだラジオの前に座って動かなかった。

与四郎は、勝の膝の前に好物の虎屋の羊羹を差し出し、次に最中の化粧箱入りを出した。もう箱入りの和菓子を手に入れることは容易には出来なかったのである。

「悪いねえ。ア奴を送りに行ってもらうのに、土産までもらってはネ。でもア奴と来たら、しゃあ、しゃあとして待っているよ。こんなに苦労させて親不孝をしていることを、これっぽっちも悪いと思っていないで、遠足にでもゆく気でめかしこんでいるのさ」と、腹部の上に輪をかいてみせた。

「……あの娘もこれで内藤家の長女の資格を失ったのだし、あっちへ連れて行ってしまえば、もうこっちのものになるんだよ」与四郎は言った。

「そりゃ、そうだけど入院させる費用がむだじゃないか！　その分だけ闇米を買っておけるのに！　いいかい満洲へ流してしまうことをネ」勝は眴《めくばせ》した。産婆に養家を世話してもらえばお金を渡さなくてはならない。それが腹立たしいと勝は、こっそりと与四郎と相談していたのである。折良く満洲に知人がいるから手を打っておくと与四郎は話していた。

「お母さん分っているよ。あとはまかしてください」

与四郎は、得意な顔で縁側から庭へおりて防空壕の点検を始め、すぐに戻って来ると、

「お母さん。話があるよ」と、改まって言った。思いつめている顔だった。今日こそ、はっきりさせておかなくてはと、切り出したのだった。皮肉にもその時、洋之介が階段を降りて来る頼りない足音が聞え、勝が、今頃来たのかい？　臨時ニュースは終ったのにと話を逸らしたので、与四郎は座っていた膝をくずしてタバコに火を点けた。

今朝、娘が家を出てゆくことを父は覚えていてくれたのか？　一目でも洋之介に会ってから行きたいと私は思っていたのだった。

避けているのか、最近洋之介は、私の傍には来てくれなかった。相変らず寝たり起きたりの状態で、夕食の時に眼の前に座っても一言も話してくれない。私だけ別の貧しい皿を与えられているのに気づいた時、自分の分の皿を私の前に押しやることもあったが、その時も無言だった。

勝が、私の食器だけ特別に熱湯で洗うために、アルミニウムの、囚人のような食器をあてがっていることや、勝の言う不浄な身体となってから、私が、自宅での入浴も禁じられ、電車に乗って公衆浴場までやらされているのを知っているのだろうか？　洋之介はほとんど気がつい

ていないようであった。洋之介が二階から家人の集る茶の間に降りて来るのは、夕方、時たま晩酌する時に限られている上に、酒の肴《さかな》としてほんの少しの鱲子《からすみ》や蓴菜《じゅんさい》等をつまむだけで、同じ食膳でも家人とは別の食事であった。私の食べものに何があてがわれていても気がつかないのだ。少しは気がついても勝の機嫌を害ねる煩しさに、見ぬ振りをしているのかもしれない。

洋之介は、勝の方へ少し頷いたように見えると、まっすぐに庭へ散歩に下りて行くのであった。

「お母さん！」

与四郎が再び思いつめた声で言った時、「大本営陸海軍部発表」と、幾度めかの放送がラジオから流れて来た。勝があわてて庭にいる洋之介を呼び止めると疲れた灰色の肌に皺を寄せた顔で、踏石伝いに縁側から入って来た。「こんな重大な日に親不孝するア奴が憎い。洋之介！黙っていないで何とか一言でも叱っておやりよ。憎いじゃないか！　憎くないのかネ！」

勝はもう我慢がならないとばかりに真赤な顔で怒りを見せている。

洋之介は、返事をしないでラジオの前に座っていた。突然振り向いて私を叱るのではないかと、私は怯えたが、遂に戦争を始めた軍部に批判の眼を向けているようなむずかしい顔にも見える。日頃、日本がアメリカ相手に戦争を起せば負けるに決まっていると洋之介は言い、政治家と軍人を、話の分らない人間だと嘆いていた。

「今日は許してやってください」と、言ったのは与四郎であった。

この家の鬼門の方角の裏玄関に、私は風呂敷包みの荷物とサメ皮のハンドバッグを揃えて待っていた。ヤエが濡れた手を割烹着で拭きながら、「わたし、お暇を頂くかも分りません」と、小声で言った。私の問題が起った頃から、「お可哀想に」と、私に同情を寄せていたが、それは冷酷な勝の仕打がいつ自分自身にふりかかって来るかも知れないと、思ったからであろう。報いのないつらい仕事に見切りをつけようとしているのかもしれない。私は洋之介が、髭を剃っている洗面所の方へ行ってみた。初めて悪阻の現象で洗面所へ駆け込んだ時もジレットを同じように頬に当て石鹼の泡を立てていた。思い切って今日は「行って参ります」と、言おうとしたが声にならなかった。私を受け付けない厳しいものが、痩せた肩に漂っているからだった。しかし、思いついたように、洋之介は一瞬、私の顔を見た。私の気持が伝わったのか、無表情の顔であったが、意識の一点に私の存在を認めてくれたようであった。私は、それで満足した。

「何をぐずぐずしているんだネ」

勝が、玄関の方から呼びに来た。

私は、与四郎が苛立った顔で待っている裏門の方へ急いだ。「ヤアイ！　インランが出てゆく」と、朋子の得意の時の引き攣った声が、背後から聞えたが、私はもう振り向かなかった。

15

幕場産院で迎えた正月は、私にとって束の間の明るさであった。

私も皆と同じ人間として扱われ、差別待遇なく暮してゆけることは、かつて経験しないことであった。

先輩の産婦達が当番で餅をつき、おはぎをこしらえ、新参の私に平等の分量を皿に取り分けてくれた。事情のある産婦達が本物の砂糖を入れた甘い餡《あん》もちや、おはぎを眼を輝かして食べる。私は生れて初めて餡の味を味わうのであった。大きな腹部を突き出した娘達は食欲が旺盛であった。私は、せっかく平等に皿をあてがわれても、すぐには食べられなかった。勝の声、麗子の眼、そして膳の下に隠してある皿、居候のくせに等々、耳の底にこびりついている声のために、皿を持ったまま、暫くは放心状態になるのであった。肉親の勝や麗子よりも他人の産婆の方が、ずっと優しく映るのだ。産婆が、

「遠慮はいらないよ。お食べ」と、戸惑っている私にすすめてくれる時、私はうれしくて涙が流れた。今頃、家では餅を焼き、里帰りした麗子と食べながら、膳の下へ隠す必要もなくなったと喜び合っているだろうと思うのだ。お代りが欲しくても空の茶碗の中にぽたぽた涙を落し

て我慢するよりなかったことも思い出していた。

「お腹の中の赤ん坊のために食べなくちゃだめだ」

まったくの他人の産婆は、今日まで誰も言ってくれたことのない言葉を何度も言ってくれるのだった。

私はもう七ヶ月に入っている筈だったが、少しも腹部が目立って大きくならなかった。初産は小さいのが普通だから心配はないと産婆は言っても、同じ産み月の娘はもうかなり目立っていた。馴れない場所に来た気疲れか、ダニと蚤《のみ》のいる湿っぽい蒲団のためか、せっかくの明るい食膳にも、食欲がなく、私は健康に優れなかった。自分の蒲団を持って来た娘達は毒虫に刺されることもないのか、暗い身の上を忘れたように皆で語り合い、身二つになる日を待っている。

寝てばかりいては、難産になるよと、ノエが幾度も注意してくれたが、穴の開いた染みだらけの壁に囲まれた陽の入らない部屋は、獄舎のようで気が滅入り、起きる元気も失ってくるばかりだった。先のない暗い身の上のことが暗雲のように頭上にかぶさってくるのだ。赤ん坊を満洲へ流してしまうと言った勝の言葉や、私を勘当する段取りでいる親類達。そして病気の父親の顔が、重い苦しみとなって私を苦しめた。岡の赤ん坊であるばかりに、こんな仕打となったことが、私には悲しく身に応えた。相手が悪かったのだネと、産婆は言った。泰男の子供を宿した明るい蘭子の眼の輝きや、落着きが思い出されてならなかった。

私は暗く染みだらけの部屋に寝ながら、新たな後悔の涙が溢れた。何故、職業も棲家《すみか》も分らないような為体《えたい》の知れない男に接近して行ったのか？　競馬場で強打され、こめかみに痣が残るほどの深い傷を受け、拭えない心の疵を負いながらも、自分からわざと近づいて行った。岡に近づく時の私は焼けつくような飢えで話相手が欲しかったのである。そしてもう一方の私は捨てばちで自棄になっていた。どうせ自分は値打のない居候娘なのだからという思いが湧くのを止められなかった。泰男に去られ、蘭子に裏切られたことが、直接の自棄に陥るきっかけとなったが、その前から私の気持の中には不要な居候でしかない自分を屑箱に捨ててしまいたいという自棄の思いが、ひそんでいたことは否めないのだ。淫乱・醜女《しこめ》・ヤッカイ者・ア奴等々の声に重ねての食膳の差別待遇は、私の心を蝕《むしば》んでしまっていた。穴の開いた心の隙間には、わざと破滅の淵へ向け、にじり寄ろうとする黒い砂がつまっていたのだ。

しかし、結果は岡にも去られ、泥沼の中であがくだけであった。もう引き返すことはできなかった。軽率な母親の犠牲に、赤ん坊がこの世に生れて来る。父親のない生れながらの不幸を背負った赤ん坊だ。しかも生れるのを待って満洲へ流される運命だった。

私は湿った蒲団を頭までかぶり、一日中泣いた。泣き脹らした眼で食膳に座ると、産婆は「食べなきゃだめだよ」と、気遣うように言い、その言葉にまた涙が湧くのであった。配給制となって一粒の米も貴重な時代に赤の他人が言ってくれる優しい言葉だ。しかし沢山食べて丈夫な赤ん坊を産むことが、私にとって何なのか？　私は涙と共に思い悩むのだった。

私は赤ん坊と一緒に満洲へ行くか、それとも一緒に死ぬかのどちらかで、再びあの家には戻りたくなかった。

私の勘当問題で、今頃は軍吉、与四郎、麗子、正子等々、いつものメンバーの親類中が寄り合い、皆自分に好都合な条件ばかり提出して、討議を交わしているだろう。私をなるべく不幸なめに会わせようと、検討中なのだ。誰の顔を思い出しても、私の味方となってくれる人間は、なかった。唯一の洋之介は、私のために身体も心も病人となり神経の病いが昂ずるほどに、私から離れてゆくようだった。

泣き暮しているような毎日であったが、或る日、ふと腹部に動くものを覚えた。くすぐったいような感じであった。何かが横腹に突き出て動く感じが、暫くつづいた。お腹の中の生命は、私の悲しみとは関係なく生きている。たしかに、育っている命があると実感した。横腹に突き出るものが胎児の手か足か？　不思議な感動であった。蘭子が「ダーリン！　また赤チャンが動くわ」と、泰男に触らせたあの日のことを思い出した。倖せな彼女に比べて落ちる所まで落ちた闇の中にいる私にも、もう一つの別の生命は、生きていたのだ。私は、自分でも訳の分らない感動を覚えた。

親族会議で決まったことを知らせる、と勝から毛筆の手紙が来た。候文の勝の手紙は読まなくても内容は分っていたが、父の病状が心配で恐る恐る目を走らせると、私のいなくなった後で洋之介は更に神経衰弱がつのり、食事も摂らないで一日中寝込んでいると、書いてあった。私は父の心痛を察し、済まない思いで、胸が痛むのだった。

私は洋之介に当てて、手紙を書いてみた。家庭で話をしたことのない私は代りに自分の気持を書いてみようと思った。父だけには心から詫びたい気持や、孤独感の深い胸の中、岡に傾いた時の心もとなかった心境の反省等々、あまりにも多すぎる内容のために、感情が先立ち、涙ばかり溢れてまとまらないのだった。数日もかかって書いた手紙を全部破り、一枚だけ封筒に入れて思いきって洋之介宛に出したのである。

その一枚には、自分自身思ってもみなかった事だが、赤ん坊が生れたら一目顔を見て欲しい、と見境いもなく書いたのだった。ふるえる指で、封を貼り、投函するため久しぶりに外を歩くと、いままでになく明るい気持に浸ることが出来た。その明るさがどこから来るのか、自分でも分らないことであった。

一目見てもらったところで、どうなることでもないのに、私は書いた手紙をポストに入れることに夢中であった。

16

私は、恐ろしい夢に魘されていた。低い頭上の天井から女の髪の毛が下がり、黒い髪が私の衿首に巻きつくのだ。ふり払っても、ふり解《ほど》いても黒い髪がまつわってくる。その夢は、竹藪の土地を開いて建てた家に移った時から、時折現われ、私を苦しめる夢と似ていた。眼が醒めたあとも、長く垂れた髪が天井に残映として見えているのに戦いた。

眼が醒めると腹部に不快な重圧感があり、背骨に杭が打ち込まれるような激痛を覚えた。隣室の女達は、まだ眠っているらしく赤ん坊の泣き声もなく静かである。背中を曲げ、蒲団に海老のように身を折り曲げ痛みに耐えていると、階下で電話の鈴《ベル》が鳴っているのが聞えた。夢と重ねて不吉な予感が私の脳裏を走った。いつも聞えて来る階下の鈴《ベル》の音が、今朝は夢の続きの恐ろしい呼び声に思えたのだ。

「内藤！　内藤！」

幕場ノエが私を呼んだ。何事かが起ったのだ。暗い予感に怯え、私は返事が出来ない。

「赤ん坊が眼を覚ましちゃうから、早く階下《した》へ行っておくれ」と、隣室の娘が怒り声で言った。

背中を伸し痛みに耐えて階下へゆき受話器を取ると、案の定勝の興奮した時の、息も切れ切れな声が聞えた。

「お前さんから来た手紙を見たあとで急に熱が出たのだよ。一時は癒《なお》って熱も引いたのにネ。今朝は熱が四十度にもなって昨夜からずっと魘されているんだよ」

父も夢で魘されていたのか？　私の手紙の故だと思うと後悔で気が転倒しそうであった。急に背骨に差し込むような強い痛みが来た。

「お父さんはネ、いいかい。よくお聞き。お前さんの赤ん坊の顔なんか見たくないと言ってるよ」

背骨から腹部に激痛が走り勝の声が遠くへ退き、同時に私の眼前に黒い幕が降りたように見えなくなった。倒れたショックで俄かに産気づいたことは後になって分ったことなのだった。朝の不気味な夢と、強い背骨の痛み、それに洋之介の病状が悪化したという勝の声、悪いことの重なりの後で、「赤ん坊の顔なんか見たくない」と、言った一言が最後の止《とど》めを刺した。

一昼夜苦しみ、器械を使って引っぱり出した小さな嬰児《えいじ》は、産声を挙げる力もなく、ロウソクのような白い顔で既に息がなかったという。

鉗子《かんし》のあとが痛々しく喰いこんだ、長細い頭の未熟児が私の隣りに並べられて寝ていた。

「普通ならば何とか育つのだが、極端な栄養失調で、目方がなさすぎたよ。だからわたしはあんなに食べなくちゃいけないと言ったろう」と、ノエは言った。

私は、息のない嬰児を抱きしめて涙に暮れた。お腹の中にいた時はたしかに動いていた筈の手足が、セルロイドの人形の足のように関節を少し曲げたままだった。

「赤ん坊を助けてください！　注射をお願いします」

私は悲しみで取り乱していた。難産の後の深い疲労が感情を昂ぶらせていたのだ。病気の赤ん坊に打つ注射も少ない時代に、死んだ嬰児に打つ注射などある筈のないことを忘れていた。白いロウソクのような嬰児は、冷たく、次第に固くなって私から離れていった。私を置き去りにしないで、待って欲しい！　と必死な思いで追い縋っていた。人形よりも小さな生れたばかりの嬰児に、私は早くも母親の気持を覚え、抱きしめていたのだった。

「どうせいらない赤ん坊だったんだから、かえってよかったじゃないか！」

産婆は冷静に言った。赤ん坊を助けてくれない産婆が急に鬼婆のように見えた。

「親孝行してくれたんだよ。どうせこの世に生れて来ても仕方ないテテなし児じゃないのかネ」

その通りではないのか！　と私は新たな涙に暮れた。無事に生れたところで、肉親の顔も知らずに、満洲へ追いやられる不憫な運命だった。それをどうすることもできない無能な母親の私だ。親類中の四面楚歌の中で、頼みの綱の洋之介さえ一目見てくれることも拒否したのであれば、前途には暗闇が待っているだけの薄倖《はっこう》の子である。

私は、死んだ嬰児を胸にかたく抱きしめて、病気の洋之介の枕元に座っている悲しい夢を見つづけていた。私が枕元に座った瞬間洋之介は眼を閉じて、死んだような顔になる。ここに来てはならないと、私は赤ん坊を抱いてまた産院へ帰って来るのだが、いつかまた洋之介の枕元に座っていた。「お前がお父さんを殺したんだ！」勝の、興奮した時の声が天井から、壁から木霊《こだま》して響いて来た。ふと女達の眼球だけが四方の壁に埋められるように並んで、私を監視しているのが見えた。無数の眼の強い眼力に私は息が止りそうになった。恐ろしくて夢中で逃げ、草の生えたどろどろの沼のようなところを走っていた。気がつくと抱きしめていた赤ん坊がいない。私は捜した。どろどろの沼の中に足を攫われて転び、必死の思いで赤ん坊を捜して走った。捜し疲れた挙句、私は曠野《こうや》のような人のいない沼地に一人で立っていた。

嬰児を捜して歩こうとすると、足は泥沼の中へもぐり込んでしまうのだ。重たい足であった。岡が家に来た時に階段を登って知らせに行った、あの鉛のような足の重みが、再現していた。いなくなった嬰児を沼地の中で呼び求めたが、声が出ない。いくら呼んでも声が出ないのは、赤ん坊に名前がないからだ。蘭子の赤ん坊はなんという名前をつけたのか？　この子にも名前をつけなくてはと、夢の中で考えた。

「内藤！　内藤！　葬儀屋が来たからもう離すんだよ」と、その時幕場ノエの声が耳元で聞え、眼が覚めた。不吉な夢であった。いなくなった赤ん坊の死顔に重ねて、洋之介の死んだような顔がまだ消えない。

「女の赤ちゃんだから、口紅をつけて化粧しておやり」

ノエは、自分の手で産れさせた嬰児に労わりを見せ、それが私の悲しみを一層深くした。夢の中でいなくなった赤ん坊が、私の胸に抱きしめられていた安堵と引き替えに、葬儀屋に渡さなくてはならない悲しみが胸を突いた。名前をつける必要はないのだった。

小さくて唇とも言えず、桜の花びらのように薄くて頼りない唇の内側に、私は小指の先につけた京紅をほんのりつけた。泰男と初めての逢引きの時につけた京紅だった。白い顔に血がさして、いまにも嬰児の唇が綻んで笑うように見えるのだった。

「さ、もう別れるんだよ。可愛い赤ちゃんになったネェ」

ノエは、口の優しさとは反対に、私の腕から捥《も》ぎ取るように、力を入れて取りあげると、産着を手早く脱がせ始めた。手早く裸にさせた身体に今度はぼろ布を巻きつけた。勝が古い浴衣をおむつにと渡してくれたのだが、ほどいてみると、破れて雑巾にもならなかったものだ。

「見つからないためには、こうするのが安全なのだよ」と、ぼろ布で包帯のようにぐるぐると巻き、最後に顔も巻きこみ油紙をひろげて上からつつみこんだ。小包のように包まれてゆく嬰児を私は見ていられなかった。「八ヶ月をすぎれば届けを出さなくてはならないんだが、こんな時代だからネ。お上も見て見ぬふりをしてくれるのさ」

油紙に包まれた嬰児が小包を運ぶように持ち去られてしまうと、空になった蒲団の、嬰児が占めていた小さな空間のいとおしさに身を嘖《さいな》まれた。「忘れちまいなよ。身体に毒だからネ」と、娘達の慰めの言葉が、必死にもぐり込んだ蒲団の中に暫く聞えて来たが、それもまた遠い感覚となって、悪夢の中へ陥込んでゆくのだった。

17

「この大馬鹿奴が‼」

軍吉は、応接間の椅子から立ち上って叫んだ。いつもは洋之介の座る椅子に、大佐に昇進した軍吉が、胸の勲章を光らせて腰に軍刀を下げた正装で、私の来るのを待ち受けていた。軍吉を親類の代表者として立てているのは、長女の夫ということの他に軍人という職業を勝が尊敬しているからである。洋之介よりも齢は若くても、内藤家の相談事やまとめ役には誰よりも重きをおき、軍吉の指図に従った。勝は洋之介の頼りなさを軍吉で補っていた。

「この非常時に内藤家の赤恥を晒《さら》したお前は、今度の事件を何と心得ておるのじゃ！」

「……」

「嫁入り前の娘の身で、なんたる大恥を内藤家の家系に塗ったのだ！　内藤家には淫乱の汚名を塗った人間は一人もいなかったのじゃ。お前の母親とお前とで二人ながらよくも家系に泥を塗ってくれた。大馬鹿者奴が。お国のために死んでゆく兵隊に顔向けが出来るのか！」

腰の軍刀を抜き、金属の音をあげ床に力一杯突き立ててみせた。戸口から半分外にはみ出したままの恰好の私は床に伏して、軍吉の居丈高な叱声に身をこごめ怯えていた。死んだ嬰児のこと、病気が悪化したという洋之介、重い心痛の中で、軍吉の突然の叱責は頭上に激しく鳴った。

産婆が嬰児の死んだことを家に報告したのか、すぐに帰るように勝から命ぜられた私は、赤ん坊の初七日のあと幕場産院を引き揚げて帰って来たのだった。初七日といっても、闇に葬ったことで線香一本立てる供養も出来ないまま、嬰児が二日の間着ていた産着を抱きしめて、涙に暮れるだけであった。軍吉の前でも、床に伏して泣くだけが精一杯の私は、まだ健康が回復しない、ぼろ布のような身体であった。激しい嗚咽の度、腹部に力が加わり、割れるように痛い。

「この非常時になんたる恥知らずの国賊じゃ！」

「ホホホ！　いい気なもんよ」

「お笑い種だわネ！」

いつ来たのか叔母達の声が聞えた。

「軍吉さん。思い切り叱って恥知らずの奴の眼を醒まさせてください。奴は自分の不始末を得意がって、洋之介兄さまに赤ん坊の顔を見せようとさえ思ったんですからネ」

「大馬鹿者奴が！」再度軍刀の先端を床に突き立てて鳴らした。

「兄さまはお気の毒に、それ以来ずっとお悪くなってしまいました。万一のことがあれば奴のために殺されたと同然ですよ」

「飼犬に手を咬まれたのですよ」

勝が言った。私は勝にもまだ会っていなかったのだ。私は、頭上の勝の声を聞くと、更に激しく嗚咽した。嬰児の死んだことや、葬儀屋に渡した時の悲しみをまだ何も聞いてもらっていないのだ。たとえ穢れた男の赤ん坊であるにしても、七人も子供を産んだ勝なら、子供と死に別れて来た女の身の苦痛を察してくれるのではないか。勝の気持次第で軍吉の怒りを制することも出来るし、洋之介の病室にも見舞に入れるのだった。しかし、初めの一言は相変らず冷たかった。

「小さい時から母親代りに世話になったおばあさまに、恩を仇で返した人非人なんですよ」

「役者の娘でもないのに、芝居上手なこと！　アメリカと戦争が始まっているというのに、いい気なもんですよ」

「空涙なんかで私達を騙そうたって、その手には乗りませんよ」

夢で見た恐ろしい場面が、そっくりに展開され、冷たい言葉が針の雨のように、私の胸を突き刺した。

「自決か勘当か二つに一つの道を選べ！」

軍吉は、全身怒りの塊で耐え切れずに、爆発したように叫び、私の頭上に軍刀をあてがった。

軍刀の重みが私の腹部に響き、痛んだ。いっそ私の穢れた身を西瓜《すいか》を割るように、頭から真二つに割ってくれた方が、楽になれると思った。

「どっちじゃ！　はっきり答えるのだ！」更に頭上の軍刀に力が加わった。

「今回のことは、わたしが代ってお詫びします。ゆるしてやってください」

与四郎の声が突然聞えた。私が帰って来た時、先に応接間に行くように言ったのは、与四郎であった。幕場産院へ送りに来てくれた与四郎は、あとから食料や衣料品を届けに来てやるよと私の分の衣料切符を受け取ったまま、遂に、一度も来てはくれなかった。それが何故私の味方になってくれるのだろうか？

一瞬静まった後、叔母達の囁きが拡がった。与四郎は言った。

「騙すより騙された方が良いのだ。騙した相手が悪かっただけですよ」

「与四郎！　そんなに奴の肩を持ってよいのかい？」

勝が言った。

「わたしは、この際はっきりさせておくことがあるのです。いま兄さんの許しを取ってきました」

与四郎の申出に女達は集中し、私への注意から冷たい視線が離れたのを感じた。軍刀も私の頭上から床へ移動した。

「ミサヲをふたばのあとに、内藤家の後継ぎにすると決まりました。勿論朋子の後見人としての役もしますよ。準禁治産者の法的手続きはいま、友人の弁護士に依頼しているところでネ」

女達は急にざわついた。ミサヲの問題はまだ決定したわけではなかった。朋子のことも、尚更である。こんな大事な問題をいくら男同士だからといって二人だけで勝手に決められては困るじゃないの。女の姉妹にも実家の問題に口出しする権利があるのだわと抗議が湧いた。

「ミサヲをふたばのあとと言いましたネ？」

正子は言った。切れ長の美しい眼元が吊りあがり、あでな美しさが漂うのが感じられた。

「ふたばのあととはどういうことなの？」

麗子も言った。

「この際、姉さん達の一番希んだことをわたしは実行してあげるんですよ」

与四郎は、そそっかしいのか着実に踏まえてゆくのか分らない弟だと、女達は眼を合わせて囁いた。ともかく嫩を勘当することには全員異議はない。しかし、ミサヲが内藤家の後継ぎに決まることはまだ、反対だ。与四郎は毎日のように働きに来て、防空壕まで早々と作って、食料品の確保もしている上に、勝には虎屋の羊羹から洋之介の酒、タバコ、鱲子や筋子の粕漬等の入手に走り廻っている。ヤエが急に暇を取って出て行ってしまった後は、廊下の拭き掃除から厠の掃除まで、いたれり尽せりに動く。おまけに料理まで作る。この人手不足の時代には女中も来ないので、与四郎がいなくては一日も過せないのを女達は知っていた。

「あたし達だって、大事な我が家の方は主人まかせで出て来て、実家の母さんのために尽しているのよ」「その通りですよ」

女達の内輪揉めの声は、次第に高く大きくなった。その時、女達の声を制するように軍吉は、軍刀の柄《つか》を強く握った。

「ミサヲは頭の良い子じゃ。博打男の子供を孕《はら》む愚か者とはちと違う。内藤家の養子にはふさわしい子供じゃ」

「あなた！　お言葉をお返し致しますが」と、正子は言った。夫に従順で通っている正子の初めての反論だった。「うちの息子だって一高から帝国大学まで優秀な成績で通しているんですし……それに朋子ちゃんのめんどうなら家でみてもいいんですの」

「あら！　それなら家の方が静かで環境も良いし、主人も法律の知識があるし、後見人の手続きは簡単にできますからネ」

女達は、俄かに朋子への思いやりを示し、いつも最中一つも分けず、かくして食べている人達とは様子が変った。

それに、夏休みに朋子を妹達の海岸の家や山に近い家に預かってほしいと洋之介が頼んでも、叔母達は近所の手前があるからと、口を揃えて断っていたのである。

「時間がないんだ！　姉さん達。決してわたしは姉さん達を悪いようにはしない。兄さんの存命中に入籍しておかないと、ミサヲが可哀想だ」

与四郎は必死になってきた。毎日女中代りに働いていた手はヤエに似て節くれ立っている。

さっきから言葉の少なかった勝は、

「ミサヲの入籍はあとにしても、この際ふたばの戸籍だけは洋之介に言って早く抜かせるよ」

と、約束を誓うように言った。姉妹の反対意見があっても、初めからの希望は叶えさせてやりたい。そうでなくては、あまりにも与四郎が可哀想だと涙を拭うのであった。

勝が、与四郎に言ったその一言で軍吉は私への怒りを鎮めたように、勝に一礼して軍刀を鞘《さや》に納めてくれた。

長い間、床に顔をつけ、泣きつづけていた私を置き去り、軍吉を先頭に勝、正子、与四郎の順に立ち去り、最後に麗子が出てゆく時、スリッパの裏で、幼い時によくしたように私の背中を小突いてみせることを忘れなかった。

18

病人を放ったまま、女達と、軍吉の間で、私の勘当問題にからんで朋子の将来のことなどで熱心な話合が交わされ、その声は次第に大きく甲高く、家中にひびいた。与四郎には座を外させ、準禁治産者の問題を検討し、ミサヲの入籍のことも考慮した話合だった。

まだ洋之介が死んだ訳でもないのに、ついでに起る問題とはいえ、黒枠の死亡通知の際の相続人の名前のことまで相談していた。本来ならば、世間のしきたりにそい、嫡子の嫩の名前で挨拶状を出すのが筋だが、勘当と決めたということで、ミサヲの名前を刷ることに一応は落着く。しかしすぐその考えは崩され、ミサヲはまだ、正式に入籍されていないことから、「次女朋子」という形で印刷するか、それとも嫡子なしの挨拶状を出すかが繰返し討議されている。

与四郎は既にこの家の実権を握ったつもりになっているのか、洋之介の書斎の原稿や蔵本の類の整理を勝手に始めていた。話合の結果も重大事であったが、もう一つの問題も考えなくてはならない。兄の死後に万一にも全集が出れば、その時は未発表の原稿が必要になるからと、早くから眼をつけていたことだった。玩具《おもちゃ》店を営んでいたことがあるためか、商品としての遺稿集めに懸命であった。階段の途中に、私に当てつけるように「立ち入り禁止」と貼り紙を出して行き止めにした。私だけが二階に入れなかったのである。整理の得意な与四郎はこの時とばかりに片付けに熱中し紙屑箱の中まできれいにすると勝は、「与四郎のおかげで書斎が片付いて良かったよ」と喜んでいる。洋之介は掃除されるのが嫌いであった。勝が留守に掃除するのを嫌がっていたのにと、私はハラハラするばかりであった。

私は、ヤエのいなくなった女中部屋で洋之介の看病も許されないまま、一夜を明かした。私は自分の部屋にも入る資格がないと言われたのである。叔母達の荷物置場になってしまった私のベッドの上には、菓子折やデパートの包み紙が積まれ、白粉くさい匂いが鼻をつく。家を出る時に整理しておいて良かったが、下着さえ取りに入れなかった。

私の勘当は時間の問題であった。洋之介の最後の決断が出れば、与四郎がその足で戸籍上の手続きを取りに区役所へ走る段取りになっていた。

与四郎は書斎の片付け、家の掃除等の合間に病室へ入り、洋之介の看病をしていたが、「兄さん、あのことまだですか?」と、何度も催促していた。

時たま女中部屋を覗きに来て「ここを動くんじゃない」と恐い顔で私に言う。ヤエの部屋にいる私を面白そうに覗きに来た朋子が「やあい! 知ってるよインラン!」と、私が家を出て行く時に言ったのと同じことを言って揶揄してみせる他は、誰も来ない。暫く会わない間にまた身長が伸び大人の背丈と変りなかった。朋子までが大手を振って私を非難し、身の置き所もない家の中で、私は壁に向って身の不幸を想った。死なせてしまった赤ん坊のことと洋之介の病気のことが、眼が覚めていても悪夢のように胸苦しく責めてくる。女中部屋の汚れた壁が産院の壁のように見え、哀れな嬰児をぼろ布に包んで人手に渡した時の悲しみが、甦るのだった。壁の中に赤ん坊が埋っているように思え、夢うつつの状態で捜していることもあった。軍吉から受けた屈辱の傷みが血管の中まで駆けめぐり、軍刀の重みが胸の深部を抉《えぐ》った。

私は病室へ入って行きたい衝動に駆られるのを、押さえた。せめて一目なりとも洋之介に会いたい。軍吉の叱責は、洋之介の叱責でもあるとは思っても、顔を見たかった。本当に死後の相談をせねばならぬほど病いは重いのか。洋之介が今、まだ生きているのにもう死ぬ用意に忙しい親類の者達の中に、誰一人として親身になって看病している様子は感じられなかった。ミサヲと朋子のことで議論は別れ、その度に声は大きくなった。共通して和気藹々《あいあい》となるのは、嫩を勘当の処分にし、除籍するという一点だけだった。その時だけは、誰一人として異議を挟《はさ》む者はいなかった。

親類の者が喪服を取りに行きながら出直して来ると約し、仲良く帰ったのは、三日めであった。与四郎は厳しい顔で女中部屋の私に声をかけた。

「ふたば！　こっちへ来なさい！」もう、ちゃんもつけない。その一言が病室へ行くことであることを私は直感した。いよいよ私のいる所で洋之介と話をつけるのだろうと思った。私は髪をとかし、身づくろいをした。毎日泣きつづけていた髪は櫛の歯も通らないほどにもつれ合い、家を出た時に着た銘仙の着物は脱ぎ、勝が差し入れてくれた浴衣に着替えて、黄色の人絹の三尺帯を締め直した。

疲れ果てた私は立ち上る気力も乏しく、中廊下を歩いても、息が切れた。腹部に弓を張ったような、緊迫感があり、腰部が重く疼く。

十二月の開戦の日に家を出てから一日として父の病状を案じない日はなかった。洋之介のジレットを使っていた無表情の顔。あの時どんなにつらい思いで私への憤りに耐えていたのだろう。今はあの日の洋之介の気持が分るのだ。二燭《しょく》の裸電球のままのヤエの部屋に閉じこめられていた私は、それが洋之介の意志なのだと解釈していたのだった。

洋之介の病室は離れ座敷に移されていた。先に入った与四郎が襖を開けて待っていた。高い熱のある病人のにおいが、開いた襖から廊下にまでひろがっている。奥の方に洋之介が厚みを失い、衰弱しきって寝ている姿が見えた。薄い洋之介の身体であった。眼と頬が深く落ち窪み、髭がすっかり伸びている。もう髭も剃れなくなったのか、私は胸が痛んだ。敷居の手前の板間に座ったまま、動けなかった。

「敷居がさぞ高いだろうよ！」

勝が、入口に来て声をかけた。

「それとも、図々しいから平気で跨《また》いで入れるかネ?」勝はこんな時にも、冷たい言葉を吐いた。私は、新たな涙が流れた。涙で濡れた敷居をハンカチーフで拭いてみては、またすぐ濡らしてしまうのだった。

薄い身体で横になり、私を見つめている洋之介の眼が、涙を拭う瞬間の私の眼とかち合った。異常に大きく見開いた眼には私の背後に怯えているものがあった。岡に怯えているのか。それとも嬰児を見せるために抱いて来たとでも思っているのか?

「死にました」

私は、敷居を見つめたまま小さく言った。胸をえぐるような苦痛な言葉であったが、その言葉こそ洋之介を安心させる何よりの報告であるのだ。

「洋之介! よかった。やっぱり死んだのだとさ」

口紅をつけ、死化粧した小さな嬰児の亡骸《なきがら》が鮮明に浮んだ。恐ろしい罪を犯して帰って来た我が身をいま、洋之介によってどんなにも罰してもらいたいと思った。「ごめんなさい」私は血を吐く思いで詫びた。洋之介は見開いていた大きな眼を閉じた。悔いている私の気持が通じた、と思っても洋之介の心労の深さが、今更ひしと身にしみるのであった。嬰児を一目見てほしいなど、見当外れの願いを言ったことを恥じた。

「え? 満洲の方に里親を内定していたのに、困るじゃないか!」私の横に座っていた与四郎は頓狂《とんきよう》な声で言った。

「産婆が電話で知らせたけどほんとか嘘か信じられなかったのでネ。また金取り婆さんの策略かと思ったのだよ」

勝の言葉を不服そうに聞くと、与四郎は言った。

「では、ふたばちゃんが来たのだから、はっきりさせてもらいたいネ。あのことを」と、白髪の三分刈りがまばらに延びた顔を、洋之介に向けた。

薄い蒲団に薄い身を横たえて寝ている洋之介の顔に、苦悩の色が見え、産院で夢に魘された時の洋之介の顔とよく似ていた。掛蒲団が重そうに骨だけの薄い胸の上にかぶさり、息づかいが荒い。床の間には誰かが見舞に持って来たらしい紫色のアネモネ二輪がガラスの花瓶にさしてあった。

「洋之介！　お前はふたばが憎いんじゃないのかい？」

勝は、腹立ちを押さえ切れない赤く上気した顔で言った。

「ふたばを勘当すると言ったのは、お前じゃないのかい？」

「兄さん！　いま、決めてもらわないと……」

与四郎は突然涙を流して泣き出した。大人の男が泣く恰好の、芝居じみて見えることに戸惑った私は、何か言ってくれないかと洋之介の言葉を待った。病人の気の済む事なら、勘当なり除籍なり何でもしてほしかった。しかし病状は予想以上に悪化しているのか、二人の声も耳に入らず、私の姿も見えない別世界をさまよっているように、洋之介の表情は頼りなかった。岡がそれほど恐ろしかったのか。ふとした弾みからよりによって悪い相手に近づいた自分の軽はずみな行為を新たに悔いた。勝に言われたようにやはり岡に騙されていたのだと気がついたのは、あのロウソクのような嬰児の軀《からだ》をぼろ布で包み込んだ時からである。勝からいわれもなく「インランの血」と蔑まれる度に、私の心の隙間を埋めていった黒い砂、自分でもその正体が何であるか意識しないまま、ひそかに復讐の刃を研ぎすませ、黒い砂を勝に浴せかけようとした結果がこれであったのだ。

悪かったと私は心の中で洋之介に詫びそしていま、勝へも心の中で詫びた。すべては私の軽率さが原因だったのである。勘当されたあとは、嬰児のいる世界へ行けるものならゆきたい。おめおめと生き永らえられるものではなかった。

「兄さん。兄さん！」

と、与四郎が呼ぶ声を私は疲労の極みの夢遊状態で聞いていた。洋之介がはっきり眼を醒まして、与四郎の期待する返事を早くしてもらった方がよい。私は、疲労困憊した頭で願っていた。

19

「兄さん。悪いけど厠はやめて蒲団の中でして下さい」

　立ち上る力も消えているのに厠へ行こうとしている洋之介に与四郎が言った。与四郎と勝とで抱きかかえ、宙吊りのような形のまま行っても用を果さないで、帰って来る。荒い呼吸で苦しがる洋之介は、それでも必死になって起してほしいと頼んだ。肺炎を起しかかっているから、絶対安静を必要とすると注意して帰る医者の後ろ姿に、病人の望みのない症状が読み取れた。近所というだけが利点の医者一人に頼っている状態だった。友人や知人達から腕の良い医者や総合病院をすすめられ、紹介状を貰っても、洋之介は決して行こうとしない。癒そうとする気持がないのである。洋之介は、わざと自分の命を縮めようと考えているようだった。

　それは私という始末に困ることをした娘の故ばかりでなく、アメリカとの戦争という先の見通しの立たない状態が、日に日に緊迫感を増して来る暗さの為でもあったが、生来の虚無的な思想も手伝っていた。洋之介は詩や文章でも『人生は過失である』と言い、結婚や出産を否定し、『二人の娘を産んだことも過失である』と書いている。その過失の結果の私が、更にいま過失を繰返した。洋之介の病気を癒そうとする気の起らないのはそこなのであろう。

用を足さないまま苦しがって厠から連れ戻された洋之介は、高熱が出て呼吸困難となった。勝が、あわてて医者に電話をかけ容態を知らせる間に、与四郎は兄の書斎に入り、洋之介名義の二冊の貯金通帳を持って来た。予めしらべておいたものである。

「兄さん。これを姉さん達に分配してください」

洋之介の顔は高熱で真赤になり、咳込み、汗を滲ませ、苦痛を呈している。こんな時にお金のことなど、よく言い出せるものと、与四郎が恨めしかったが、私は黙って見ているよりなかった。私を病室へ呼んでくれ、看病の手伝いが出来るようにしてくれたのは与四郎が勝を説得したからだった。

二冊の通帳を洋之介の細い骨だけの指先に持たせようとしても、すでに力はなく、ぱたんと何度も枕元へ落した。

「兄さん。これをわたしがうまく姉さん達に分配しますよ。だから、今度はわたしの番ですネ」

与四郎は、すっかり身についた国民服のポケットから、一枚の用紙を取り出した。内ポケットの外側に白い木綿の布を縫いつけ、名前と住所と血液型が書いてあった。

「兄さん！　この用紙に署名してください」

役所の事務的な文字が印刷してある一枚の紙を、洋之介の落ち窪んだ眼の上にかざし、貯金通帳と同じにむりに指にはさんだ。

「これに兄さんのサインがあれば、万事が片付くのですよ」

私を勘当するための遺言状だった。記載事項は皆書き込んであるので、あとは洋之介自筆の署名があれば、法的に効力が発し、正式の遺言状となる。早くサインをして与四郎の望む通りにしてしまえば、洋之介は楽になれるのに、と私は思った。

医者が酸素ボンベを運んで来た。勝は、こんな時にヤエが暇を取ってしまったとは、近頃の女中は自分勝手で夜鷹みたいにさっさと飛び出すよと、こんな際でも私に当てつけた。二燭の電気を低く下げて読書していたヤエに、女中のくせにと本を取り上げて電気を消させ、ついでに私の部屋も小さい電球に取り替えた頃、ヤエは暇を取りたいと考えるようになったらしかった。「だんなさまにたまに読後感を聞いてもらうことだけがたのしみで、この家に我慢していたのです」と、本も読めなくなったことを嘆いていた。

ようやく近所の病院から来た看護婦と勝とで、小さいが重いボンベを病室に運び込み、洋之介の鼻先に、酸素マスクを当て呼吸を楽にさせようとするが、病人はマスクを嫌がった。外してくれというように苦しい表情をする。その機を逃がさないように与四郎は、「ふたばの籍を抜き、朋子ちゃんの後見人をわたしにと決めてください。一生めんどうみますよ、兄さん!」と、執拗に迫った。

その時、不思議な現象が起った。洋之介は細く頼りない首であるが、はっきりと右左へ廻して、否定の表情をみせたのだった。

「なんだって兄さん？　待ってください」と、与四郎は動いた洋之介の首を否定するようにあわてて言った。

「この家の一切のことは与四郎にまかせるんだろう？」

勝が言った時、洋之介は無理に持たせられた役所の用紙をはらりと枕元に落した。骨だけの細い指にはさまれていた紙片を、与四郎はあわてて拾い、硬った蒼白な顔で「兄さん！」と、大声で言った。

私が、勘当されないことになったのは、その時からだった。しかし、それは洋之介の病状を悪化させないために一時的に取られた処置にすぎなかった。咄嗟に与四郎を病室の外へ連れ出した勝は「番狂わせなことになったけど、与四郎には、悪いようにはしない」と、約束したのである。

私は、洋之介に万一のことがあれば、その時こそあとを追って死ぬつもりであった。あのぼろ布に包んで葬られた嬰児のいる世界へ行けるのなら、こんな安らぎはない。取り乱している与四郎の顔がはるかの彼岸のことに映るのだった。

与四郎が気を落し肩をすぼめて病室から出て行ってしまうと、あとは病人と二人だけになれた。夜になっても眠らないでつきっきりで看病している私の耳に、白装束を縫っている麗子が「あら！　返し針をしちゃったワ」と時々甲高い声で笑い、たのしいことが起ったように勝と話し合う声が聞えてくる。あれは別世界なのだ、と私は思うのだった。洋之介の苦しみを措《お》いて、明日もまた生き続ける女達の浮世の明るさだ。私のように罪を犯したことのない明るい声だった。

幼かった時のこと、私と朋子の姉妹は揃ってよく泣いた。辺りが暗くなると、母親を慕っては泣き出し、夜が更けても泣きやまない。「やかましい。居候を早く寝かしつけておくれ」と、勝は言い、洋之介に命じて私達の枕元へ座らせた。母恋しさに重ねて、食卓を囲む家族と同じように食事を与えられなかった悲しさが、夜になると泣く原因となったのだ。洋之介が家にいる時は童話の本を読んでくれると満足して泣きやんだ。父親の肌のぬくもりを感じ、冷たい家で漸く安心感と暖かさを覚えたのだった。あれから十二年経って、洋之介の枕元に二十歳の私が座っている。前途を失った行き場のない身でありながら、父親の傍に二人きりで座っていることが、幼時に戻ったように自分を素直な気持にさせた。

十二年の間、洋之介と打解けて語ったことは一度もなかった。些細なことにも揺れ動く思春期に入ってからは、差別待遇される暗い家族の中で私の心は、歪んでゆくばかりだったのだ。迷える私の心を、覗いてくれたことが一度でもあったのなら、こんな間違いは惹き起こされなかったであろう。

病室には七輪の炭火が燃え、ヤカンの口から湯気が上っていた。新築祝いの時、この部屋に花盛りのように早乙女や叔母達が集って賑わったことが思い出される。洋之介は酔うと口癖に家相が良いと自慢していた。勝の手で花樹も植えられ、軍吉を讃嘆させたのだったが、今は花時が過ぎて緑一色の中に丈の高い雑草も生い繁っていた。洋之介がいなくなったあとは、暗緑の洞穴のように見えるであろう庭にも、再び陽の射すことがあるのだろうか。

炭火の一酸化炭素が、洋之介を一層呼吸困難にしたのか、苦しそうに胸を波立たせ、浅い呼吸をしはじめた。窓を少し開けて外の空気と入れ替えると少しは楽になったようだが、今度は熱が出たのか、身体が震え出した。

私はなろうことなら身代りに、自分の心臓を引き出して病人の胸の中へ入れ、蘇生させたいと願った。身代りの叶えられないことが悲しみをつのらせた。勝が急拵えのビール瓶の湯タンポを身体のまわりに当て、震えを止めようとしたが、湯を取り替える度に洋之介の足先は、不気味にふくらみ、死の前のむくみが出たことを見せていた。

勝が、あわてて親類達に電報を打った。麗子が早乙女に生き生きと電話で容態を知らせる頃、医者が頼りない顔で往診に来て、いつものように病人の横に座ると、聴診器をカバンの中から取り出したが、聴診器を当てる代りに懐中電灯で病人の眼に光を当てた。大きな瞼を痛そうに裏返されても、洋之介の眼は反応を示さなかった。医者は瞳孔《どうこう》の拡がりを見て死の予告を計っているのだ。黒ずんだ唇にはチアノーゼ症状がきていた。

与四郎が帰って来ると、厳しい顔を私に向け、医者の脇に座った。今日までの労力を決して無駄にはしない決意をこもらせた顔である。

勝はハンカチーフを眼頭に当てながら、娘達が駆けつけて来るのを待った。最後まで家長の実権を洋之介に渡さなかった勝。洋之介の兄妹愛に甘え、実家に来て我が家のように振舞う女達。間もなく女達が勢揃いすると、白い首を寄せ集め、実家の名に泥を塗られた怨恨《えんこん》と蔑みの視線で私を搦《から》め取るだろう。

意識も朧《おぼろ》げの洋之介が、与四郎の執拗な申出を退け、首を横に振って意思表示した時の感動が甦ってきた。あれは最後に示してくれた私への愛情であった。闇に包まれた私の前途に、一点の灯を見たような気持を覚えたのだった。あとに残る人達にどんなにつらく当られても、生きることが洋之介の意志に添うことではないだろうか。

病室に入るのを許された時、咲かない儘《まま》落ちた花の蕾《つぼみ》が、鬱々と暗みを増してゆく緑の庭の雨催いの土に濡れていたのを、私は思い出していた。

（お断り）

本書は1980年に新潮社より発刊された文庫『花笑み・天上の花』と1998年に新潮社から発刊された単行本『蕁麻の家 三部作』を底本としております。あきらかに間違いと思われるものについては訂正いたしましたが、基本的には底本にしたがっております。また、一部の固有名詞や難読漢字には編集部で振り仮名を振っています。

本文中には書生、女中、母なしっ子、妾、漁師、裏日本、乞食、海女、おさんどん女、手伝い女、ルンペン、啞、智恵遅れ、看護婦、車夫、賄人、娼婦、オールドミス、売春婦、売笑婦、一盗二婢三妾、夜鷹、山出し、博打打ち、テテなし児、人非人、博打男などの言葉や人種・身分・職業・身体等に関する表現で、現在からみれば、不当、不適切と思われる箇所がありますが、著者に差別的意図のないこと、時代背景と作品価値とを鑑み、著者が故人でもあるため、原文のままにしております。差別や侮蔑の助長、温存を意図するものでないことをご理解ください。

萩原葉子（はぎわら ようこ）
1920年（大正９年）９月４日―2005年（平成17年）７月１日、享年84。東京都出身。1959年『父・萩原朔太郎』（第８回日本エッセイスト・クラブ賞受賞）でデビュー。代表作に『蕁麻の家』『閉ざされた庭』など。

P+D BOOKS
ピー プラス ディー ブックス

P+Dとはペーパーバックとデジタルの略称です。
後世に受け継がれるべき名作でありながら、現在入手困難となっている作品を、
B6判ペーパーバック書籍と電子書籍で、同時かつ同価格にて発売・配信する、
小学館のまったく新しいスタイルのブックレーベルです。

天上の花・蕁麻《いらくさ》の家

2020年7月14日　初版第1刷発行
2023年1月18日　第4刷発行

著者　萩原葉子
発行人　飯田昌宏
発行所　株式会社　小学館
〒101-8001
東京都千代田区一ツ橋2-3-1
電話　編集　03-3230-9355
販売　03-5281-3555
印刷所　大日本印刷株式会社
製本所　大日本印刷株式会社
装丁　おおうちおさむ（ナノナノグラフィックス）

ISBN978-4-09-352396-7

P+D BOOKS